MATCH
PERFEITO

LAUREN FORSYTHE

MATCH PERFEITO

Tradução de Mayumi Aibe

intrínseca

Copyright © 2022 by Andrea Forsythe
Todos os direitos reservados.

TÍTULO ORIGINAL
The Fixer Upper

COPIDESQUE
Gabriela Peres

REVISÃO
Iuri Pavan
Júlia Moreira
Marina Albuquerque
Thais Entriel

DIAGRAMAÇÃO
Julio Moreira | Equatorium Design

DESIGN E ILUSTRAÇÃO DE CAPA
Sandra Chiu

CIP-BRASIL. CATALOGAÇÃO NA PUBLICAÇÃO
SINDICATO NACIONAL DOS EDITORES DE LIVROS, RJ

F839m

Forsythe, Lauren
    Match perfeito / Lauren Forsythe ; tradução Mayumi Aibe. - 1. ed. - Rio de Janeiro : Intrínseca, 2023.

    Tradução de: The fixer upper
    ISBN 978-65-5560-359-0

    1. Romance inglês. I. Aibe, Mayumi. II. Título.

23-82343   CDD: 823
                          CDU: 82-31(410.1)

Meri Gleice Rodrigues de Souza - Bibliotecária - CRB-7/6439

[2023]
Todos os direitos desta edição reservados à
EDITORA INTRÍNSECA LTDA.
Rua Marquês de São Vicente, 99, 6º andar
22451-041 — Gávea
Rio de Janeiro — RJ
Tel./Fax: (21) 3206-7400
www.intrinseca.com.br

Para todas as mulheres que em algum momento aprenderam que ser egoísta não é necessariamente um xingamento.

Para mim, também demorou.

Capítulo Um

— Infelizmente, não temos nenhuma mesa disponível esta noite, senhora.

O maître do The Darlington era bonitinho, mas sem graça. Lançou o que parecia um olhar sincero de desculpas quase perfeito, mas não conseguiu esconder a ruga de irritação acima da sobrancelha nem disfarçar sua preocupação com o casal que estava logo atrás de mim. Obviamente, eram o tipo de cliente que ele queria: chiquérrimos e, sobretudo, acompanhados.

Pronto, lá vem.

Botei um sorriso forçado no rosto e tentei ignorar o constrangimento tingindo minhas bochechas, que estavam me entregando. *Agora não, Aly.*

— Bem... Mas é que... Vocês aceitaram a reserva, então... Poderia, por favor, ver o que dá para ser feito?

Ouvir minha voz gaguejante me fez querer ser outra pessoa. Uma guerreira amazona, quem sabe, ávida por um bife e uma noite sossegada. Ou alguém tipo minha amiga Tola, que jamais aceita um não como resposta. *É, o que a Tola diria?* Eu me empertiguei.

— *Até porque* no site não diz nada sobre vocês não aceitarem pessoas desacompanhadas.

— Senhora, simplesmente não é...

Ele suspirou e voltou a conferir a lista de reservas à frente. *Pode falar à vontade, meu querido, não arredo o pé daqui.*

Ao desviar a atenção desse homem para observar o teto inclinado, de pé-direito alto, os lustres suntuosos e as cadeiras de veludo rosa-claro do restaurante, me permiti relaxar um pouco, enfim. Eu merecia estar ali. Merecia uma noite com harmonização de vinhos perfeita e comida fenomenal preparada por um dos chefs mais renomados de Londres. E só porque saí para jantar sozinha não significava que deixaria de aproveitar tudo isso.

É que não compensa, simples assim. Era isso que o maître queria dizer. Apesar daquela polidez toda, ele iria tentar me constranger só para eu desistir e ir embora. Talvez eu tivesse cedido em outra noite. Mas aquela noite era *minha*. Era a Terceira Quinta-Feira.

Na terceira quinta-feira do mês, eu comia alguma coisa gostosa, tomava algo delicioso e lia um livro em algum restaurante londrino. E fazia isso cem por cento sozinha, estivesse namorando ou não, ciente de que, durante algumas horinhas gloriosas, ninguém iria me pedir nada. Todas essas quintas eram circuladas com laranja-neon na minha agenda. Não perdia uma sequer, e não iria deixar que um garçom esnobe estragasse esse histórico.

— Escute aqui, cara. — O homem atrás de mim chegou mais perto e quase me sufocou com o cheiro forte de colônia. — Arrume uma mesa para ela, ok? Se não, tenho quase certeza de que seria discriminação.

O maître apertou os lábios, e percebi que ele estava calculando a probabilidade de uma revolta nas redes sociais: *Clientes de restaurante em Londres socorrem mulher desacompanhada que só queria provar o tortellini de um chef premiado.*

Por um segundo, considerei cair no choro. O maître parecia adivinhar qual seria meu próximo passo.

— Um momento — retrucou ele.

Em seguida, desapareceu.

Virei-me para agradecer ao viciado em loção pós-barba atrás de mim e levei um susto.

— Jason!

— Aly!

Seu rosto se iluminou, e ele estendeu o braço para se aproximar e me cumprimentar com dois beijinhos. A mulher ao seu lado sorriu e inclinou a cabeça com um movimento discreto, como se esperasse ser apresentada *imediatamente*.

— Esta é minha esposa, Diana.

Olhei para ela e assenti, insegura. Parecia muito estilosa, mas tentei não a examinar de cima a baixo do jeito que ela estava fazendo comigo. E, conforme eu assimilava o cabelo escuro divino e o visual supermoderno e, ao mesmo tempo, discreto, tive a impressão de que chegamos à mesma conclusão juntas: Jason tinha um tipo de mulher e, sem dúvida nenhuma, fizera um *upgrade*.

Passei os dedos por meus cachos escuros e, do nada, fiquei sem jeito.

— Você se casou! Caramba! Parabéns! — Virei uma máquina de exclamações. Fiz uma pausa e olhei para ele de novo, surpresa. — Para ser sincera, mal consigo reconhecer você.

O cara diante de mim tinha cabelo louro penteado para trás e usava uma camisa justa e calça social preta. Dei mais uma olhadinha, tentando ver se ele havia clareado os dentes. O Jason que eu conhecera cinco anos antes vivia de bermuda cargo e camisetas largonas e furadas, além de usar um barbante para prender os cabelos desgrenhados, de um tom entre o louro e o ruivo. Morava no porão da casa dos pais e dava aula de violão para as crianças da vizinhança, sem grandes ambições além disso. Terminamos bem o relacionamento. As coisas haviam seguido... o rumo natural. É o que costuma acontecer.

Mas, na época, eu gostava dele. Era exatamente o oposto de mim: hippie, tranquilo. As bermudas cargo tinham milhares de bolsos, sempre cheios de barrinhas de proteína industrializadas, para qualquer emergência. Vivia errando citações de filósofos e fingia que estava improvisando na hora.

Não lembrava se tinha sido isso que me levara a terminar o namoro. Isso ou a unha do dedo mindinho, que ele deixava comprida para tocar violão... Sempre tive pavor daquela unha imensa.

— Ah, com certeza. Tive uma espécie de... Bom, tive uma epifania, talvez? — Ele se dirigiu à esposa. — Namorei a Aly na época em que eu era um vagabundo preguiçoso que morava com os pais. Aliás, foi graças a ela que eu finalmente amadureci e dei um jeito na minha vida!

Diana fez cara de desaprovação e olhou para mim, intrigada. Minha resposta foi não dar muita bola.

— Como assim?

— Ah, você vivia dizendo que eu tinha potencial, que conseguiria *fazer algo* da minha vida se descobrisse qual era minha paixão!

Percebi que ele ainda gesticulava muito quando falava, e notei sua aliança dourada, reluzente. As unhas estavam todas bem curtinhas.

Dei uma risada e senti o rosto corar.

— Foi mal, esse é meu jeitinho de ficar entusiasmada. Adoro exaltar o potencial das pessoas. Acaba ficando cansativo.

— Não. — Ele tocou meu braço, com um olhar de ternura. — Fiquei refletindo sobre o que você falou e percebi que queria ter um lugar só para mim, sabe? Aí recebi um e-mail daquele curso gratuito em que você me inscreveu e pensei: *Por que não?* Arrumei um emprego, conheci a Diana, e agora a gente está comemorando a compra da nossa casa!

— Nossa! — Respirei fundo, pega de surpresa outra vez. — Tudo isso em cinco anos? É impressionante.

De repente, me dei conta de que o rumo da conversa estava prestes a mudar e que não havia como fugir. Reuni minhas forças para o inevitável: quem está melhor agora? Quem venceu na vida?

Lá estava ele, com aquela cabeça ligeiramente inclinada, sempre um tantinho piedoso, e logo...

— Bom, e *você*, o que tem feito?

Além de bater boca com o maître sobre poder jantar sozinha em um restaurante em uma quinta à noite?

— Ah, sabe como é. — Tentei encarar a pergunta de um jeito casual. — Continuo morando em Londres, trabalhando com marketing. Sendo barrada em restaurantes chiques.

Eles riram, com respeito, e fiquei horrorizada ao ver uma fila se formar atrás de nós. O maître estava ocupado, discutindo com o gerente, e lançava uns olhares mortais em minha direção.

— Então continua lá na agência de marketing? Você queria virar... gerente de marcas, algo assim, não era? — indagou Jason.

Tentei não me abalar.

Fiquei desconcertada por ele se lembrar daquilo, mas não deveria, já que Jason sempre tinha sido um amor comigo. Ele me ensinou a surfar durante um fim de semana na Cornualha e, quando estávamos sentados na prancha, no mar, disse que eu tinha uma alma antiga. Tocava violão muito bem e usava umas pulseirinhas trançadas que ele mesmo fazia quando estava nervoso. Mas aquele porão e o fato de uma vez tê-lo visto assoar o nariz com a meia porque não queria se dar ao trabalho de pegar um lenço de papel tinham sido a gota d'água. E eis que ele se tornou um homem casado, com casa própria e cabelo penteado.

Busquei o discurso ensaiado ao qual recorro em situações como essa. O que me faz parecer uma pessoa ocupada, quiçá importante, mas sem soar arrogante. Um discurso assim: tenho uma vida tão maravilhosa que nem sequer me passou pela cabeça competir com você, sua família, seu casamento e sua casa. Estou F-E-L-I-Z.

— Gerente de marcas, isso! — falei com uma voz estridente. — Estou chegando lá! Continuo na Amora, numa correria só. Estamos crescendo, passando de uma agência pequena para empresa grande, com clientes de peso. Agora estou trabalhando com umas empresas de tecnologia excelentes! Eu... ainda moro em Londres. Adoro, absorvo tudo, *sabe como é*? Todo dia é uma aventura! As entrevistas para o cargo de gerente de marcas vão acontecer daqui a umas semanas, aliás...

Ai, meu Deus. Cinco anos antes, eu já falava com Jason sobre ser promovida a esse cargo. E por mais que meu chefe, Felix, tenha me prometido que isso estava para acontecer, eu continuava exatamente na mesma função.

— Vamos ficar na torcida — respondeu Diana, de maneira gentil.

Sem dúvida, percebeu que eu não era nenhuma ameaça.

— E, tirando o trabalho, como vão as coisas? Tem alguém especial na sua vida?

Aquela levantadinha de sobrancelhas dele estava começando a me torrar a paciência. A esposa usou a bolsa clutch para dar um tapinha em seu ombro.

— Isso não é pergunta que se faça! — reclamou ela, sem subir o tom.

Por um breve instante, fomos solidárias uma com a outra. Sorri para demonstrar que estava tudo bem.

— Todo mundo é especial à sua maneira, Jason — falei com uma voz melodiosa.

— Mas não tem uma pessoa mais especial que as outras?

Até Diana pareceu irritada dessa vez.

Por que casais felizes sempre insistiam em ostentar o estado civil diante de todos, como se quem restou fosse a pessoa que não conseguiu se sentar na dança das cadeiras? *Melhor se apressar, ou não vai sobrar ninguém...*

Dei uma piscadinha, para jogar charme.

— Bem, acho que estou só me divertindo bastante.

Quase dava para ouvir o pensamento deles: *Que diversão é essa? Desde quando sair para jantar sozinha num restaurante chique e ser barrada é divertido?*

Eu me encolhi e tentei encontrar um assunto para puxar, mas, por sorte, Jason estava com os olhos marejados e cuidou disso por mim.

— Quero mesmo agradecer a você, Aly. Para ser sincero, se não tivesse me incentivado, eu jamais teria crescido na vida.

Ele fez um gesto para indicar Diana, e ela riu.

— Está irreconhecível — afirmei confiante, depois sorri. — Estou feliz de verdade por você, Jason.

Ele encarou o maître, que estava de volta, e baixou o tom de voz:

— E se ele não deixar você entrar, pode se sentar com a gente. Não podem te negar um jantar só porque você levou um bolo! Viva o feminismo!

Fiquei intrigada com essas palavras e olhei para a esposa, que me encarou de volta e deu de ombros, sem saber o que dizer.

— É muita gentileza, mas não levei um bolo, só reservei para...

— Srta. Aresti, por favor, me acompanhe.

O maître juntou os cardápios e fez um gesto com a cabeça para indicar o salão.

Eu me voltei para falar com Jason e Diana, um pouco mais alto do que o necessário.

— Que *alívio*. Se não me deixassem fazer uma crítica deste restaurante hoje, meu editor faria *picadinho* de mim. — Praticamente senti o maître se contorcer e vi aquele sorriso no rosto de Diana outra vez. Fiquei feliz por ela. Merecia mesmo aquele Jason 2.0. — Parabéns pela casa própria!

Fui atrás do maître, de cabeça erguida, mas parei e olhei para trás.

— Ei, Jason, você ainda toca violão?

Ele balançou a cabeça, bem-humorado como sempre.

— Não, agora não tenho mais tempo para isso.

Mostrei que entendia e dei as costas, sem saber por que tive a necessidade de perguntar.

O maître me olhou feio, como se eu devesse ser eternamente grata por sua atenção, e voltei a segui-lo até me sentar e fazer o pedido logo de cara. Sempre conferia o cardápio na internet antes de sair para jantar.

Percebi que ele queria me falar que não era garçom, que não iria anotar meu pedido, mas se limitou a abrir um sorriso resignado e ouvir. Senti-me vitoriosa.

Após ele repassar o pedido, a taça de vinho chegou, e peguei meu livro. Enfim, podia relaxar.

A Terceira Quinta-Feira era para ser um mimo para mim, não um calvário. Era o único momento em que não precisava ser outra pessoa, nem fazer nada para ninguém. Não precisava marcar um encontro com um cara, cheia de expectativa, só para descobrir que ele tinha trinta e cinco anos nas costas, mas nunca havia lidado com os traumas da infância, não sabia fazer uma pergunta *e* escutar a resposta e ainda não aprendera a encontrar um par de meias na gaveta. Era mais fácil sair comigo mesma.

Além do mais, eu ainda estava lambendo as feridas depois do Michael. Nós nos conhecemos em uma feirinha de produtores locais, em uma manhã de sábado, enquanto comprávamos azeitonas gourmet. Ele me viu e só disse um "ah, aí está você!", como se fosse uma surpresa agradável e estivesse esperando por mim, sem acreditar que eu iria aparecer de verdade. Tinha um sorriso lindo e fazia o melhor cappuccino que eu já havia experimentado fora da Itália. Algo que, pensando bem, não chegava a ser um bom motivo para gostar de alguém.

Eu o ajudei a encontrar um apartamento depois de ter saído da república horrorosa onde morava. Aí passei uma semana auxiliando na mudança, pintei as paredes e expliquei como pagar os impostos municipais. Ficamos um tempão fazendo compras na Ikea e montando os móveis dele. Depois disso, Michael falou que a coisa estava indo rápido demais e que eu "demonstrava um comportamento típico de namorada". Mas me agradeceu por ter conseguido um bom desconto com o pessoal da mudança.

Então lá estava eu mais uma vez, de volta a mim mesma. Fazendo um esforço. Às vezes, me sentia um pouco estranha por sair sozinha, mas saía mesmo assim, na esperança de que isso ficasse mais fácil com o tempo, até ficar parecida com aquela mulher que vi em Nova York, jantando sozinha em um bar. Tinha uma aparência tranquila, confiante, e bebericava seu vinho enquanto lia um livro; de vez em quando, dava uma mordidinha no aspargo. Eu tinha decidido que queria ser igual a ela, mesmo sabendo que teria que enfrentar os olhares de pena dos garçons.

Em geral, após cinco minutos me sentindo exposta, já me habituava com a situação, mas naquela noite meu olhar não parava de buscar Jason, sentado do outro lado do salão, todo arrumadinho e bem-sucedido. Cinco anos tinham se passado, e ele se transformara em uma pessoa totalmente diferente. Já eu, Alyssa Aresti, rainha em ajudar os outros a atingir todo o seu potencial, continuava na mesma quitinete úmida em Londres, com o mesmo emprego de antes, e solteira aos trinta e três anos. Ainda não ostentava nenhum dos símbolos de sucesso para quem chegou na casa dos trinta.

Não sabia explicar por que ver o sucesso de Jason me aborreceu tanto. Talvez por ter gastado muito tempo oferecendo incentivo e ajuda para ele descobrir o que queria da vida. Quantas horas passei vasculhando a internet e fazendo testes vocacionais com ele? Quantas conversas tivemos sobre higiene pessoal, sobre não gritar lá de baixo para seus pais que queríamos passar *um tempinho a sós* sempre que estávamos prestes a transar?

Quando temos vinte, trinta anos, entramos em uma corrida que não deveria ser encarada como competição. Cada um tem sua própria ideia de sucesso, e nem todos estão em busca da mesma coisa. Racionalmente, eu sabia disso. Mas, conforme observava Jason e a esposa tomarem uma garrafa de champanhe e brindarem pela casa nova, percebi que estava mentindo para mim mesma.

Qualquer que fosse o jogo que estivéssemos jogando, ele tinha ganhado. E eu sentia que o tinha ajudado a fazer isso.

Capítulo Dois

— E agora ele é gerente de projetos!

Foi o que contei a Tola e Eric na manhã seguinte, perto das máquinas de café, na copa do escritório. Menti ao dizer que tinha ido encontrar um amigo em um bar e, na saída, cruzara por acaso com Jason. Não queria que eles soubessem das minhas excursões solitárias a restaurantes. Os dois eram o mais próximo que eu tinha de amigos de verdade, apesar de nossas atividades fora do trabalho se resumirem a sair para beber depois do expediente e, de vez em quando, encher a cara e comer kebab de madrugada. Mesmo assim, não queria que os dois soubessem que meu triste ritual de autocuidado consistia em sair sozinha uma vez por mês para me empanturrar de macarrão e tomar um vinho Rioja caríssimo.

— Esse é o que tocava ukulele muito mal? — perguntou Eric.

— Não, era violão. E ele não tocava mal.

— Ah, devo ter confundido com um dos outros bebezões que você namorou.

Eric mostrou a língua, e o encarei ao lhe passar o café.

— Nunca namorei ninguém que tocasse ukulele. Greg fabricava ocarinas, mas isso é outro instrumento.

Tola caiu na gargalhada.

— Não lembro quem é. Ah, calma, é aquele cara que nem abria a boca?

— Não. Foi antes de eu conhecer você. Tem uns cinco anos.

— E ele agradeceu por você transformá-lo em um Ken humano capitalista?

Eric quis se meter e apontou para mim.

— Jason deu um trabalhão para ela. Uma vez, ele ficou quinze minutos me contando o enredo de um filme que *eu tinha apresentado para ele*. E achava que surfar era um traço de personalidade, não um hobby. — Depois de começar, Eric disparava a falar e não parava mais. Meu dedo podre para escolher namorados era um de seus assuntos favoritos. — Ah, e ele sempre se referia ao mar no feminino. "*Vi as ondas generosas dela afagarem a areia...*" Que babaca. Ele deve ter sido o pior, não, Aly?

Revirei os olhos e fingi que não estava nem aí. E que não voltara correndo para casa na noite anterior para conferir o LinkedIn de Jason.

— Mas, olha, foram relacionamentos de alguns meses só, então, se você não gostava deles, não perdeu tempo. — Tola me trouxe de volta à conversa, e seu batom fúcsia redirecionou minha atenção. — Admiro isso.

— Sério? Você admira a total incapacidade da Aly em ter um relacionamento sério?

Eric ficou impaciente; e eu, emburrada.

— Não é como se eu fizesse isso de propósito, sabe?! — exclamei com a voz esganiçada. — Eu dou a cara a tapa, tento ser legal, carinhosa e... só dá tudo errado. Nem sempre sou eu que dou um pé na bunda dos caras.

Eric pareceu desconfiado.

— Ninguém escolhe homens assim de propósito. A não ser que seu tipo seja "bebezão que não tem mais jeito". Meu bem, seus namoros nunca têm futuro. Esses caras aí são perda de tempo.

— Nossa, mas quanta agressividade! O que aconteceu? Você marcou um encontro pelo Grindr em busca de romance e, mais uma vez, só conseguiu sexo sem compromisso?

Quis atacá-lo, na esperança de mudar de assunto.

Como de costume, Eric conferiu os arredores para ver se alguém no escritório escutara a conversa, depois me olhou feio.

— Não tem nada de errado em querer uma conexão mais profunda com alguém.

— Não, mas não dá para procurar um cardigã confortável na loja de lingerie e depois reclamar que os mamilos estão aparecendo. — Tola olhou para mim. — Não concorda?

— Acertou na mosca, como sempre — comentei, rindo.

Eu já conhecia Eric havia uns bons anos. Quando começou a trabalhar na empresa, um pouco depois de mim, me senti intimidada. Tínhamos a mesma idade, mas ele usava ternos chiques, tinha uma casa e uma noiva linda. Ostentava um corte de cabelo estiloso, usava um perfume incrível e era bom de papo. Estava sempre sorrindo. Todos no departamento de publicidade o adoravam e viviam em volta de sua mesa, ávidos por uma boa história e alguns gracejos.

Uns seis meses após sua chegada, saí tarde do escritório e descobri que minha linha de ônibus estava paralisada, então acabei esbarrando com Eric em um pub. Ele tinha tomado umas e outras e já estava acabado. Dava para ver que queria alguém para conversar. Foi só aí que descobri que sua vida maravilhosa e perfeita era uma completa mentira. Eric era gay e precisava contar isso para a noiva, sair de casa e pensar em como recomeçar do zero. Calhei de ser a primeira pessoa para quem ele contou, e é difícil não criar uma amizade após viver uma experiência como essa.

Tola se juntou a nós um ano atrás, e não entendíamos muito bem por que essa menina corajosa e bonita de vinte e poucos anos queria sair com a gente. Ela era uma força da natureza: largou a escola e arranjou um emprego no setor de figurino do musical *Cats*, no West End. Quando enjoou de passar o dia costurando macacões peludos, acabou se reinventando como especialista em redes sociais. A impressão era de que ela achava que Eric e eu precisávamos dela, de alguém com a energia da geração Z para nos impedir de ser dois *millennials* amargurados que só sabem reclamar da vida. E ela estava com toda a razão. Quando precisávamos, ainda nos agraciava com uma dose de amor bruto, triplamente reforçada, o que não é pouca coisa.

— Então, por que você está incomodada com isso? — indagou ela.

Estávamos indo para minha mesa.

— Não estou, não. Desejo tudo de melhor para o Jason.

— Aly, você é muito boa em mentir para si mesma, mas isso aí não é muito minha praia, não. Pode pôr para fora.

Ela se apoiou na mesa e gesticulou, exibindo a unha pintada de azul-claro.

— É porque ele se saiu melhor do que eu! — respondi com um choramingo, e apoiei a cabeça na mesa, frustrada. — Cinco míseros anos, e ele se reinventou, mudou de carreira, encontrou o amor da vida dele, se casou, juntou dinheiro para dar entrada numa casa. O que foi que eu fiz nesse tempo?

— Conquistou o respeito dos seus colegas e clientes? Deixou o escritório inteiro embasbacado com sua eficiência? — sugeriu Tola.

— Tomou o equivalente a oito banheiras cheias de vinho? — acrescentou Eric.

— Isso não está ajudando! — repliquei, jogando um lápis nele.

Sentei-me na cadeira e olhei para os dois.

— Será que eu deveria ter insistido mais com Jason? Desisti muito rápido? Achei que ele não tinha ambição, mas agora tem, sem dúvida. Talvez eu esteja me livrando de relacionamentos ótimos só porque a pessoa tem defeitos? Será que estou sendo exigente demais?

Eric fez uma careta.

— Existe defeito e existe... seja lá qual for o problema com esses caras que você namora. Não é que esteja sendo exigente demais... você não está sendo exigente o bastante! Tipo com aquele cara, o Nathan!

— Nathan era um amorzinho! — contestei. — Ele sonhava alto, queria ser ator!

— É, e você acabou pagando pelas aulas de teatro e arranjando trabalhos para ele durante cinco meses! — Eric ficou revoltado. — E não ganhou nem uma porcentagem!

— Eric tem razão, gata — concordou Tola. — Sabe qual é o seu problema? Você não namora o cara, você namora um projeto.

Senti que Eric estava pensando em todos os caras com quem saí e vi que seu sorriso ficava cada vez maior.

— Pare com isso! Você e essa sua cara de arrogante.

— Não, ela tem razão, Aly! Você sempre pega um passarinho com a asa quebrada, coloca todos os ovos na cesta dele e aí esse omelete fica uma porcaria.

— Pare de misturar as metáforas! — Fiquei impaciente. — O que isso significa?

— Significa que você sai com homens que ainda nem amadureceram direito, gasta toda a sua energia para melhorar a vida deles e depois fica exausta e desiste antes de colher os frutos pelo seu esforço.

— Aaah... — Tola arqueou as sobrancelhas de maneira sugestiva. — Colher os frutos pelo seu esforço. Que delícia. Mas faz sentido o que ele disse... O próprio Jason falou que o namoro de vocês fez bem para ele. Virou uma nova pessoa, melhor.

— *Melhor*, não. Só... diferente — corrigi.

— Ele é mais bem-sucedido hoje do que na época em que vocês namoravam. Com sorte, não é mais tão idiota e pretensioso. Mas, poxa, você também não faz milagre — comentou Eric, de um jeito ácido. — Reconheça, Aly, é isso que você faz. Namora caras que não merecem você e faz tudo por eles. É um padrão.

Ergui as mãos em um gesto exasperado.

— O que foi que eu fiz pelo Jeremy?

Tola riu e levantou a mão.

— Essa é fácil. Você passou uma semana cuidando daquele poodle horrível que ele tinha e ainda ensinou o bicho a fazer as necessidades no lugar certo. O cara nem agradeceu!

— *E* você conseguiu arranjar um show para ele no Belle's, para tentar fazer a carreira musical dele decolar, mas o sujeito nem deu as caras porque saiu para beber com os amigos.

Eu me encolhi na cadeira.

— Beleza, podemos parar por aqui.

Eric se lembrou de alguma coisa.

— Não, ele é o exemplo perfeito! Eu o escutei na rádio na semana passada! Um idiota sem talento, que mal tinha forças para levantar da cama, e agora lançou um álbum!

Eric me olhou sorrindo, e fiquei receosa, sem saber direito o que viria em seguida, mas com a certeza de que não seria coisa boa.

— Você sabe que adoro analisar dados, e sinto que estamos lidando com um padrão. Quero investigar isso. Aposto cinquenta pratas que, se você nos der uma lista dos caras com quem namorou, vamos descobrir que todos eles se tornaram bem-sucedidos.

Vi Tola de cara fechada e imaginei que ela fosse me defender, mas aí ela abriu um sorriso, aquele seu sorrisão poderoso, de orelha a orelha, e ficou óbvio que só iria piorar as coisas.

— A gente precisa de um sistema de medição decente. *Sucesso* é relativo. Vamos atribuir um número para cada valor. E, tipo, não dá para incluir *todos* os namorados que Aly já teve na vida. Só os que duraram pouco tempo e eram um caso perdido, então?

Tola se voltou para mim, como se quisesse minha permissão.

— Valeu — falei, contrariada. — Qual é o sentido disso?

— Confirmar uma teoria minha.

Eric bateu com a ponta do dedo no nariz e foi para sua mesa.

Olhei para Tola.

— O que é que eu ganho com isso exatamente?

— Sei lá... Autoconhecimento? A chance de proporcionar risadas aos seus amigos? Depois me mande uma lista de nomes, está bem?

Meu celular tocou, e gesticulei com as mãos para dispersá-los.

— Tá, tá, que seja. Se quiserem brincar de *zombar* da Aly, vão em frente. Preciso atender a esta ligação.

Respirei fundo e atendi ao telefone.

— Oi, mãe, estou entrando em uma reunião agora, está tudo bem aí?

— Claro, você está muito ocupada, sem tempo para minhas bobagens.

Com a voz meiga e singela, minha mãe me desafiava a concordar com ela. Mas eu conhecia esse jogo. *Você sempre tem que reservar um tempinho para a família, Alyssa, não se esqueça disso.*

— Mãe! — reclamei, irritada, enquanto buscava uma caneta. — Estou aqui, o que foi?

— Seu pai.

Deixei o silêncio se estender um pouco.

— O que foi que ele fez?

Desta vez.

Ela ficou um tempo sem falar nada.

— Talvez eu tenha exagerado.

— Mãe...

— Não, vai lá, garota esperta. Tem muita gente contando com você. Você vem jantar esta semana, né?

— Claro. Vamos sair para almoçar no domingo, eu pago.

Em seguida, eu a ouvi dar um gritinho de alegria. Podia imaginá-la batendo palmas em comemoração pela ótima ideia. Sem dúvida, passaríamos mais da metade do almoço falando sobre meu pai e o que ele andava aprontando, mas nos divertiríamos nos vinte por cento do tempo que teríamos só para nós duas.

— Acho ótimo. Te amo, querida — disse ela.

Durante um tempo, achei que meu amor e meu apoio seriam suficientes para ajudá-la a superar meu pai, depois que ele foi embora, mas estava enganada. Como minha avó dizia, algumas pessoas precisam insistir no erro até pagarem o preço por isso.

Meu pai nunca foi um bom marido, e passei boa parte da infância o acobertando. Eu me lembro de ser deixada no shopping, aos doze anos, munida de seu cartão de crédito e com ordens para comprar um presente legal para o aniversário da mamãe e escrever um cartão em nome do papai. Até hoje me pergunto se as coisas teriam sido diferentes se eu nunca tivesse aceitado.

Ainda bem que não tinha tempo sobrando para pensar nisso. Tinha compromissos e reuniões, e depois mais reuniões sobre as reuniões, o que tomava quase todo o meu dia. Fiz minha ronda habitual das onze horas, sem deixar de perguntar para Matilda, do financeiro, sobre suas férias e de elogiar o corte de cabelo de David, do RH (a cada duas semanas, raspado na nuca e nas laterais, por acaso eu sabia que só custava catorze libras?). Fui tomar chá do outro lado do escritório, ouvi os dramas da vida amorosa de Justine e respondi que ela merecia o que havia de melhor. Coisas ínfimas que não faziam diferença por si sós, mas que, somadas, faziam as pessoas se sentirem valorizadas. Assim, o dia passava depressa, e o fim de semana já estava quase ali. Quase.

Ai, merda.

Lógico. Lá estava ele, bem na hora, igual a todas as tardes de sexta-feira quando eu estava pronta para escapar dali. Fingi que não o vi conforme se aproximava.

— Aly, minha cara! — bradou Hunter, ao lado de minha mesa.

Fui forçada a levantar a cabeça e tirar o fone.

Sorri e disfarcei a falta de paciência.

— Hunter! Tudo bem com você? Ansioso para o fim de semana? Vai jogar golfe, aposto.

Lembrava-me desses detalhezinhos até das pessoas que eu detestava, como Hunter. Era tipo uma compulsão e, naquele instante, eu me odiava por isso.

Hunter olhou para mim, satisfeito, e passou a mão pelo cabelo cor de mel.

— Vou, com certeza. Você é sempre muito... atenciosa, Aly. Sabe como fazer um homem se sentir especial.

Trinquei os dentes, só não sabia se para conter uma resposta sarcástica ou o vômito.

Eu odiava uma porção de coisas em Hunter. O papinho sobre se aventurar no mercado financeiro por diversão, o fato de continuar chamando o pai de "papai"... E, por algum motivo absurdo, o fato de gostar de usar lenço no pescoço era algo que me tirava do sério. Laranja, de bolinhas, com listras cor-de-rosa. Havia um para cada traje. Considerando a quantidade de coisas desagradáveis a respeito de Hunter, era impressionante que especificamente essa me incomodasse tanto.

Embora tivesse entrado na empresa dois anos depois de mim, já era gerente, assim como eu. Só que era incapaz de finalizar projetos, cumprir prazos e dizer não aos clientes. Vivia na corda bamba por conta de sua conduta imprópria, mas até então o desgraçado não havia escorregado e se precipitado para a morte nas mãos do RH. Sempre havia uma rede de proteção. Era uma pena.

Então, não, ele não era um ótimo gerente. Tampouco um ótimo colega de trabalho. Mas era rico, elegante e charmoso. E tão cheio de si e de merda que poderia ser um zepelim movido a adubo.

Era meu inimigo mortal, mas não fazia a menor ideia. Ou seja, meu tipo ideal de inimigo.

— Como posso ajudá-lo hoje, Hunter?

Está na cara que você quer alguma coisa.

— Bem, Felix disse que talvez você pudesse ajudar no relatório para a BigScreen. Estou com uns probleminhas para deixá-lo perfeito. E, lógico, queremos que fique perfeito para eles. Sei que você é a pessoa perfeita para aperfeiçoá-lo, porque sempre apresenta coisas perfeitas.

Senhor, alguém arranja um dicionário de sinônimos para esse homem.

Hunter abriu um sorrisão, e me perguntei quantas mulheres já tinham caído na sua lábia. Um cara simpático que se debruça em nossa mesa e nos convence de que somos tão especiais e inteligentes que merecemos a honra de fazer o trabalho dele.

E, apesar disso, eu sabia que iria ajudar. Não por querer a aprovação de Hunter, mas porque Felix o aconselhara a me procurar. E, para falar a verdade, eu não queria que o relatório ficasse ruim. Hunter sabia que esse era meu ponto fraco. Além de gostar de agradar todo mundo, eu também tinha mania de controlar tudo. Uma combinação das boas.

— Entendi... E você já fez até qual parte?

— Ah, já fiz o esboço, então só está precisando de uns retoques finais, de um pouquinho de cor. Botar os pingos nos is e tal. Felix e eu só precisamos que Aly use sua varinha de condão!

Ele me deu uma cutucada, mas suprimi a raiva e forcei mais o sorriso.

— É sempre um prazer ajudar, Hunter, você sabe disso. Posso dar uma olhadinha, claro. Você precisa disso para quando?

— Bem, temos uma reunião com a equipe deles na segunda de manhã, então...

Ele virou a palma das mãos para cima, como quem diz "pois é, fazer o quê?". Olhei para o relógio. Quatro e meia da tarde de uma sexta-feira.

— Você... Quer dizer... — Dei um suspiro. — Está quase no fim do expediente, Hunter.

— Ah, não vai demorar, meu bem! Não com seus poderes mágicos! Tenho certeza de que você vai fazer um ótimo trabalho. — Ele deu um tapinha no meu ombro. — Agora preciso correr, uma parte da equipe vai sair para um happy hour e vou pagar a próxima rodada. Obrigado!

Ele saiu acelerado, e afundei a cabeça nas mãos.

Por que você não negou? Por que não falou que já estava muito tarde para ele repassar isso? Por que não disse que é a terceira vez que isso acontece neste mês e que você não é lacaia dele? Resmunguei sozinha, fiz um rabo de cavalo e arregacei as mangas. Se desse sorte, não ficaria lá até tarde da noite.

— Não dá para você fazer um trabalho de merda para esse babaca incompetente ter o que merece? — sugeriu Tola.

Ela apareceu com duas latas de cerveja. Nas tardes de sexta, circulava um carrinho de bebidas pelo escritório, para mostrar que éramos uma firma descontraída, com uma ótima cultura empresarial. Mas a graça tendia a diminuir depois de tantas sextas-feiras trabalhando até tarde.

— Até pensei nessa hipótese. Mas eu que ia acabar me ferrando. Hunter é um dos queridinhos... sempre dá um jeito de se safar. A culpa seria minha por não ter ajudado o cara direito. — Dei mais um suspiro, estalei o pescoço e abri o arquivo no Word. — E Felix falou para ele me procurar. Até onde a gente sabe, isso pode ser um teste para eu provar meu valor. Ele vive dizendo que preciso assumir mais responsabilidades. Acho que vão anunciar a vaga para gerente de marcas este mês.

Tola fez uma cara de desconfiança e apoiou a lata de cerveja na mesa.

— Não disseram a mesma coisa no mês passado? Além disso, se assumir mais responsabilidades, você vai passar a administrar a empresa. Continue aí, trinta minutos, vou cronometrar. Aí você pode tomar sua cerveja, e eu reviso.

— Não precisa fazer isso! Tenho certeza de que você tem grandes planos para a sexta-feira.

— Não faço nada que eu não queira fazer. Então, não se preocupe. Isso sem contar que ninguém sai para a balada antes das onze da noite, no mínimo... vovó. — Ela deu uma piscadinha para mim e começou a andar em direção ao grupo perto do carrinho. — Se quiser me agradecer *de verdade*, monte a lista dos seus namorados. Quero ver quantos fracassados foram contemplados com sua varinha de condão.

Eu tinha muita sorte de ter Tola em minha vida. E Eric. Mesmo que os dois insistissem em criticar minha vida amorosa e em descobrir todas as minhas inseguranças. E daí que todos esses caras estivessem melhor do que eu? E daí que depois de cinco anos eu ainda estava na mesma, sendo que os avanços se limitaram a um pequeno acréscimo à poupança e recordes pessoais de corrida? No passado, instruí Jason a pensar sobre a vida que ele queria e tomar decisões que o levassem a esse objetivo. Então, por que eu mesma não seguia meu conselho?

Não queria fazer essa lista. Porque tinha uma leve suspeita de que eles estavam certos.

Arranquei uma folha do caderno e me pus a rabiscar o nome de todos os caras, começando pelos mais recentes, voltando no tempo... Michael, David, Timothy, Noah, Jason... até chegar aos meus dezessete anos, aí parei.

Dylan. O garoto dos olhos azuis mais bonitos e da gargalhada mais estrondosa do mundo. Ele foi o primeiro, e nós crescemos juntos. Eu era louca por ele, mesmo quando o via sorrir para as namoradas e ficava em segundo plano, de melhor amiga azarada. Comecei a escrever seu nome, mas me detive e o risquei. Não contava. Fazia parte do passado. E nada mais.

Certo, então foram doze relacionamentos complicados, em dezessete anos de namoro. Gastei todo esse tempo, toda essa energia, e no fim não deu em nada. Nem sequer um noivado rompido ou uma traição horrível para contar história. Eu só tinha... desperdiçado meu tempo, como se não fizesse diferença. E terminei nessa situação.

Voltei a olhar para a tela do computador, aliviada ao perceber que havia uma coisa que não falhava nunca: garotos ricos me fariam realizar o trabalho deles sem me dar nenhum crédito por isso, e depois eu ficaria em casa, tomando vinho e remoendo esse problema, até chegar segunda-feira.

Como sempre fazia.

Capítulo Três

— E os resultados chegaram, senhoras e senhores — anunciou Eric, com voz de locutor de TV.

Era a hora do almoço, na segunda-feira, e estávamos em um banco da praça que ficava atrás do escritório. A maioria dos nossos colegas estava por perto: alguns sentados no gramado, em cima do próprio casaco, outros nas mesinhas redondas em frente ao café. Às vezes, essa cena me fazia lembrar da escola: todos correndo para tomar um solzinho no pátio assim que surgiam os primeiros raios na primavera, enquanto ignorávamos o celular e tomávamos um café caríssimo. Trinta minutos de êxtase.

Peguei meu triste sanduíche natural de frango, preparado com todo o cuidado na noite anterior, e reclamei:

— Você precisa mesmo se divertir tanto com isso?

— E você precisa ficar tão chateada? Não é uma análise sobre você — respondeu ele.

E enfiou um sushi inteiro na boca.

— Hã, desculpa, é *exatamente* isso.

— Bom, mas não é negativa — retrucou ele, enquanto mastigava rápido.

— Não quer conhecer nosso método? — interveio Tola, fazendo a mediação. — Tem toda uma análise de dados envolvida. É muito legal. Primeiro, a gente precisou avaliar quais seriam as métricas para o sucesso. Mas era necessário que estivessem associadas à *sua* ideia de sucesso. Então, pegamos todas as coisas tradicionais, como casamento, filhos, emprego bacana, casa própria, dinheiro, todas essas coisas.

Não gostei de como me senti ao ouvir esse comentário.

— Depois, graças às minhas habilidades profissionais de investigação em redes sociais... — prosseguiu Tola.

— E ao fato de esses caras serem todos egocêntricos — complementou Eric.

— ... conseguimos analisar a vida deles com base nesses fatores. Tentamos levar em consideração como eles eram quando você os conheceu, para confirmar se teve um percentual de melhora. E teve. Que rufem os tambores, por favor...

Revirei os olhos, e Eric batucou na mesa.

— O percentual de melhora foi, em média, de oitenta e sete por cento! — anunciou Tola, sorrindo para mim. — Chamamos isso de "Fator Aly".

Fiquei surpresa.

— Então oitenta e sete por cento dos caras são mais bem-sucedidos hoje do que na época em que os conheci?

— Ai, querida, não — disse Eric.

Respirei aliviada.

— Ah, tudo bem. Tinha achado meio doido.

— *Todos* eles melhoraram — explicou ele. — Para ser exato, todos os homens daquela lista tiveram uma melhora de oitenta e sete por cento.

Os dois me olhavam ansiosos, mas não consegui processar direito a informação.

— Vocês estão me dizendo que todos os homens da lista, sem exceção, estão agora em um relacionamento sério, têm uma casa própria ou um cargo de destaque em uma empresa...? Todos eles?

Eles assentiram.

— Não me digam que Adrian finalmente publicou aquele livro, o dos capítulos inacabados que ele vivia me mandando do nada?

Impossível. Ninguém quer ler uma história sobre lobisomens voadores, ainda que se passe em um universo steampunk *alternativo na Inglaterra vitoriana.*

— Não. — Tola ergueu as mãos. — Mas ele ganhou uma bolsa de estudos em um concurso de escrita, para o qual, me corrija se eu estiver errada, *você* o ajudou a se candidatar. Agora ele dá aulas on-line para escritores iniciantes e também trabalha como gerente de TI.

Arregalei tanto os olhos que achei que fosse acabar tendo uma enxaqueca.

— Aly, conseguimos atribuir a melhora deles a você. Sua energia, seu apoio, seu... jeito especial de demonstrar afeto — explicou Eric.

Ele falou com mais delicadeza, como se eu não estivesse entendendo. E não devia estar mesmo.

— Eric, as pessoas são responsáveis pelo próprio crescimento, pelas próprias decisões. Talvez eu tenha ajudado um pouquinho, mas esses caras com certeza... amadureceram ao longo do caminho. Conheceram pessoas diferentes, passaram por experiências transformadoras.

— Ou você tem algum tipo de poder sexual misterioso que melhora os homens — declarou Tola, séria, e depois caiu na gargalhada. — Sua vagina mágica! Mas, falando sério, você acha mesmo que isso não passa de mera coincidência?

Eu a encarei.

— Entre ser coincidência e eu ter uma vagina mágica, diria que faz mais sentido que seja coincidência, né? Além disso, tipo, são doze caras. Difícil essa amostragem ser grande o suficiente.

— David deu uma palestra no TED Talks três meses atrás — contou Eric, com mãos espalmadas na mesa. — *David*. O cara que não abria a boca. Ele disse que é confiante graças a uma ex-namorada que o fez ir a um seminário.

— Ele nem foi — rechacei, zangada. — Não quis de jeito nenhum, disse que era constrangedor. Então eu fui no lugar dele e depois lhe passei minhas anotações, e ele viu uns vídeos na internet.

— Viu, você fez as coisas acontecerem — reforçou Eric, ao me entregar a lista. — Dê uma olhada.

Passei os olhos pelas informações. Uma conquista atrás da outra. Aqueles homens eram maduros, impressionantes, eram pessoas importantes. O oposto de quando os conheci.

— É isso que acontece quando a gente namora aos vinte anos. Eles nos dizem que odeiam casamento e clima frio, aí oito anos depois ficamos sabendo que se casaram sob as luzes da aurora boreal.

Conferi a lista de novo e estranhei um item.

— Por que Matthew está aqui? A gente nunca namorou.

Tola e Eric se entreolharam, em seguida, me encararam.

— O que foi?! A gente não namorou!

— Você passou meses o ajudando na carreira depois que ele começou a trabalhar aqui, deu uns beijos nele na festa de Natal da firma, e agora ele está no mesmo patamar que você, apesar de só ter dois anos de casa.

— Ele era novo neste mercado! Eu só estava dando uma ajuda!

— O cara é um picolé de chuchu, e ainda assim deu um jeito de crescer na carreira. Graças às informações que você repassou — argumentou Tola.

— Bom, se formos contar todo mundo que eu ajudei em algum momento da carreira, vamos precisar de uma lista maior! — reclamei. — Ele não conta.

— Tudo bem. — Tola me olhou sem paciência. — O cara das estatísticas pode recalcular, certo?

Eric ficou ranzinza, mas pegou uma caneta.

— Claro, mas pelo amor de Deus, vai fazer terapia. E pare de ajudar o Matthew. Ninguém sabe, mas ele é dissimulado.

— Mas ele não era um picolé de chuchu?

— Você não escuta o tipo de coisa que ele fala com os caras. Chuchu é um disfarce para o mal. Sempre. — Eric batucou com a caneta. — Certo, então o Fator Aly passa para oitenta e cinco por cento. Nosso argumento continua de pé.

Demonstrei impaciência e notei mais uma troca de olhares entre Tola e Eric. Agiam como se eu não estive sendo razoável.

— O que foi? Por que vocês ficaram tão decepcionados com a minha reação?

— Queremos que você reconheça que talvez tenha tido alguma influência nessas mudanças, só isso — sussurrou Tola. — Não é legal perceber que você influenciou tanto a vida de alguém?

Não se todos eles estiverem, de repente, lá na frente na corrida, pensei, *e eu estiver comendo poeira aqui atrás.*

— Só estou... irritada e não sei por quê. Não tenho inveja desses caras. Acho que eu vomitaria se tivesse que palestrar no TED Talks. E, com certeza absoluta, não quero trabalhar em um banco de investimentos, nem me casar em uma cerimônia que foi anunciada numa revista. Isso é... Sei lá...

Soltei um suspiro.

Tola ficou intrigada.

— Talvez esteja se perguntando onde estaria se tivesse investido todo esse tempo e energia em você mesma?

Talvez esteja me perguntando por que é que fui namorar uns projetos, caramba, e não pessoas. E o que isso diz a meu respeito.

Sempre quis um relacionamento igual ao que os meus avós tinham. Um amor duradouro, de duas pessoas que trocavam um olhar de longe, com um sorriso secreto, como se falassem uma linguagem só deles. Não precisava ser tudo para alguém, é só que... Não importava o que eu fizesse, o quanto me entregasse, parecia que nunca era suficiente.

— Bom — concluí, resignada. — Isso foi *incrivelmente divertido*, e parabéns pelo rigor da pesquisa, mas preciso lidar com um monte de e-mails acumulados e com a presunção do Hunter.

Eles me observaram ir embora, preocupados, e fiquei sem saber muito bem o que sentir. E daí se todos aqueles ex-namorados infantis e hedonistas incuráveis tivessem finalmente amadurecido? E daí se eu tivesse dedicado horas e horas para ouvir os traumas de infância deles, consolá-los e aguentar as merdas deles quando claramente deveriam estar na terapia? *E daí* se a namorada ou esposa atual de cada um estivesse colhendo agora os frutos do meu trabalho pesado? Escolhi ajudá-los e bancar a namorada perfeita durante o curto período que passamos juntos. Se isso os ajudou, deveria me sentir orgulhosa. E até que era legal mesmo saber que Jason me dava crédito por ter acreditado no potencial dele e que David se lembrava do workshop. Talvez eu tenha sido uma mistura de namorada e fada madrinha, necessária para esses caras em um determinado momento da vida.

Mas o que eu ganhei com isso?

Tola e Eric sempre riam quando eu dizia que achava exaustivo ter um relacionamento. Que estava cansada demais para namorar. Porém, percebi que fazia sentido. Eu teria me dado melhor se tivesse arranjado um bichinho de estimação; ao menos receberia carinho por lidar com tanta merda. Mas seria legal, só para variar, ter alguém por perto para dizer: "Não esquente com isso, pode deixar comigo."

Enquanto voltava para minha mesa, escutei Becky, da contabilidade, conversando com outras mulheres do setor. Poucas mesas nos separavam, então quase sempre acabávamos fazendo careta uma para a outra, sem querer, quando estávamos frustradas ou de cabeça cheia. Sempre me sentia melhor quando flagrava, por acaso, Becky revirando os olhos e, em seguida, sorrindo sem graça.

Além disso, pelo jeito, ela era a sábia procurada pelas garotas mais novas para falar dos problemas no namoro, e devia ser por conta disso que esse grupinho de amigas sempre se juntava em volta de sua mesa. Mas, naquele dia, acho que a questão era seu próprio relacionamento.

— Ele falou que não acredita em casamento e não sabe por que estou tão obcecada com isso! — reclamou ela.

As outras mulheres se mostraram solidárias.

Pensei na provável justificativa de Jason para ter mudado de ideia em relação a se casar: ter mudado de mulher. Mas Becky não precisava escutar isso.

— Deve ser só para despistar! — sugeriu Katherine, que sem dúvida tinha assistido a muitos filmes de Richard Curtis. — Aí, quando ele de fato pedir você em casamento, vai ser uma surpresa!

Becky discordou.

— Ele falou que já formamos uma família maravilhosa, então que diferença isso faz? E não sei bem como explicar, porque *realmente* parece uma bobagem dizer que quero uma festa grande e luxuosa, com direito a véu e grinalda. Temos nossos filhos, uma casa juntos... Ele está certo, eu deveria me contentar com isso.

Alguma coisa nessa gratidão agressiva me soou familiar. O sentimento de ser errado querer mais do que já tinha, de ser errado querer algo que os outros consideravam irrelevante. Cerrei os dentes ao desabar na cadeira e pegar o fone de ouvido, mas tive um sobressalto ao ver Tola e Eric em pé, atrás de mim, bisbilhotando a conversa alheia, assim como eu.

— Ei, Aly, sabe o que acontece depois que uma teoria é levantada? — perguntou ele, sorridente.

Tola abriu um sorriso, cruzou os braços e apontou Becky com a cabeça.

— É preciso testá-la.

Fomos ao Prince Regent, um pub que ficava bem na esquina do escritório. Era até simpático, com fotografias emolduradas de integrantes aleatórios da família real e aquele cheiro sempre tão agradável de cerveja derramada. Eu nutria um carinho estranho pelo estabelecimento, cujas opções de bebidas (limitadas e bastante nojentas) Tola e eu já tínhamos encarado por completo. Foi lá que minha amizade com Eric começou, regada a duas garrafas de Pinot Grigio e muita choradeira. Sem dúvida, o chão era pegajoso, e só serviam batata chips sabor sal e vinagre, mas aquelas paredes continham nossa história.

Eric e eu nos acomodamos nos banquinhos de uma mesa alta, enquanto acompanhávamos de longe a conversa entre Tola e Becky no bar. Mal dava para ouvi-las, mas sabia que Tola estava contando a história gloriosa de como eu tinha mudado a cabeça de antigos namorados quanto ao casamento, e como poderia fazer o mesmo para dar um basta na fobia de compromisso do parceiro de Becky.

— Não quero fazer isso. Nem conheço esse cara — avisei.

— Bom, você vai conhecê-lo. Você não fez umas matérias de psicologia na faculdade?

Eric me deu uma cotovelada de leve e sorriu com satisfação, olhando para a caneca de cerveja.

— De psicologia não. Fiz um curso de verão sobre apoio psicológico e um curso avançado sobre técnicas de marketing. Tem a ver com transmissão de mensagens e manipulação, não com terapia.

— Foi isso que você fez com todos eles?

— Não, eu só estava namorando, fui legal e tentei ajudar! Além do mais, esse cara é um desconhecido, então vamos ter que inventar uma história, senão ele vai achar que estou dando em cima dele!

Fiquei nervosa ao ver Becky dar um giro, sentada no banquinho, e fazer dois sinais de joinha para mim, com um olhar de gratidão e esperança. *Ai, Senhor*.

Tola pulou do banquinho e veio se vangloriar na nossa mesa, mas antes parou no meio do caminho para ajeitar o cabelo no espelho. Ela segurava dois copos de Coca-Cola e os colocou em cima da mesa com um gesto espalhafatoso.

— Fiquem a postos, senhoras e senhores. Estamos prontos para entrar em ação.

Apontei para as bebidas.

— Ué, se esqueceu de um de nós?

Tola fez uma expressão insinuante.

— Isso aqui foi cortesia de um admirador.

Eric ficou confuso.

— Nem vimos você ser abordada!

Tola olhou bem para ele e abriu um sorriso largo.

— Tenho um bom nível de aprovação entre os barmen em geral. É Coca-Cola com rum, toma.

Ela empurrou o copo em minha direção.

— Como é ser adorada por todos por onde passa? — perguntou Eric, segurando o celular como se fosse um microfone.

— Bom, adoraria dizer que chega uma hora que cansa, mas não é verdade. — Olhou para mim e estranhou. — Que cara é essa? Tá nervosa? Beba isso aí.

Tomei um golinho e a encarei, com olhar de súplica.

— Já comentei que não quero fazer isso?

— Já, e falamos que ser covarde não combina com sua fama de durona. Você deveria nos agradecer, gata. Estamos dando uma chance de você brilhar — disse Tola, para provocar. — E aí, qual vai ser a história?

— Conhece a primeira regra do marketing?

Peguei o canudinho e dei um gole na bebida, conformada.

— Ganhe mais dinheiro do que gasta? — sugeriu Eric.

— Não, né? Dê às pessoas o que elas querem. Fale exatamente o que elas querem ouvir.

— Como vamos saber o que ele quer ouvir?

Cheguei mais perto para eles me escutarem em meio ao burburinho cada vez mais estridente do pub. Os clientes assíduos estavam ficando mais barulhentos e quem tinha acabado de chegar do trabalho começava a afrouxar a gravata. Tola e Eric também se aproximaram de mim e, pelo jeito, estavam curiosos.

— Não temos como saber. — Abri um grande sorriso para Eric, já esperando sua reação. — É por isso que vamos enviar alguém para descobrir tudo sobre ele.

— Por que estou com a sensação de que até o fim da noite você vai virar o Tony Soprano? — indagou Tola, com a mão na cintura.

— Boa referência, um tanto vintage para você — reagiu Eric, rindo.

— Escutem, Eric vai lá primeiro e descobre algumas informações importantes. Com isso, vamos saber como convencê-lo.

— Acha mesmo que uma conversa casual com um estranho em um bar vai mudar toda a mentalidade do cara?

— Não, óbvio que não. Não precisa mudar nada. Só precisa criar uma brecha. Deixar a luz entrar, plantar uma semente. É a chance de algo diferente brotar, só isso — expliquei.

Olhei para Becky, que estava no bar, girando o vinho na taça, com o queixo apoiado na mão e a cabeça inclinada, como se estivesse à espera de algo. Ela parecia... triste. Talvez pudéssemos ajudá-la. Decidi tentar.

— E tem que ser eu? — perguntou Eric, de cara amarrada.
— Tem certeza?
— Hã, quem é que vive falando que deu um show de atuação em *Alô, Dolly!* na faculdade? — respondi.

Tola sorriu.

— É, e sua performance como anjo da guarda em *Grease* não foi aplaudida de pé? — argumentou. — Você também não ganhou uma espécie de prêmio por *Amor, Sublime Amor*?

Eric empinou o nariz e franziu os lábios, como se estivesse reconhecendo um adversário.

— *Ora, ora*, olha só quem está empenhada agora, do nada.

Dei de ombros.

— Já que não tenho escolha, quero fazer direito. Além do mais, você é ótimo naquela baboseira de "trocar uma ideia com a rapaziada". Tem um talento nato.

Eric me lançou um olhar surpreso, esperando que eu pedisse desculpa, mas dei uma risada.

— Ah, qual é? Você sabe que é verdade.

Ele fingiu que estava ofendido.

— Tudo bem, só por você, queridinha, vou fazer minha imitação de *hétero top que gosta de esportes*.

Vimos o namorado de Becky chegar, e engoli em seco e os cutuquei para que ficassem quietos. Mas, claro, a coisa toda foi tão desnecessariamente dramática que Tola e eu começamos a rir.

Por mais que fosse totalmente ridículo, era engraçado. Uma desculpa para sair em uma segunda-feira à noite com meus amigos do trabalho, e não voltar para um apartamento vazio, ligar para minha mãe e ouvir qual foi a última besteira que meu pai fez. E não ficar remoendo ideias sobre como provar que merecia o cargo de gerente de marcas. E não ficar deitada na cama me perguntando por que o tempo estava passando tão rápido e, ao mesmo tempo, tudo continuava na mesma.

O namorado de Becky era grande e forte feito um touro, mas havia uma doçura nele, visível na forma como olhava para ela, no jeito meigo de acariciar seu braço. Ou seja, era provável que se tratasse de alguém que só estava provocando a namorada, ciente de sua vontade de se casar, ou de alguém que não acreditava mesmo nessa instituição. De um jeito ou de outro, o homem diante de nós parecia capaz de fazer qualquer coisa por ela, e percebi que dar um leve empurrãozinho na direção certa não seria tão complicado assim.

— Então, você sabe as perguntas que precisa fazer. — Confirmei mais uma vez com Eric, e ele assentiu. — Certo, vá em frente. Que a força esteja com você.

Observamos Eric ajeitar o cabelo louro para trás e caminhar até Becky para cumprimentá-la com aquele sorrisão escancarado ao qual recorria sempre que era necessário. Fez um gesto deliberado, afrouxando a gravata azul no pescoço antes de se apresentar ao namorado dela. Vimos que Eric estava no modo "vendedor": os ombros alinhados, o porte grande à mostra, conforme dava um aperto de mãos e um tapinha nas costas do namorado de Becky e, em seguida, fazia um aceno para o barman.

— É por minha conta!

Dava para ouvi-lo insistindo, com a palma das mãos virada para cima, como se não fosse aceitar um não como resposta, até chamar a atenção do barman.

— Nossa, ele é ótimo nisso — comentou Tola, ao meu lado, enquanto acompanhava a cena como se fosse um programa de TV. — Precisamos encontrar logo alguém para ele, ou ele vai parar de tentar arranjar um namorado e desistir totalmente do amor.

— Apoiada. Ele pode falar o que quiser, mas já deve estar cansado dessa coisa de transar sem compromisso. Conhece alguém para apresentar a ele?

De rabo de olho, vi que ela negou com a cabeça.

— Todos os meus amigos são muito novos, e é provável que sejam um tanto... fora do padrão para alguém como Eric — avaliou Tola. — Ele precisa, tipo, de um cara descontraído, que use cardigã, mas ainda assim fique sexy. E que saiba cozinhar, porque Eric é uma tragédia na cozinha, e quero que alguém me convide para um jantar caseiro que finalmente valha a pena, caramba.

Soltei uma gargalhada.

— Levantou questões excelentes. Sem um pingo de egoísmo.

Após uns vinte minutos, Eric voltou para a mesa. Relaxado, sem o personagem machão, e animado por conta das informações obtidas. Fiquei de olho em Becky e no namorado no bar. Pelo jeito, não estavam muito traumatizados.

— A questão é o dinheiro, eu acho — comentou Eric e, em seguida, tomou um gole da minha bebida. — E também acho que ele é um pouco tímido. Só não vê sentido em fazer uma festona à toa, já que eles têm que bancar as atividades extracurriculares dos filhos e tudo o mais.

Juntei as mãos, concordando com a cabeça, e observei a linguagem corporal do casal. Certo, eu sabia como resolver isso.

— Não esquentem, pessoal. Deixem comigo. Já sei o que fazer. Sei mesmo.

Um pouco depois, quando voltei para perto de Tola e Eric, eu me sentia uma deusa. Uma atriz aclamada que submetia as pessoas à sua vontade, e não alguém com aptidão para escutar e apresentar soluções. Ou manipular, se formos usar um termo técnico.

— O que foi que você *fez*? Ele ficou pálido! — exclamou Eric. — Está tentando assustá-lo para que ele a peça em casamento?

Ele se segurou para não rir, conforme o casal ia embora e acenava para nós. O rosto de Becky expressava um evidente "bom, valeu a tentativa", e ela franzia a testa, meio que dando de ombros. Dessa vez, sim, o namorado parecia estar traumatizado, e tentei conter o riso ao vê-lo em estado de choque, agarrando a caneca de cerveja como se a vida dependesse disso.

— Inventei que eu tinha largado meu namorado depois de quinze anos juntos porque ele não quis me pedir em casamento. Falei que ele vivia dizendo que não era importante, que eu estava desesperada, mas, na verdade, eu só queria que ele demonstrasse que me amava, que *tinha escolhido* ficar comigo. Que era muito fácil para ele continuar comigo, já que eu cozinhava, lavava as roupas... mas que ele nunca tinha me *escolhido*. Comentei que nem precisava ser uma festa de casamento grandiosa, só uma cerimônia pequena para eu mostrá-lo para o mundo, dizer para todos que aquele era o meu homem e que sentia orgulho dele. — Olhei para o horizonte, distraída, com as mãos apoiadas no peito. — Por isso, disse que estava indo embora e que agora ele podia cozinhar a própria comida, porque um cara que eu tinha conhecido na academia, igualzinho ao Jason Momoa, queria se casar comigo.

Eles ficaram de queixo caído.

— Você inventou isso tudo? — perguntou Tola.

— E mais do que isso: você tem uma quedinha pelo Jason Momoa? — Eric inclinou a cabeça como um cachorro que acabou de encontrar um petisco inesperado. — Que interessante.

— A Becky tem. E, no fundo, tudo faz parte da narrativa. Enfim. Isso justificou como ela se sente e gerou uma *pitada* de medo. No mínimo, vai provocar uma conversa na volta para casa, e talvez ela consiga se fazer ouvir.

Tola me olhou perplexa, quase fascinada. Gostei de vê-la com essa expressão.

— Gata, *isso aqui* pode dar em alguma coisa. Está sentindo, né? Tipo, quantas mulheres estão passando pela mesma situação da Becky? Quantas mulheres investem bastante... energia emocional, dinheiro e tempo para ser o que o namorado precisa, seja lá o que for? E a gente pode ajudar.

— Forçando os namorados a pedirem a mão delas em casamento? — Torci o nariz. — Não chega a ser algo muito virtuoso, né?

Tola olhou para o teto e cerrou os punhos.

— Não, não com os pedidos. Com o esforço emocional! As horas a mais de tarefas domésticas, de planejamento, cuidando das crianças, tendo que controlar tudo, o tempo inteiro. E sem receber nada em troca! Estamos diante de uma geração de mulheres exaustas.

— Quer que a gente abra uma empresa de gente para administrar a vida das pessoas? — perguntei, em um tom de indiferença. — Quer dizer, os ricos já têm assistentes... Quem sabe não fazemos um aplicativo?

— Você não está escutando direito. Pense na quantidade de tempo e esforço que Becky dedica à família, ok? Pense em todo esse tempo que ela fala sobre se casar. Agora pense em você, que apareceu e descobriu a coisa certa a se dizer e um jeito de causar impacto com isso. Todo o tempo, toda a energia emocional, tudo isso foi economizado. Poderíamos, literalmente, dar tempo de presente às mulheres.

— Dando um jeito em seus parceiros? — repliquei, com uma cara de desaprovação.

— Terceirização afetiva! — exclamou Eric, com uma voz estridente.

E eu já conseguia visualizar nosso processador de números pensando em um jeito de explorar isso.

— Poderíamos ajudar as mulheres pra valer! — afirmou Tola.

Parecia que ela estava esperando que Eric e eu chegássemos a essa conclusão bombástica, e nós não estávamos colaborando.

— Escutem, isso é divertido, adorei essa oportunidade de tramar com vocês — comecei. — *De verdade*. Mas quero ser gerente de marcas. Sempre quis. Foi por isso que fiz faculdade e mestrado, é por isso que trabalho aqui e aguento os Hunters da vida há tantos anos. Agora falta tão pouco que já dá até para sentir o gostinho. Já basta o tempo que passo resolvendo os problemas de todo mundo, não preciso fazer isso como freelancer também.

— Mas... — Tola olhou para mim, frustrada. — Pense nas esposas e namoradas dos caras com quem você saiu, como devem ser felizes por você ter moldado esses caras infantis e os transformado em heróis românticos! Nos filmes, a gente vê o cara de barriga sarada que sabe planejar aquelas surpresas românticas tremendamente elaboradas, quando, na realidade, as mulheres pelo país afora têm que lembrar o namorado de trocar de cueca todo dia. Elas merecem algo melhor, que poderíamos oferecer. Isso pode dar em *alguma coisa*, Aly.

— Então o que você está dizendo é que vamos ajudar a mulherada a reprogramar seus namorados, um fracassado por vez?

Minhas palavras foram carregadas de sarcasmo, e Tola sorriu.

— Foi exatamente isso que eu quis dizer.

Ela abraçou nós dois.

— Vamos ser nós três, vivendo aventuras. Provocando mudanças. O que poderia ser melhor do que isso?

— Você é uma vigarista. Vamos... Vamos ver o que acontece. Mas, enquanto isso, a próxima rodada é por minha conta, em homenagem ao Eric, um ator adorado, um talento extraordinário e seriamente desperdiçado do departamento de publicidade.

Eric fez uma reverência discreta, e busquei uma rodada de espresso martíni para comemorar. Fazia bastante tempo que não me divertia tanto em uma segunda-feira à noite. Mas não iria durar muito. Logo eles perceberiam que isso não era um bom plano de negócios, tampouco um projeto viável, embora Tola desejasse muito que fosse. Não viraria uma série no YouTube ou um podcast, nem qualquer veículo usado atualmente pelas pessoas para ganhar fama com seus erros.

Falei exatamente isso para Tola quando Becky nos encontrou na copa, na manhã seguinte, e me agradeceu pela tentativa. Disse que ela e o namorado tinham conversado bastante, mas que ele não mudara de ideia. Na verdade, respirei aliviada, e precisei disfarçar ao dar uns tapinhas no ombro de Becky e falar que era legal ter uma oportunidade de me abrir com ela, de qualquer maneira. Ela sorriu ao ouvir isso.

A vida podia continuar normalmente, sem ideias ou planos mirabolantes. Eu queria o cargo de gerente de marcas. Quando o conquistasse, seria respeitada. Não teria mais essa história de ser abordada por Hunter para fazer o trabalho dele, de receber tarde os relatórios do pessoal de publicidade, de precisar ir atrás de todos os colegas para explicar o formato correto do arquivo. Eu provaria, enfim, a teoria na qual minha carreira se baseava desde o início: basta trabalhar muito e manter a determinação para conseguir o que merecemos.

Tudo isso, é óbvio, virou pó quando Becky apareceu na sexta-feira com uma aliança de noivado reluzente, cravejada de safira e diamante.

Capítulo Quatro

Becky levou nós três, mais sua equipe da contabilidade, para beber e comemorar, e exaltou o fato de sermos os responsáveis por, enfim, fazer o namorado mudar de ideia. Tentei me esquivar, mas Tola se jogou de cabeça, curtindo ser o centro das atenções: a feminista perita em relacionamentos, que atiça as chamas da exaustão, da raiva e da frustração até se tornarem uma fogueira enorme.

— Ele não se lembra do aniversário das crianças!

— Tenho que comprar o presente de Natal da mãe dele todo ano!

— Viajei para um congresso e fiquei sabendo que minha filha foi para a escola usando meia-calça de bolinhas amarelas e uma blusa de pijama da Peppa Pig!

— Acho que ele não ficou feliz de verdade quando fui promovida, sabe? Tipo, lá no fundo.

— Voltei para a universidade para fazer mestrado, e agora ele diz que fico agindo como se fosse mais inteligente do que todo mundo.

— Ele chegou bêbado em casa e mijou no cesto de roupa suja.

Bom, pelo menos essa aí foi engraçada.

Ao ouvir minhas colegas soltarem todas essas histórias, conforme entornavam mojitos e spritzers de vinho branco, fiquei pensando que talvez, quem sabe, pudesse me considerar sortuda por estar sozinha? Por ter tempo para mim e poder fazer minhas escolhas sem precisar prestar contas para ninguém? Talvez o amor não compensasse a fadiga. Pensei em minha avó, que preparava o jantar todas as noites, ao longo de cinquenta anos, sem um pio de reclamação. Quem sabe ela teria se queixado, se eu tivesse lhe dado abertura.

— Por acaso você é a mãe dele, porra? — disparou Tola para uma das amigas de Becky. Depois, fez uma pausa dramática para beber de canudinho. — Não, né? Então pare de mimar esse homem! Pare de prover. Não faça nada além de exigir o que você merece. Porque todas vocês são *mulheres lindas e maravilhosas* e merecem ser idolatradas! Esses caras deveriam estar de joelhos, porra, agradecendo aos céus por vocês aturarem umas criaturas que não sabem nem fazer a barba e tomar banho direito e que, quando vão lavar a louça, perguntam onde está o detergente.

Houve urros e gritos de comemoração.

— Essa comemoração de noivado está a *isso aqui* de virar ritual de sacrifício — sussurrei para Eric.

Ele se aproximou de mim, riu e sussurrou com sarcasmo:

— Estou evitando movimentos bruscos para elas não lembrarem que estou aqui.

— Mas ela é boa com a plateia — reconheci, ao ver Tola rodeada de atenção. — Sabe criar um alvoroço.

— Não é só isso. Estou achando que ela está determinada a transformar isso em algo e vai nos arrastar junto, custe o que custar. Existem as pessoas sem ambição, existem as ambiciosas... e existe a Tola.

Olhei a mulherada conversando e rindo, reparei no rosto delas enquanto faziam piada com a licença-maternidade ridícula, a relação delicada com os sogros, os encontros acidentais com os ex. Os namorados ciumentos, as corridas de manhãzinha, a tinta que usavam para pintar o cabelo.

Essas mulheres estavam exaustas. E nem percebiam. O cansaço proveniente das expectativas e decepções era intrínseco à condição da mulher. Tola estava certa: elas tinham a esperança de encontrar uma pessoa madura, responsável, capaz de preparar o próprio jantar e saber quais eram as flores favoritas da própria mãe.

— Com licença. — Uma das amigas de Becky se aproximou de nossa mesa. — Você ajudou a Tola, não foi?

Eric abriu um sorriso e apontou para mim.

— Ela foi a idealizadora. Uma especialista em estupidez humana.

Dei uma cotovelada nele e sorri, meio pedindo desculpas.

— É, ajudei, sim.

Ela puxou a cadeira mais para perto e se afundou nela.

— Oi, meu nome é Emily. Meu marido não sabe cuidar do nosso bebê. Ele se ofereceu para ficar em casa quando eu voltasse a trabalhar, mas não leu nenhum livro sobre parentalidade e me liga de quinze em quinze minutos ou então chama minha mãe para ir até lá. Aí ela me critica por ter abandonado minha filha para ser uma "mulher de negócios". Meu salário é maior, eu precisava voltar! Fora isso, quando chego em casa, está tudo uma bagunça, e ele me entrega a criança e fica jogando PlayStation a noite toda! Sei que eu deveria ser grata, mas...

Fechei os olhos e tentei entrar em contato com a conselheira sentimental que habitava em mim.

— Gratidão é um sentimento maravilhoso, mas não pode ser um escudo antibaboseira para sempre. — *Meu Deus, de onde é que veio isso?* Falei que nem o horóscopo daquele aplicativo da Tola, o Segunda-Feira Mística. — Você só precisa ensinar a ele.

— Preciso ensinar que nossa filha requer cuidado e que não dá para ficar tudo nas minhas costas? Por que ele não aprendeu isso sozinho? Por que *eu* é que tenho que ensinar?

Limitei-me a dar de ombros.

— Não faço a menor ideia, mas, infelizmente, você vai ter que se esforçar se quiser colher os frutos... Com sorte, só por pouco tempo, mas a recompensa será duradoura.

— E você pode fazer isso? — perguntou Emily.

Ela parecia ver uma luz no fim do túnel.

— Bem, estamos pensando em abrir uma empresa que terceiriza o esforço emocional das mulheres — contou Eric. — Talvez seja a última tacada para derrubar o patriarcado.

Ela me fitou e aguardou que eu dissesse as palavras que resolveriam todos os seus problemas. Fiquei surpresa ao descobrir que me sentia poderosa. Adorava analisar um problema e descobrir uma solução. E não conseguia recusar um desafio.

— Está bem, me fale como posso ajudar.

Precisávamos arranjar um bebê, o que parece mais preocupante do que de fato era. Por sorte, um amigo de Eric, Marcus, quis ajudar.

Marcus era um cara grandalhão, com os músculos salientes sob uma camiseta justa. A única coisa que amenizava a imagem indiscutível de "bombadão da academia" era sua bebezinha, presa em um *sling* de bolinhas roxas, toda sorridente para o pai, como se ele fosse o centro do universo.

— Certo, aqui estão alguns pontos fundamentais — falei, ao nos reunirmos em uma manhã nublada de sábado no Parque Finsbury. Sabíamos que o marido de Emily levava a filha para brincar lá. — Marcus, você precisa se exibir como o pai perfeito e mostrar que essa bebezinha está *muito* saudável.

Marcus fez cara de quem estava pronto para a brincadeira e sorriu, enquanto ajeitava a filha nos braços.

— É sempre um prazer ouvir que sou perfeito.

— Contanto que não se importe com uma competiçãozinha saudável — comentei, para provocar. — Queremos que o marido, Liam, veja que você está se saindo bem e que não tem nenhum mistério. Queremos que ele tenha vontade de ser igual a você.

Tola olhou desconfiada para Marcus.

— Por que é que você está ajudando a gente mesmo?

Ele riu, e a menininha ficou toda contente.

— Porque o Eric pediu. E também porque esse cara está manchando a nossa imagem. Mas, acima de tudo, porque quanto antes os homens se tornarem pais mais ativos, mais cedo vamos receber uma licença-paternidade decente.

Tola deu um sorriso e assentiu, convencida.

— E que não dependa de ter uma mãe ao lado o tempo todo? — perguntou.

Marcus apontou para ela.

— Acertou em cheio.

— Muito bem. — Tola esfregou as mãos. — Hora do show.

Marcus foi em direção aos balanços, onde Liam empurrava a filha, sem entusiasmo, com os olhos grudados no celular. Acompanhamos essa caminhada até o fim e vimos Liam arregalar os olhos, surpreso com o tamanho de Marcus. Quase dava para ver um balão de pensamento se formar acima da sua cabeça: *Um cara* desses *levando a filha ao parque? Não deveria estar puxando ferro na academia? Ou metendo a porrada em alguém?*

— Este aqui está livre?

Marcus sorriu, gentil, ao indicar o balanço ao lado da filha de Liam. Tola riu.

— Ele está *dando em cima do cara*? — perguntou no meu ouvido.

Eric amarrou a cara.

— Marcus é casado e feliz, só está sendo simpático — rebateu, parecendo irritado.

Liam encarou Marcus, sem dizer nada por uns segundos, depois demonstrou indiferença.

— Claro. Pode pegar.

— Valeu.

Marcus voltou a atenção para a filha e a jogou para o alto, depois a colocou no balanço, fez caras e bocas e cantarolou para explicar cada movimento dele.

A filha de Liam passou a observar com atenção esse homem novo, divertido, que surgiu em seu campo de visão. Sorriu e bateu palminhas para Marcus, mais do que fizera qualquer dia com o pai, imaginei eu. Liam estava um pouquinho afastado, grudado no celular. E ficamos surpresos quando ele finalmente pareceu perceber a situação.

— Ele guardou o celular!

Tola agarrou meu braço, animada.

— Shhh! — reagiu Eric.

— Vamos chegar mais perto — sussurrei. — E ajam como pessoas normais. Não pega bem três adultos sem filho de bobeira perto do parquinho das crianças!

Fomos sorrateiramente até um gramadinho atrás dos balanços para escutar a conversa deles.

— Que menina alegre, a sua! — comentou Marcus, ao sorrir para Liam; em seguida, apontou para a própria filha.

— Esta aqui já é quase uma adolescente temperamental. Tenho a impressão de que vou virar para fazer o almoço dela e, quando voltar, ela já vai estar toda arrumada para sair para a night. O tempo voa, né?

Liam o encarou, com a impressão de estar na dúvida se Marcus estava mesmo se dirigindo a ele. Pelo jeito, tinha passado um bom tempo sem conversar com adultos e precisava recordar como era.

— Sei lá, às vezes, parece que demora pra caramba — comentou Liam, desanimado.

Ele ficou constrangido, como se tivesse dado a resposta errada. Mas Marcus sorriu e concordou em silêncio.

— Nem fala, é sempre a mesma rotina empolgante de escutar os choros, achar que vão fazer bagunça a qualquer instante, cruzar os dedos para pegarem no sono, só para entrar em pânico quando eles finalmente dormem... Sei lá... Ou é só porque sou um desastre total? Acho que eu imaginava que não trabalhar para cuidar das crianças incluiria mais horas sentado com elas no colo ou jogando Xbox, sabe?

Os olhos de Liam se acenderam. Tola, no entanto, estava indignada.

— Sério mesmo?

— Ele está encenando um papel! — argumentou Eric, em defesa do amigo, e parou para pensar um pouco. — É o que eu acho, pelo menos.

Mas foi o que bastou para Liam baixar a guarda.

Tinha encontrado alguém que não iria julgá-lo, não iria lhe dizer que aquela experiência deveria ser mágica. Tinha alguém com quem se queixar, e o alívio em seu rosto era visível.

— Você também fica em casa para cuidar das crianças! — exclamou Liam. — Nunca conheci outros pais nesta situação. É... Então, é um pouco mais... entediante do que eu imaginava.

Marcus assentiu, de olho na filha.

— Já vomitou na hora de trocar a fralda? Na primeira vez que fui trocá-la... Eu vomitei, ela também, nós dois ficamos chorando... Depois as coisas melhoram.

Ele olhou para a neném com muito amor, e Liam sorriu.

— Fora isso — continuou Marcus —, seu antigo trabalho também tinha as partes chatas, não? Desse jeito, pelo menos você tem a chance de ser a pessoa que vai vê-la crescer. Sou eu que ouço as primeiras palavras e acompanho os primeiros passos. A pessoa que está comigo nessa tem um pouco de dificuldade de aceitar isso, eu acho. Mas, às vezes, é a realidade financeira do casal, certo?

Lembrar que um dos dois ganha mais, comentar que é uma decisão financeira sem vaidades. Boa, Marcus. Comecei a achar que não precisava ter feito aqueles cartões para ele memorizar o texto... Era um talento nato.

— É, acho que minha esposa, Emily, fica triste por não ter esse tempo com a nossa filha. É por isso que passo Lila para ela assim que chega em casa, para as duas terem um tempo a sós. Sei que ela sente muita saudade da nossa menina quando está no trabalho.

Arregalei os olhos para Tola e apenas articulei os lábios: *É só um problema de comunicação!*

— É, entendo, deve ser difícil para ela. É por isso que, lá em casa, quando não estou mais sozinho, aproveito para separar as roupas para lavar e dar uma geral em tudo, para que outras preocupações não atrapalhem esse tempo para curtir. Temos um esquema bem organizado, né, filhota?

Marcus deu uma risada com a filha, que bateu palmas.

Flagrei a expressão no rosto de Liam: era como se ele nunca tivesse parado para pensar nisso.

— É tentador largar a criança assim que alguém bota os pés em casa para termos um tempo para nós, né? Mas como tentamos dividir todas as tarefas, entrego a bebê e vou adiantar o jantar. Na hora do banho, saio para a academia... Assim todo mundo tem um tempo para si.

Liam olhou para Marcus e assentiu, como quem decide revelar algo para seu guia espiritual na jornada da paternidade. Depois, respirou fundo.

— Eu ligo muito para a Emily quando ela está no trabalho. É que não sei se estou fazendo as coisas direito. Parece que está todo mundo esperando que eu faça uma besteira. Que a esqueça no banco do parque, grude os dedos dela com cola ou me distraia enquanto ela está mordendo o rabo do gato.

Assim que Liam encostou a mão na cabeça da filha, fiquei com pena dele. Talvez estivesse perdido em relação às necessidades da esposa, mas era evidente que queria ser um bom pai, um bom parceiro. Só precisava de um incentivo. Quem sabe, de uma referência. E, sem dúvida, de uma comunidade. Será que Marcus iria captar isso?

— Você participa de algum grupo de pais e mães de bebês? *Marcus, está contratado!* Sorri para Tola e Eric, exultante.

— Participo, mas em geral só tem um monte de mães mandonas, que ficam falando que estou fazendo tudo errado...

— Está cheio de grupos de pais por aí! — exclamou Marcus, enquanto pegava o celular. — Aqui, participo de um no Facebook que é de gente aqui da cidade... Quer que eu mande o link?

Fitei o rosto de Liam naquele instante e vi tanta esperança e tanto alívio que pensei que ficaria até sem ar. Era o olhar de quem diz: *Não estou sozinho.*

— Ah, é isso aí — sussurrou Tola.

Sorri para ela e os cutuquei para nos afastarmos mais do parquinho. Quando estávamos a uma boa distância, voltamos a falar normalmente.

— Isso foi... inesperado — comentou Eric. — Pensei que o plano era fazer os dois competirem para saber qual criança era a mais impressionante. Estava ansioso por uma espécie de, sei lá, corrida de bebês!

— Só tínhamos um lado da história — disse Tola, parecendo ainda mais empolgada que antes. — Achamos que ele era um pai lixo, egoísta e tal, mas o cara só precisava receber apoio e interagir com outros pais que nem ele.

— Ele achou que estava ajudando ao largar a criança com a Emily assim que ela colocava os pés em casa — sussurrei. — Óbvio que ele achava.

— Isso foi fofo. Adorei. Viemos para cá preparados para ver o cara se dar mal e descobrimos que ele está pronto para amadurecer. Amei ver isso! — Tola agitou as mãos. — Qual é! Vocês dois perceberam agora, né? Viram que podemos ajudar as pessoas! Isso aqui pode dar em *alguma coisa*.

— É, tudo bem, mas no *que* exatamente? — contestou Eric, ainda cético. — Montar uma encenação, sem que ninguém saiba, para salvar o relacionamento alheio, quando na verdade essas pessoas deveriam fazer terapia?

Olhei para ele.

— Palavras pesadas para alguém que continua sem falar com metade da família depois de sair do armário.

Ele levantou as mãos, exasperado.

— Eles não falam comigo. E é para isso que serve a terapia, para se resolver os *próprios* problemas, não o dos outros. É impossível mudar alguém que não queira mudar.

— Ele não *sabia* que queria mudar. Nem que o casamento dele precisava de salvação. — Tola apontou para Liam, que olhava para Marcus como se ele tivesse surgido ali para lhe dar de presente o gênio da lâmpada, os três desejos e uma pizza de pepperoni bem recheada. — E agora ele sabe. Isso vai dar em alguma coisa.

Capítulo Cinco

Depois disso, as coisas se desenrolaram bem rápido, e Tola assumiu o comando. Ela acreditava de corpo e alma naquele projeto. Acreditava que podíamos fazer o bem e nos divertir dando um jeito em relacionamentos alheios, libertar as mulheres da abnegação e fazê-las investir a energia em si próprias. Eu achava que ela acrescentaria até "alcançar a paz mundial" na lista.

Eric queria uma chance de viver suas fantasias como ator e se abstrair de sua vida amorosa, nem sempre bem-sucedida, então ele também entrou na onda.

E eu... Eu estava sendo útil. Ajudando as pessoas. De repente, uma característica da qual me envergonhava se tornou fundamental para tudo que Tola queria que fizéssemos. Eles precisavam de mim nessa empreitada. E eu estava curtindo isso, mais do que deveria.

Tola tinha uma estratégia muito clara: testar nossas habilidades de "criar matches perfeitos" em vários tipos de relacionamentos com problemas e ver se havia algo que não conseguiríamos resolver. No começo, ficamos na dúvida se arranjaríamos mais alguém que quisesse nossa ajuda, mas foi uma preocupação desnecessária. Becky e Emily contaram o que tinha acontecido às amigas, que tinham irmãs, com suas respectivas amigas... Após três meses, já tínhamos uma cartilha, um questionário e um sistema de agendamento.

Os homens — pois é, a maioria das reclamações era sobre homens — dividiam-se em duas categorias: 1) os desmotivados; 2) os relutantes em se comprometer. Estavam infelizes no trabalho, mas não se esforçavam para descobrir o que queriam. Tinham vontade de abrir uma empresa, escrever um livro ou gravar uma música, mas preferiam falar a tomar uma atitude. Em alguns casos, as clientes queriam um compromisso sério, mas, acima de tudo, parecia só que aquelas inúmeras mulheres extremamente fortes e motivadas estavam apenas cansadas de carregar o parceiro nas costas e esperar que ele amadurecesse. Eram mulheres que faziam terapia, que planejavam a carreira com profissionais, que administravam grandes empresas e, paralelamente, desenvolviam outras atividades. Mulheres que investiam em si mesmas. Ainda assim, precisavam tomar conta do parceiro. Ficavam preocupadas em saber se ele estava feliz, se estava contente, se tinha uma conexão forte com as crianças, se estava satisfeito com as próprias escolhas. Deixavam inúmeros recadinhos em Post-it, programavam alarmes e anotavam os compromissos na agenda. Administravam a vida do casal com a eficiência e a diligência de um general do Exército. E, apesar disso, tinham medo de serem tachadas de chatas. A pior coisa que uma mulher poderia ser, só perdendo para o título de solteirona, claro.

Havia alguns casos de mulheres desconfiadas de possíveis traições do marido, mas decidimos, desde o começo, que não nos envolveríamos nesse tipo de problema e que não armaríamos um flagra. Isso não tinha a ver com amadurecimento. Era uma questão de revelar quem a pessoa realmente é e, para ser sincera, não queria ser eu a incitar o pior em alguém e depois entregar a verdade como se fosse um presente. E, de todo modo, sabíamos que a maioria acabaria não acreditando mesmo.

Tola adorou a coisa toda, passou horas criando os cartões de visita rosa-choque e um site berrante e ousado. Porém, sabíamos que isso precisava ser mantido em segredo... Era um clube só para mulheres, e todas com quem conversávamos sentiam uma identificação instantânea. *Sim!*, elas nos diziam. *É ISSO que está acontecendo, foi com ISSO que eu tive que lidar!* Então, concluímos que não poderia ser um site comum. Precisávamos de certo anonimato, de proteção.

Eric teve a ideia de esconder a Match Perfeito à vista de todos: um site feito para ajudar mulheres ocupadas, repleto de artigos, links para apoio psicológico, algo básico e colorido, sem nenhuma indicação do que realmente estávamos fazendo. Só quem clicasse no link para coletores menstruais e preenchesse um formulário teria acesso à plataforma de agendamentos. Eric criou um algoritmo para identificar as palavras "cansada", "exausta" e "de saco cheio". Os novos cartões de visita de Tola só diziam: "Está infeliz? Conheça a Match Perfeito." E informavam uma senha para o site.

Eram quase dispensáveis, pois o boca a boca já dava conta do recado.

Cada pessoa é única, sem dúvida, mas os problemas delas não são. Existem padrões a serem identificados e coisas que funcionam na maioria das vezes, além de alternativas caso as estratégias não deem certo. Eu enchia cadernos e mais cadernos com vários "teatrinhos", tal qual uma trapaceira sentimental e, embora jamais fosse confessar isso para ninguém, adorava aquele fingimento todo. Havia perucas e figurinos a usar, personagens a incorporar. Eric tentou imitar sotaques, mas era péssimo nisso, então logo vetamos essa opção. Armávamos encontros fortuitos que mudavam a perspectiva das pessoas. E isso parecia algo grandioso, mesmo que fosse tudo orquestrado.

De repente, eu tinha algo para fazer todas as noites, fosse tramar com Tola, fazer compras com Eric ou espreitar em um bar, testando a abordagem perfeita.

— Você ainda está pensando muito pequeno — comentava Tola. — Precisamos ajudar as mulheres a se dedicarem a si, não só aos parceiros. Podemos fazer coisas grandiosas com isso, Aly!

— Gosto do jeito que estamos fazendo — respondia eu. — Assim as coisas não saem do controle. E a gente consegue se divertir sem correr riscos. E, de quebra, ainda brinca de teatrinho.

Depois disso, Tola ficava de cara séria, a mesma de quando estava frustrada comigo. As sobrancelhas formavam um sulco profundo acima do nariz, mas ela não dizia nada.

Eu sabia que Tola me achava covarde. Ela tinha ideias grandiosas, planos arrojados de lançar a Match Perfeito como uma marca de estilo de vida, uma empresa, um programa de doze passos, e eu era a mais pé no chão, que sempre apontava algum problema. Eu a trazia de volta para a Terra. Mas as pessoas acabam ficando ressentidas com quem se presta a esse papel de âncora, mesmo que atue como um ponto de equilíbrio. Tola queria incendiar o mundo, enquanto eu estava apagando todas as fagulhas antes de pegarem fogo.

Assim, chegamos a um acordo: ela reforçaria o trabalho em casos que exigiam mais do que um empurrãozinho. Um encontro fortuito, seguido de um feedback surpresa, um lembrete do aprendizado para ajudar a fixar a mensagem. Afinal, uma conversa em um pub pode ser passageira. Estávamos criando a ilusão das interações predestinadas. O universo está lhe enviando um sinal, então é melhor prestar atenção.

Mas a verdade era que, quanto mais fazíamos isso (e muito bem), mais raiva eu sentia de mim. Sempre que uma mulher nos enviava uma garrafa de champanhe ou um cartão de agradecimento, tinha vontade de bater com a cabeça na parede. Era capaz de controlar a vida de todo mundo, menos a minha.

Mas Tola via as coisas de outro modo.

Foi por isso que, sete meses e doze dias após nosso primeiro experimento, ela se aproximou e atirou um cartão de visita na minha mesa, como se tivesse saído de um filme de gângster.

— Temos uma cliente nova.

Fiquei confusa.

— O quê?

— A MP.

Tola abriu um sorriso. Ela adorava chamar assim a Match Perfeito e me ver estremecer. Peguei o cartão e o conferi duas vezes, depois olhei para ela.

— Isso é sério?

Ela se apoiou na mesa. Seu sorriso lindo brilhava com força total, era quase ofuscante.

— É cem por cento sério. Falei com ela e com a trupe toda. Foi uma doideira.

— Como ela nos encontrou? — questionei, estranhando a situação. — Com certeza, ela tem pessoas para fazer esse tipo de coisa, não?

Tola sorriu.

— Gata, somos *nós* que fazemos esse tipo de coisa. A assistente dela ouviu falar de nós através de uma amiga e se inscreveu pelo Portal Coletor. Liguei para saber se era sério mesmo, e é! Dá para *acreditar* que até os ricos e famosos precisam dos nossos serviços?

Vi a fonte modernosa, anunciando *Nicolette Wetherington--Smythe: criadora de conteúdo, produtora, inovadora, empreendedora e influenciadora.*

— Nossa, essa aí é ocupada.

— Não deve ter sobrado espaço aí para "alpinista social", "participante de todo e qualquer reality show que se disponha a convidá-la" e "herdeira de um império no setor de areia para gatos" — comentou Eric, apoiado na divisória da minha baia, enquanto mordia uma maçã. — Mas temos que aceitar, né? Nem que seja só pela diversão. Que tipo de boy sarado será que ela está namorando? Até onde eu sei, ela estava namorando o capitão da seleção de rúgbi da Inglaterra!

— Nada disso — rechaçou Tola. — Isso já tem anos. *Era* aquele otário, o bacana de Chelsea do programa de TV do qual os dois participaram, sabe? Eles ficaram em um vaivém bizarro, um drama sem fim, não foi? Mas acho que esse é... um cara normal? A assistente foi bem evasiva. Disse que ela quer ter um encontro formal se a gente topar. Ela quer... — Tola passou a falar mais baixo e fez o sinal de aspas com os dedos — ... uma *série intensiva de atividades*.

Eric e eu nos entreolhamos, sem entender nada.

— Sou só eu, ou isso está parecendo um péssimo circuito com obstáculos?

— Ou uma colônia de férias bem assustadora.

Tola espalmou as mãos na mesa, de um jeito bem dramático, e fez uma pausa para ter certeza de que estávamos prestando atenção. Dava para ver que estava adorando aquilo.

— Ela quer exclusividade total por um mês.

— Nossa Senhora, qual é o problema desse cara? Taca uma água benta nele, sei lá.

Eric tinha razão, e olhei para Tola, em busca de mais informações.

— Olhem só, não sei de nada. Só sei que quero *muito* ir a essa reunião, porque quando alguém rico e famoso telefona e faz exigências absurdas, podemos ter certeza de que será interessante. E de que vai ter champanhe caro. — Ela sorriu e olhou para mim, depois para Eric, como se fôssemos pais rigorosos que poderiam frustrar seus planos de ficar acordada até meia-noite. — Então vamos topar, né? Vamos pelo menos ouvir o que ela tem a dizer? Estou *muito curiosa*.

— Vão vocês duas, depois podem me contar tudo — respondeu Eric. Em seguida, fingiu que estava escondendo o rosto com as mãos. — Fico nervoso quando estou perto de celebridades.

— Você *mal* sabia quem ela era.

— Não importa. Se *a pessoa* achar que é famosa, já me enrolo todo para falar. E tem mais... Sempre que a Match Perfeito tem uma reunião e eu apareço, ficam esperando até eu falar alguma coisa, aí comentam: "Ah, é muito interessante ter uma perspectiva masculina" — reclamou ele.

Tola olhou para mim.

— Hã, bem-vindo à nossa realidade — repliquei, com uma risada. — Pelo menos, suas roupas têm bolso.

— Tudo bem, Aly e eu vamos nos encontrar com a Princesa da Areia para Gatinhos e ver quem é o cara com síndrome de Peter Pan com que ela anda saindo. Aí decidimos se vale a pena o estresse. Combinado?

— Combinado — concordei. Fiz uma pequena pausa. — Hum, posso voltar ao trabalho agora?

Tola não gostou muito e se afastou, mas ainda soltou um "você que sabe", sem nem me olhar direito.

— Tem horas que você sente que a gente só está indo na onda? — perguntou Eric, em meio a uma risadinha.

— Eu estaria mais confiante se estivéssemos em um daqueles filmes em que o personagem passa por uma transformação total e, com um passe de mágica, Tola me desse um visual maneiro — respondi.

— Talvez ela esteja explorando nosso potencial, assim como fazemos com esses caras. Desde o começo, nós é que precisávamos tomar jeito!

Ele fez uma cara boba, como quem diz "Ai, meu Deus, não acredito", e eu gargalhei.

— É assustador demais, não quero nem pensar. Pode ir! A gente se fala depois.

Tive um microssegundo para reparar no olhar de Eric, que se desviou para meu ombro esquerdo, e na contração em seus lábios. Ah, droga.

Virei a cadeira, certa de quem estaria ali.

— Hunter. Como posso ajudá-lo hoje?

Nicolette Wetherington-Smythe não era uma pessoa acostumada a ter que esperar pelo que quer. Por isso, quando respondeu à mensagem de Tola com um convite para tomarmos uns drinques no The Royale naquela noite, fiquei curiosa para saber que homem era difícil a ponto de requisitar toda a nossa atenção durante um mês inteiro. Também me perguntei que tipo de homem valeria esse esforço, quando se tratava de alguém como Nicolette. Ela tinha o padrão de beleza das garotas ricas dos reality shows: absurdamente magra e bronzeada, quase irreal, como se um manequim tivesse ganhado vida. Então, até por se tratar de um cara que nem era famoso, fiquei me questionando por que ela não tinha simplesmente saído por aí e trocado de modelo.

Tola me encontrou na frente do escritório e olhou horrorizada para a roupa com que fui trabalhar.

— Nem começa — declarei, levantando a mão para ela.

Acenei para o táxi preto vindo em nossa direção. Entramos no carro, e quando dei o endereço, a poucos minutos dali, o motorista soltou um muxoxo. Mas eu me recusava a andar de salto alto pela Oxford Street, não me importava que a mulher fosse famosa.

— É tudo muito... escuro. Por que essa guerra contra as cores, Aly? Há tantas coisas bonitas no mundo para vestir!

— Preto dá um tom profissional, emagrece, não suja fácil. Fica chique em qualquer ocasião — argumentei. Revirei a bolsa até achar o batom. — Além disso, olha só, eis a cor!

Passei o tom laranja-avermelhado que era minha marca registrada, usando a tela do celular como espelho, e esfreguei um lábio no outro para espalhar, com satisfação.

— Qualquer dia desses, sua confiança em mim será tanta que vai me deixar comprar umas roupinhas para você, aí sua vida vai mudar — reagiu Tola, mas depois deu um sorriso para mostrar que estava brincando. — E aí, você acha que a gente precisa se preparar ou algo assim?

— Tipo o quê? — Senti o celular vibrar e vasculhei tudo até encontrá-lo.

Mamãe. Tinha que ser. Deixei cair na caixa postal e tremi na base por isso; em seguida, digitei depressa uma mensagem de desculpa, já preocupada com sua reação.

Tola me encarava como se eu estivesse prestes a estragar tudo. Guardei o celular.

— Que tipo de pesquisa você quer fazer? — repeti, para mostrar que estava ouvindo.

— Tipo... ler sobre a Nicolette. — Ela semicerrou os olhos. — Que foi? Você adora pesquisa!

— Com certeza, mas ainda não sabemos nada sobre a situação. *Isto aqui* é a pesquisa. Vamos lá, escutamos, fazemos perguntas e, Tola, esta parte é muito importante: *Não vamos nos comprometer com nada na hora*. Tudo bem?

Ela bateu continência.

— Tranquilo. É você quem manda.

Algo me diz que não.

Sempre que encontro um famoso, fico chocada ao ver que parece uma pessoa qualquer. Discreta, com a calça jeans gasta e os tênis All Star surrados. Se Tola não tivesse seguido direto até Nicolette, eu teria passado horas esquadrinhando o bar para achar a influenciadora, procurando alguém na penumbra cuja aparência coincidisse com a dos filtros das redes sociais.

Nicolette usava um top de um ombro só, jeans rasgados e botas de couro; o cabelo louro comprido escorria pelo ombro. A única característica inconfundível eram mesmo as sobrancelhas grossas, sempre arqueadas, como se estivesse na expectativa de ouvir uma piada. Ela sorriu e acenou quando nos aproximamos, e senti de longe seu magnetismo.

— Olá! — Ela segurou nossas mãos e soprou beijinhos no ar, depois apontou para os assentos na frente dela. — Sentem! Sentem! Estou *muito* feliz por conhecer vocês. Ouvi *tanta* coisa boa!

Quase dava para visualizar as partes em itálico em sua fala, mas ela era bem mais calorosa do que eu esperava.

— É muito bom conhecer você também, Nicolette... — comecei.

Ela soltou um gritinho.

— Nicki! Por favor, me chame *só* de Nicki!

— Nicki — repeti.

No mesmo instante, ela interveio:

— Pedi coquetéis para vocês. — Nicki empurrou os drinques rosa-neon na nossa direção. — Meu namorado fala que precisamos deixar os barmen fazerem o trabalho deles, mas gosto de ser a criadora, de decidir o que devem colocar. Vira uma experiência bem pessoal. Então, esta é a minha criação, o Flamingo Embriagado de Amor!

Tola pegou o dela, e eu tomei um gole e enfiei um sorriso na cara. Tinha gosto de boneca Barbie misturada com My Little Pony. Com uma toranja por cima, para completar.

— Que refrescante! — disfarcei, estalando os lábios.

— É maravilhoso chegar a um lugar e já encontrar algo especial preparado, não acham? — Nicki abriu um sorriso para mim. — Temos que tomar muitas decisões na vida. Adoro quando alguém assume o comando.

Tipo o barman...?

— Então... — Adotei minha cara de entusiasmada, com brilho nos olhos, e um tom ávido por fofoca. — Conte tudo sobre O *Garoto*.

Eu sempre colocava as coisas dessa maneira, como uma adolescente compartilhando segredos e uma garrafa de Ice com as amigas em uma festinha na casa de alguém. Como se elas pudessem elencar tudo o que amavam no sujeito até, por fim, chegarem às partes mais chatinhas que queriam modificar. Até se permitirem reconhecer que as coisas não andavam tão bem assim.

— Ah, ele é *incrível*, é... — começou ela, mas se deteve. — Ah, me desculpem, me precipitei um pouco agora. Primeiro, preciso que vocês duas assinem um *tiquinho* de nada de papelada... sabem como é. Essa coisa toda dos tabloides.

Ela nos passou dois acordos de confidencialidade bem básicos, que Tola e eu analisamos antes de assinar. Embora tenha ficado na dúvida se os drinques oferecidos de antemão não os invalidavam. Na verdade, não fazia diferença, porque eu não tinha o menor interesse em contar para ninguém com quem Nicki estava namorando. Só queria saber qual era o problema dela. E uma parte ínfima e teimosa de mim desejava provar que eu, Alyssa Aresti, era capaz de mudar um homem dificílimo em que nem uma herdeira rica, bonita e famosa conseguia dar jeito.

Devolvemos a papelada, e ela dobrou e guardou todas as folhas em sua bolsa enorme.

— Maravilha! Então, querem que eu fale sobre ele? — quis saber Nicki.

Ela esperava um coro animado de "sim", mas nós simplesmente assentimos.

— Então, a gente se conheceu em um restaurante uns anos atrás. Aliás, ele derrubou uma bebida em mim, e quando o acusei de ter feito de propósito, ele retrucou dizendo que era para eu me enxergar! — A risada de Nicki era estridente, como o tamborilar em uma caneca de metal. — Imaginei que ele soubesse quem eu era, mas não fazia a menor ideia. Só que eu gosto de um *bad boy*, e aquele jeito marrento, de não estar ali para me agradar, era bem diferente das pessoas que eu conhecia na época.

Ela revirou os olhos, como se tivesse percebido a situação ridícula que era ter todos os caprichos atendidos pelas pessoas a sua volta. Mas tive a impressão de que fizera isso por outro motivo.

— Claro, quando o conheci direito, percebi que ele não era nada daquilo. É caloroso e simpático e se dá bem com todo mundo. Saímos algumas vezes e foi tudo... tão normal. Não fomos a nenhum lugar chique. Aliás, uma vez até fomos a um fast-food. Sabe o Nando's? — Ela colocou a mão no peito, como se aquilo fosse um absurdo. — Então aos poucos fui apresentando o *meu* mundo a ele. Fizemos umas viagens ótimas, curtimos lugares mais legais, ele conheceu um pessoal dos meus programas...

E ele gostou. Óbvio. Quem não iria gostar, ao ver o privilégio e o glamour que faziam parte do estilo de vida de Nicki?

É muito fácil se acostumar com os drinques de graça e as viagens sofisticadas.

— Agora ele entende a vida que levo, as coisas com que estou acostumada. Fazemos viagens, ele planeja encontros... entendeu o que significa namorar alguém como eu. Não sou muito o tipo de garota que sai para *jantar no Nando's*, né? E ele aprendeu isso. Mas... tenho a sensação de que ele não acredita de verdade no que eu faço.

E o que é que você faz?

— Qual aspecto da sua carreira ele não entende?

A formulação da pergunta de Tola foi perfeita; fiquei tão aliviada que tive vontade de apertá-la.

— A coisa de ser influenciadora. Ele acha... — Nicki tomou fôlego, insegura. — Ele fala que é como se eu sempre estivesse atuando para uma plateia invisível. Que nunca sou eu mesma, que nunca quero deixar os fãs de fora da minha vida pessoal.

— Ah, mas esse trabalho é assim mesmo, né? Você precisa ficar completamente vulnerável, ser cem por cento autêntica. Compartilhar cada lágrima, cada conquista — justificou Tola.

Nicki apontou para ela com veemência.

— É isso! Exatamente! Você entende, claro que entende! São meus fãs que trazem o pão de cada dia. Se eu quiser arranjar trabalho, preciso que eles continuem interessados em mim. Meus números, a quantidade de seguidores e o engajamento têm que estar lá em cima. Mas ele não entende isso.

— Com que seu namorado trabalha, Nicki? — perguntei.

Não dá para esperar que todo mundo entenda de marketing digital e a lógica do dinheiro. Sobretudo se o namorado de Nicki tivesse uma carreira mais tradicional. Teríamos que encontrar uma forma de ele compreender o valor. E enxergar a contrapartida das viagens caras. Não levaria um mês.

— Ele é desenvolvedor de aplicativos.

Quase cuspi o coquetel monstruoso da Barbie na mesa.

— Um desenvolvedor de aplicativos que não entende o valor das redes sociais como uma plataforma de marketing para expandir uma marca? — questionou Tola.

Ela estava tão indignada que eu quase ri.

— Ele é empreendedor, dono de uma *start-up*, muito inovador e criativo. Reconhece o valor, só quer que eu me afaste um pouco disso. — Ela inclinou a cabeça. — E eu quero que ele se jogue nas coisas.

Ah, agora, sim, estávamos chegando a algum lugar.

— De que maneira, Nicki?

Cheguei para a frente, disposta a fazê-la confiar em nós, a usar as palavras certas para identificar seu problema. Para fazer um diagnóstico do relacionamento.

— Bom, tem a questão profissional. Já tem um tempo que ele é empreendedor, mas ainda não *empreendeu* para valer, sabe? Ele é cauteloso demais. Já se deu mal antes, e eu entendo, mas toda a lógica de uma *start-up* é avançar rápido. Arranjar um investidor e mandar ver, certo?

— Certo — concordei. — Mas ele está indo no tempo dele. Você já investiu na empresa dele?

— Não, ele não aceita. Diz que é o negócio dele, que a responsabilidade é dele. Mas eu teria investido, é muito boa. Ele é um gênio, literalmente.

Ela pronunciou "gênio" do jeito que gente rica fala, marcando cada sílaba.

Certo, então a questão não é o dinheiro. Ele tem integridade, quer fazer as coisas nos próprios termos. Será que precisa que alguém o apoie?

Meu celular vibrou e fui ver quem era, com medo. Mamãe de novo. Deixei cair na caixa postal e fiz uma cara forçada para pedir desculpa, mas Nicki nem sequer notou.

— Sinto que estou muito focada em construir minha marca, e ele... não está. Faço muito esforço para ele me acompanhar e estou cansada. Não tenho tempo para isso.

Tola sorriu, e eu precisava concordar com Nicki. Ela estava fazendo exatamente o que Tola defendia. Colocando-se em primeiro lugar. Os tabloides podiam chamá-la de egoísta, de princesinha mimada, mas eu gostava dessa atitude.

— Ele tem uma reunião importante com investidores no fim do mês, e acho que precisa de uma ajudinha.

Franzi a testa.

— Veja bem, este caso está totalmente alinhado com nossa missão, mas por que não chama um coach de negócios? Por que usar um de relacionamentos?

— Porque *eu* também tenho uma reunião importante no fim do mês... — Ela olhou em volta, buscando as palavras como se elas estivessem pairando no ar, perto das janelas que imitavam vitral ou no veludo que revestia o banco. — Não tenho energia suficiente para nós dois.

Ah, o amor.

Eu já tinha sentido isso tantas e tantas vezes. Como se estivesse em uma maratona, carregando até a linha de chegada o amigo que sofreu uma torção no tornozelo. Porém, a realidade era que a pessoa tinha passado muito tempo sem treinar, não estava usando os tênis adequados e preferia ser empurrada em um carrinho de mão desde o início, para evitar o trabalho de ter que correr algum trecho.

Tola colocou a mão em cima da de Nicki, que lançou um olhar singelo para ela e suspirou, trêmula. Parecia estar aliviada.

— Estou tão feliz por vocês existirem! Não sabia o que fazer. E, claro, por conta da minha visibilidade, é importante eu namorar alguém que também seja bem-sucedido por conta própria, entendem? Alguém disposto a participar de tudo, mas que também contribua com algo seu.

A tentativa de acompanhar o processo mental de Nicki poderia ser comparada a caçar uma borboleta dentro de uma sauna. Eu me perguntei se tinha sido necessário editar muito as partes dela naquele programa de TV.

— Então... é importante que seu namorado seja bem-sucedido? — arrisquei.

— Ah, é *muito* importante. Tem a ver com equidade social, sabe? Meu agente estava desesperado para eu começar a namorar outro astro de reality show, quem sabe um cantor em ascensão, alguém que desse uma boa alavancada na minha marca, que me apresentasse para um público totalmente novo. Mas é amor, não tem o que fazer. — Ela deu de ombros. — O que *dá* para fazer é melhorar essa aversão dele a redes sociais. Se ele for bem-sucedido e um pouco mais eloquente a respeito disso até o fim do mês...

— A proposta dele será mais bem recebida pelos investidores?

— Claro. Mas também vai passar uma boa impressão e ajudar na *minha* reunião. Tenho uma oportunidade de fazer algo muito grandioso, mas preciso dele ao meu lado. Ele na sua melhor versão, a com mais brilho e impacto, e favorável às redes sociais.

Ao olhar de soslaio, senti que Tola estava me encarando e tentei não cerrar os dentes.

— Nicki, se formos trabalhar juntas, é muito importante sabermos exatamente o que você quer, para ajustarmos as expectativas. Pode nos falar um pouco mais sobre esse projeto que pretende realizar?

Ela arregalou os olhos para nós, e era evidente que estava curtindo cada momento dramático.

— Vocês não podem contar para absolutamente *ninguém*.

Fiz o gesto de passar um zíper na boca.

— É um programa novo, o *Guerra dos Casamentos das Celebridades* — explicou com uma voz estridente, depois bateu palmas. — São três celebridades que participam, e cada uma vai à festa de casamento das outras e julga tudo. A que se sair melhor recebe um valor a ser doado para a caridade. Se eu ganhar, já falaram sobre a ideia de lançar uma linha de vestidos de casamento, assinada por um estilista renomado. Meus próprios modelos de vestido de casamento, dá para imaginar?

— É, incrível.

— Então, entendem por que preciso de vocês por um mês inteirinho? É uma tarefa e tanto! Uma mudança de vida e uma proposta de casamento!

Ela riu mais uma vez, e o som estridente me deu uma pontada de dor nos molares.

Fiquei embasbacada. Ela não queria apenas que o namorado, um desenvolvedor de aplicativos desmotivado e avesso a redes sociais, enfim atingisse seu potencial como empreendedor, como também queria que ele tivesse uma quantidade de seguidores apresentável, digna de um influenciador, mudasse de atitude e a pedisse em casamento até o fim do mês? O que essa mulher andava *tomando*?

— Nicki, sem querer ofender, mas você chegou a cogitar apenas... dar um fora nele e recomeçar do zero? — perguntei, totalmente séria.

Ela gargalhou.

— Ah, você é *muito engraçada*. — E se dirigiu a Tola: — Ela é muito engraçada, né? Não posso fazer isso, eu o amo.

— Mas... nada do que você falou sobre ele condiz com as *suas* expectativas. Você está nos pedindo para transformá-lo em uma pessoa completamente diferente. Em um mês. Vocês dois já conversaram sobre casamento? Há quanto tempo estão juntos?

Nicki fez pouco caso da minha preocupação, como se eu fosse uma tia gagá.

— Um ano, mais ou menos. E é claro que já conversamos sobre isso, fomos a vários casamentos de amigos meus. Sempre surge esse assunto.

— E...? — se aventurou a perguntar Tola, sem o sorriso tranquilo de antes.

— Ele diz que tudo acontece no momento certo. Então esta é a tarefa de vocês. Convencê-lo de que chegou o momento certo. Bem, se a reunião com os investidores der certo, talvez ele fique tão empolgado que já decida fazer isso por conta própria!

— Ele é quem vai escolher a aliança, ou você também quer que a gente ajude com isso? — indaguei, em um tom seco.

Nicki deu uma risada.

— Já escolhi. Credo, você deixaria um homem escolher a joia que vai ficar no seu dedo pelo resto da vida? Que coragem!

Nunca fui uma pessoa romântica, mas me lembrei de novo dos meus avós. Do jeito que dançavam juntos no fim da noite, da doçura no olhar dele quando estavam em algum lugar e ele a admirava de longe. Das vezes que ela tocava no rosto dele quando passava por perto. Amor.

Ouvir as palavras de Nicki era como ter um balde cheio de xixi derramado sobre todos os gestos bonitos e românticos que eu já testemunhara. *É isso que acontece quando um influenciador recebe uma atenção desmedida e tem acesso a recursos ilimitados. Isso é narcisismo em sua forma mais radical.*

Olhei para Tola, que sorriu para mim de um jeito um tanto desesperado. Bom, tínhamos ido até lá, tomado um drinque horroroso e escutado o plano maluco de uma moça famosa. Viraria uma história engraçada para contar. Além do mais, eu adorava o The Royale. Parecia até que estávamos no convés do *Titanic*, com aqueles elementos todos de art déco e as mesinhas chiques. Talvez Tola e eu pudéssemos sair para jantar e rir desse grande absurdo...

— Nicki, preciso ser honesta, não sei se conseguiríamos fazer isso — declarou Tola, com delicadeza.

— Ah, você só está sendo modesta! — Nick abanou as mãos, como se isso desmanchasse nossos argumentos. — Eu mesma faria se tivesse tempo, mas estou cheia de compromissos. Meu ex-namorado me pediu em casamento e, no começo, ele também não gostava da ideia.

O cara do reality show?

— Mas ele entendia o benefício que isso traria para a imagem de cada um, né? — indagou Tola. — Ele fazia parte desse mundo.

Nicki suspirou, claramente irritada.

— Escutem, não seria melhor conhecerem meu namorado primeiro? É o que vocês fazem, certo? Dão uma olhadinha na pessoa para avaliar o dano. Se acharem que não tem solução, tudo bem.

Como Tola e eu hesitamos, sem dizer sim nem não, Nicki entendeu que estávamos de acordo e pegou o celular.

— Ótimo. E também precisamos falar dos valores.

— Dos valores?

Até aquele momento, só havíamos custeado nossas contas de bar. Era tipo um hobby que gerava champanhe. Isso me dava a certeza de que não viraria um trabalho em tempo integral, que não atrapalharia minha carreira. A Match Perfeito não passava de três amigos brincando de se fantasiar e se divertindo enquanto ajudavam as pessoas. Já isso parecia... um completo pesadelo jurídico.

— Pelo seu tempo, minha querida, caso aceitem o projeto. Sei que é muito trabalho, claro. Com o coaching de negócios, as metas quanto às redes sociais e a parte do relacionamento, isso equivale a um mês de coaching de vida completo.

— Bom, é mesmo, mas precisamos ir embora e fazer uns cálculos, com base na quantidade de horas... — começou Tola.

Porém, Nicki agitou as mãos outra vez.

— Olhe, dei uma pensada sobre a média de um mês de trabalho, mais as viagens e o restante, e acho que dez mil seria justo, que tal? Mas é claro que vou pagar mais se surgirem serviços extras.

Ela olhou para nós, de olhos bem arregalados, e Tola apertou meu joelho por debaixo da mesa, como quem diz que não era para eu estragar tudo. *Dez mil* para apagar gradualmente a personalidade de um cara ao longo de um mês? *Dez mil.*

Tomei fôlego.

— Nicki, você entende que não podemos *garantir* que haverá um pedido de casamento, né?

Ela abriu um sorriso igual ao do gato de *Alice no País das Maravilhas*.

— Claro, minha querida. Em termos legais, isso seria um pesadelo. Sempre é possível estabelecer um... esquema de pagamento que dê um pouco mais de incentivo? Por exemplo, cinco mil por um mês de coaching e o restante como bônus, *caso* ele me peça em casamento?

Tentei não me descontrolar. Por que isso parecia tão diferente das reclamações das outras mulheres sobre o namorado que não queria nada sério? Por que dessa vez parecia muito pior? Não sabia dizer se era pelo dinheiro ou pela pena que eu sentia do cara.

Em pânico, fitei Tola, que afagou minha mão.

— Nicki...

— Só o conheçam, tudo bem? Não sejam tão negativas!

Nicki abriu outro sorriso, largo e perfeito, que por algum motivo não parecia caber em seu rosto, como se ela tivesse abandonado o disfarce de golfinho e se transformado em um tubarão. Então, seu olhar se voltou para o horizonte.

— Bem na hora! — exclamou.

Quando Nicki se levantou e acenou para quem estava atrás de nós, tive certeza absoluta do que ela fizera. Queria contratar pessoas para manipular seu namorado e tinha nos manipulado para o conhecermos. Lógico. Era uma mulher que fazia acontecer. Sentiria admiração por ela se não estivesse tão irritada.

Arregalei os olhos para Tola, que levantou a sobrancelha, indiferente. Não pretendíamos aceitar esse trabalho maluco mesmo, então não fazia diferença. Daríamos um oi, arranjaríamos um pretexto e iríamos embora para rir disso tudo em outro lugar mais acessível. Tola assentiu, dando a entender que sabia exatamente o que eu estava pensando.

Foi então que o vi.

O homem que atravessava o bar em direção a Nick era alto, com cabelo escuro penteado para trás de um jeito quase artístico, e olhos azuis fixos nela. Havia um sorriso relaxado em seu rosto. Um sorriso que eu teria reconhecido em qualquer lugar.

Usava um terno escuro e camisa branca, sem gravata, e eu nem precisava olhar para saber que, pendurada no pescoço, havia uma medalha prateada de São Cristóvão e que tinha um dente da frente postiço. Sabia dessas coisas do mesmo jeito que sabia do medo de cavalo, do tornozelo quebrado aos treze anos e do costume de juntar o polegar e o dedo indicador quando estava pensando.

Dylan James.

Ele tinha sido tudo para mim quando eu era adolescente: meu melhor amigo, meu primeiro amor. Fazia quinze anos que não o via.

Capítulo Seis

Achei que ia desmaiar. Achei mesmo. Aliás, como deveria agir naquela situação? Tranquila, na minha? Fingir que nada tinha acontecido e torcer para ele fazer a mesma coisa? Precisava disfarçar do mesmo jeito que todo mundo faz quando encontra alguém do passado. Precisava assumir o mesmo ar de garota cativante e destemida que usei ao esbarrar com Jason na fila daquele restaurante: *Veja só como estou ótima*.

Mas Dylan sempre conseguia enxergar a verdade por trás dos meus sorrisos falsos.

Quando ele chegou à mesa, levantei-me e esperei que me reconhecesse.

— Ai, meu Deus — comecei.

E ele olhou para mim.

— Puxa, essa é uma recepção e tanto! — Dylan estendeu a mão, sorridente, e seu olhar cruzou com o meu. — Dylan James, prazer.

Minha cara foi ao chão. Fiquei ali parada, ainda segurando a mão dele, paralisada por dentro. Queria berrar: *Dyl, seu idiota, sou eu!* Mas algo em seu olhar me travou. Não foi um equívoco. Ele estava fingindo não me conhecer de propósito.

Por algum motivo, era ainda pior do que uma cordialidade forçada.

Senti uma fraqueza repentina e me sentei.

— Estas são Aly e Tola — disse Nicki, com a voz aguda, concentrada no celular em sua mão, sem nem olhar para cima. — Trabalham como coaches de negócios. Estava conversando com elas sobre alguns projetos meus, mas, na verdade, acho que poderiam ser uma boa ajuda para aquela sua reunião importante. O que acha, amor?

Ela se virou para encará-lo, aguardando uma resposta entusiasmada. Dylan coçou a nuca e se retraiu um pouco.

— Acho que cheguei faz trinta segundos, e você já está tentando dar um jeito na minha vida.

Ele lhe deu um beijo na testa para amenizar o peso de suas palavras. Depois, tirou o celular das mãos dela e o colocou na mesa. Nicki ergueu a sobrancelha, mas não disse nada.

Nossa, você não tem ideia...

— Então... — Os olhos dele encontraram os meus, e senti que o estava encarando. *Fale alguma coisa, vamos, fale alguma coisa.* — Se eu contratasse vocês, estariam disponíveis quando eu precisasse, certo? Por um mês inteiro? Porque, sei lá, não quero precisar de vocês e acabar descobrindo que sumiram. — Ele desviou o olhar e tomou um gole da cerveja servida pelo garçom, enquanto assentia para agradecer. — Não seria algo muito... profissional.

Ah, então ia ser assim.

Queria despejar uma torrente de justificativas e argumentos — *eu me mudei para fazer faculdade, você tinha namorada, e, tem mais, vá se foder* —, mas me contive.

Fiquei calada enquanto Tola contava que trabalhávamos juntas em Londres e nos conhecíamos havia alguns anos, que continuávamos nessa mesma agência e, ao mesmo tempo, estávamos abrindo nossa própria empresa.

Ele se acomodou na mesa, o retrato da descontração, sorridente, totalmente agradável. Então, aqueles olhos azuis se fixaram nos meus, como se me desafiassem.

— E quanto a você... é Aly, né?

Você sabe meu nome, seu idiota. Sabe meu nome completo, o nome da minha mãe, sabe até o nome do coelhinho que tive aos doze anos.

— É Alyssa. — Estampei no rosto meu sorriso profissional, apesar de todo o desconforto. — O que tem eu?

— Dá para confiar em você? Se eu a contratar, vou poder contar com você?

Era difícil de acreditar, mas esse homem arrogante dando um sorrisinho presunçoso para mim era o mesmo menino que tinha segurado minha mão quando meus pais se separaram. O menino que tinha chorado no meu ombro quando sua mãe morreu. A pessoa com quem dividi o primeiro cigarro, a primeira cerveja. Todos os meus segredos. Até eu ter um que não podia contar.

— Quando as pessoas me falam a verdade, sou leal até o fim.

Abri um sorriso forçado e o fitei. Tive a satisfação de ver seus olhos faiscarem de irritação. Era impossível fugir do passado. Dylan James poderia fingir como bem entendesse, mas conhecer o histórico de alguém era algo poderoso.

Acho que eu nem teria percebido que já estávamos nos encarando havia um bom tempo se Tola não tivesse me examinado com atenção e dito:

— Somos um livro aberto, quer saber mais alguma coisa?

Durante esse tempo todo, Nicki nos observou com interesse, com o queixo apoiado na mão. Como se estivesse vidrada em um programa de TV. Talvez achasse que tudo isso fosse parte de nossa lábia, que a encenação incluísse eu rosnar para o alvo até ele parar de agir feito um babaca. Mesmo assim, toda hora lançava olhares furtivos para o celular na mesa, como se estivesse esperando uma oportunidade para pegá-lo de volta. Por mais que fôssemos interessantes, era impossível competir com centenas de milhares de seguidores fiéis, que validavam cada um de seus pensamentos.

Dylan voltou a atenção para Tola e formulou a pergunta com cuidado.

— Vocês duas são especialistas em negócios?

— Somos especialistas em ajudar as pessoas a desenvolverem seu potencial — respondi por Tola.

Ora, não se lembra? Afinal de contas, você foi o primeiro. Ele riu, com desdém.

— Que fofo! Então é uma coisa de segurar na mão e torcer com pompom, é isso?

— Amor! — exclamou Nicki, com uma voz estridente. Apesar do constrangimento, dava para ver que ela estava achando graça. — Que grosseria!

— Bem, não vamos fazer seu dever de matemática por você, se foi isso que quis dizer — retruquei, com um tom diferente e claramente hostil.

Nem meu sorriso conseguia disfarçar. Ele sorriu, com um ar de superioridade, como se tivesse marcado um ponto.

Eu tinha ficado tão feliz ao vê-lo depois de tanto tempo, por mais que na hora tenha permanecido estática. Ele poderia ter me cumprimentado com esse mesmo sorriso, com essa mesma indiferença, e teria ficado tudo bem. Mas acabei me sentindo uma idiota por aquele breve instante de alegria no momento em que ele surgiu. Como uma criança que já deveria imaginar o que iria acontecer.

— Bem, pode me dar o cartão de visita de vocês. Está ficando um tanto cansativo explorar todo este potencial sozinho.

Ele riu, dessa vez de um modo mais genuíno, e deu uma piscadinha para mim. *Uma piscadinha para mim.* Eu me arrepiei toda, mas ele já havia mudado de assunto, ao perguntar para Tola sobre sua jaqueta de couro customizada e consultar a opinião de Nicki sobre moda. No geral, tocou uma conversa que me excluía completamente.

Dylan sempre foi encantador, mesmo na fase de adolescente desengonçado. Tinha um jeito de fazer a pessoa sorrir, por mais chateada que estivesse com ele. Sabia que, após arrancar um sorriso — podia ser da garota apaixonada ou do professor que cobrava o dever de casa de geografia —, todo o resto se esvaía. Sempre me questionei se esse carisma e essa simpatia se tornariam um narcisismo excessivo quando eu não estivesse por perto para tirar sarro dele e lembrá-lo de ser verdadeiro. Pelo visto, eu estava certa. Só era injusto que, ainda por cima, ele fosse bonito.

Nicki tinha mandado bem. Percebia quando uma garçonete olhava de relance para Dylan, quando uma mulher virava a cabeça ao passar por ele e, sem dúvida, amava isso. Era uma fração da atenção que deve ter recebido ao namorar um astro de reality show, mas ainda assim era certa confirmação de que, sim, esse cara era especial.

Dylan tinha ganhado corpo. Estava forte e tinha ombros largos, e as mangas da camisa ficavam justas nos bíceps quando se apoiava no encosto do assento. Mas isso já era de se esperar: o pai era militar e costumava obrigá-lo a fazer exercício nos domingos de manhã para ficar em forma. Porém, algumas coisas não tinham mudado. Os cílios escuros ainda eram cheios e curvados. Quando éramos mais novos, eu passava horas reclamado que não era justo ele ter cílios iguais aos do Bambi, enquanto eu ficava quase cega de tanto usar engenhocas e a escovinha do rímel para curvar os meus. Nessas ocasiões, ele batia os cílios bem rápido e abria um sorriso para mim. "Ué, por que você liga para essa baboseira, Aly?

Somos só nós dois, ninguém se importa." Sempre fui vista como a melhor amiga, nunca como uma *garota*.

Sem dúvida, Dylan notou que eu o encarava, porque volta e meia seu olhar vinha em minha direção, depois retornava para o foco anterior. Queria que ele se perguntasse que opinião eu tinha a seu respeito, se eu estava analisando as mudanças que sofrera ao longo dos anos e achando o resultado decepcionante. Só não queria imaginar o que ele pensava de mim.

Quando nos despedimos, depois de dez minutos (que mais pareceram uma eternidade), Dylan nem olhou na minha cara. Só permaneceu sentado, relaxado no banco, e manteve o foco no lóbulo da minha orelha esquerda, ao levantar a mão para dar um tchau.

— Foi um prazer *enorme* conhecer você — declarou ele.

Tinha o semblante fechado e logo cerrou os lábios.

— Ah, sim, sr. James — falei, de um jeito forçado. — Foi *fascinante*.

Observei a irritação ressurgir e soube que eu havia vencido. O que poderia ter sido recompensador se não estivesse com a vontade estranha de me debulhar em lágrimas.

Quando finalmente nos livramos daquela situação e chegamos a uma rua movimentada, Tola agarrou minha mão.

— Caramba, o que foi *aquilo*?

— *Inacreditável*, puta que pariu.

A sensação era de ter sido atropelada por um carro. Para piorar, havia o brilho cinzento do céu londrino e as pessoas zanzando por nós na calçada. Acho que transpareci a fraqueza que senti, porque Tola assumiu o controle.

Ela me levou até um bar na esquina, pediu que eu me sentasse e foi ao balcão pegar dois martínis e uma porção de petiscos. Afinal, como ela própria dizia, anéis de cebola fazem bem para a alma.

Quando Tola retornou, já estava me sentindo um pouco melhor. Ela pôs um drinque diante de mim e fez um gesto para eu provar, tal qual um ritual para darmos início à conversa.

— Melhorou? — perguntou. Dei um gole e assenti. — Beleza... desembucha.

Ela espalmou as mãos na mesa.

Era difícil saber por onde começar, o que revelar. Se deveria omitir a parte constrangedora, relativizar a importância dele em minha vida. Simplificar.

— Dylan James é meu melhor amigo.

Tola estranhou.

— Não foi o que *pareceu*.

Estremeci. *Burra*.

— Era. *Era* meu melhor amigo.

Só que ele não enfrentou muita concorrência ao longo dos anos. Antes de conhecer Tola e Eric, foi o único amigo de verdade que tive, um fato mais constrangedor do que gostaria. Não tinha facilidade para me abrir.

Após ter me afastado de Dylan, passei anos me dedicando aos estudos, com medo de me machucar de novo, e namorei um cara que, na maior parte do tempo, mal notava minha presença. *Desse jeito, é difícil gostar de você, Aly*, ele vivia dizendo. Três anos jogados fora com alguém que nem gostava muito de mim. Alguém que tomou o lugar dos amigos, dos hobbies e de todas essas experiências pelas quais devemos passar quando estamos longe de casa pela primeira vez na vida.

Foi por isso que me formei com honras, mas não tinha ninguém para dar um abraço de despedida no dia da formatura.

— Eu o conheci no primeiro dia de aula no ensino fundamental. Só a gente era capaz de entender o que o outro sentia de verdade...

Fiquei tentando sobrepor a imagem de Dylan na adolescência à do homem que acabara de ver, mas era quase impossível. O Dylan que eu conhecia estava sempre sorrindo, não aquele sorriso forçado, fingido, mas o escancarado, genuíno. E tinha a gargalhada mais estrondosa que já ouvi na vida.

— E vocês brigaram feio e nunca mais se falaram? — supôs Tola. — Porque foi essa a impressão que deu. Tirando aquela parte esquisita de fingir que não se conheciam.

— A situação foi um pouco mais complicada....

Suspirei e tentei calcular até que ponto deveria demonstrar minha vulnerabilidade. Mas Tola abriu um sorriso e afagou minha mão.

— Pode me contar.

— Acabei me apaixonando, sem ele saber. Foi no último ano da escola, e achei que só de ir para a faculdade e conhecer outra pessoa, isso iria passar, sabe? Achei que iria começar uma vida nova, e ele continuaria sendo meu amigo, e tudo seria perfeito.

— Mas...

— A gente estava em uma festa, brincando de verdade ou consequência, e um cara desafiou Dylan a me beijar. Como se fosse o pior castigo do mundo, o mais ridículo que conseguiam imaginar para ele. — Controlei minha voz, enquanto tamborilava na mesa. — Não sei se você já beijou alguém por quem tem uma quedinha na frente de um bando de gente que acha isso engraçadão, mas aquilo acabou comigo. Foi tipo tudo que sempre quis e a pior humilhação que poderia imaginar, tudo de uma vez só.

Depois do beijo, ele olhou para mim, sorriu, acariciou minha bochecha com o polegar. Seu olhar era afetuoso e, por um breve instante, meu coração quase saltou do peito, cheio de esperança. Quem sabe aquilo *tinha mesmo* significado alguma coisa. Em seguida, ele se dirigiu ao pessoal em volta. "Beleza, já tiraram a onda que queriam, seus malucos. Agora, o próximo!"

— Eu tomei um porre. Tipo, meia garrafa de tequila com um limão inteiro. Fiquei fora de mim.

Parei de falar para me conter.

— Ei, essas coisas acontecem quando a gente é adolescente. É normal.

Tola me deu uma cutucada, com delicadeza, como que para me lembrar de que estava bem ali, a meu lado.

— Mas sabe quando paramos para pensar e nos damos conta de que foi perigoso pra cacete perder o controle daquele jeito? Que não nos tratamos com o devido cuidado?

Tola inclinou a cabeça e olhou para mim, como quem diz: "Você ainda tem esse problema." Ela ficou quieta por uns segundos.

— Gata, essa história vai começar a ficar pesada?

Fiz uma expressão triste, em silêncio, e ela assentiu. Eu sabia que, naquele momento, quaisquer que fossem os rumos sombrios que a história pudesse tomar, ela reagiria da mesma maneira: bebericaria o martíni, sorriria com delicadeza e me incentivaria a falar, respeitando meu tempo.

— Dylan me achou, me levou para casa e cuidou de mim. Não me lembro de muita coisa, nem do que falei. Só sei que estava passando mal, e que ele me deu a camiseta dele. Eu devo ter falado alguma coisa que me entregou, porque só me lembro de seus olhos arregalados, em choque. Totalmente horrorizado.

Nossa, mesmo após tantos anos era difícil contar essa história para Tola.

— Aí, quando amanheceu, eu estava debaixo dos lençóis, Dylan estava por cima deles, e o celular dele vibrou. Eram mensagens da namorada, chateada porque ele tinha cuidado de mim, em vez de "*deflorá-la*" como haviam combinado. — Tentei ironizar e rir da situação, mas Tola não foi na minha. Ela parecia triste, como se já imaginasse aonde aquilo ia chegar. — E as mensagens que ele mandou enquanto eu estava dormindo... sobre ter que cuidar de mim, sobre eu ser um fardo e ele não precisar mais se preocupar com isso quando eu estivesse do outro lado do país, na faculdade... Bom, sempre me senti um pouco a parasita, já que ele era muito popular e se dava bem com todo mundo, mas nunca tinha cogitado que ele pudesse me ver desse jeito também.

Dylan me pintou de amiguinha fiel, triste e patética, que passava vergonha por ser apaixonada por ele. Sempre pendurada nele, sempre esperançosa.

— Aí, dei o fora dali, voltei para casa e perguntei para minha mãe se poderia passar o verão com meus avós na ilha de Creta, até a faculdade começar. Bloqueei o número dele e sumi. E nunca mais nos falamos.

— Até essa reunião hoje. Ah, Aly — disse Tola. — Mas isso ainda não explica por que ele acha que está coberto de razão. Ou por que fingiu que não conhece você.

— Acho que me escondi dele, em vez de discutir e passar tudo a limpo. Na época, eu não era muito boa em confrontar as pessoas. Sei lá.

Tomei um gole da bebida. Tudo bem, eu tinha escancarado meu coração. Não foi tão ruim assim.

— Ah, claro, porque agora você é ótima nisso. Sempre faz as tarefas do Hunter, fica esperando que Felix te dê a tal da promoção, em vez de simplesmente chegar e pedir.

— Mas já faz um bom tempo que eu peço! Enfim, não é a mesma coisa... Eu confiava nele e me dei mal. Ficou parecendo que todos aqueles anos de amizade não tinham passado de uma mentira. Achei que o conhecia de verdade, e que ele me conhecia, mas estava enganada. Fiquei com tanta vergonha que nem quis arranjar briga.

Peguei um voo naquela mesma noite. Em um vilarejo em Creta, deixei minhas primas acariciarem meu cabelo e falarem sobre desilusões amorosas e tomei café com minha avó. Todas as noites, observava meus avós dançando debaixo da marquise do terraço de pedra: os cachos carregados de uvas vermelhas pendendo acima da cabeça deles enquanto davam seus passinhos. E me lembrava de que sempre tem um chinelo velho para um pé cansado, desde que haja paciência. Eu tinha a vida toda pela frente, iria para a faculdade e faria novos amigos. Estava cheia de esperança.

Lógico, depois fui para a universidade e também não me encaixei por lá. Não fiz as amizades de que tanto falam. Todas as noites, continuava conversando pelo telefone com minha mãe, que tinha dado um jeito de piorar por eu não estar mais lá para desempenhar o papel de adolescente revoltada e manter meu pai por perto. Eu me joguei nos estudos, pois era para isso que estava ali.

Pouco depois, conheci Timothy e fiz meu mundo girar em torno dele, já que não tinha feito amigos e parecia bastante difícil voltar a confiar em alguém. Quando fui perceber que estar com Timothy não era uma boa ideia, que eu era um farrapo solitário com saudade de casa, só faltavam poucos meses para me formar e, de qualquer forma, todos estavam ocupados na biblioteca. Não tinha tempo para amizades. Apenas para meus planos: me formar com honras, fazer um mestrado a distância — para ficar em casa e proteger minha mãe — e arranjar um emprego que me proporcionasse uma ascensão meteórica.

Esse foi o plano durante anos, e eu estava *tão perto do meu objetivo*...

Tola fechou a cara, pegou um palito de muçarela e o usou para enfatizar sua opinião.

— Mas por que ele não quis mostrar que conhecia você? É muito esquisito. Tenho certeza de que Nicki percebeu que havia algo de errado.

— Sei lá. Ele sempre foi bom em fingir que está tudo bem.

— Bom, pelo menos vocês dois têm isso em comum — retrucou Tola. Dei um cutucão nela. — Mas não esperava que Nicki estivesse com alguém como ele. Do jeito que ela falou, pensei que iríamos encontrar um cara antissocial, chegando todo largado, de bermuda de surfista e camiseta de videogame.

Tentei deixar de lado o que sabia sobre Dylan e analisar o cara que havíamos encontrado.

— Bom, o terno não parecia barato, mas pode ser coisa da Nicki. Ele transmitiu segurança, não aparentou ser alguém que precisa de ajuda para se preparar para uma reunião. Para ser sincera, me pareceu pronto para acompanhá-la no tapete vermelho.

Tola deu uma risada.

— É, não dá para negar, o cara é bonito. E pelo visto parou de levá-la para jantar em fast-foods. Acho que ela já fez um bom trabalho transformando ele no que quer.

— Ele sempre foi bom nisso. Quer que gostem dele. Um camaleão, que se enturma em qualquer grupo, em qualquer situação. Quando a gente era adolescente, ele sempre virava outra pessoa quando ficava a fim de uma garota, sabe? Virava o esportista, o cara sensível ou o romântico. Sabia exatamente o que fazer para elas se apaixonarem.

— Por que será que estou com a impressão de que você fazia parte disso?

— Bem, acho que eu tinha o hábito de ajudar Dylan com tudo... Com a escola, com as garotas...

— Você ensinou a ele as artes da sedução? — perguntou Tola, gargalhando.

— Ensinei a ser o namorado perfeito. No mínimo, é engraçado saber que ele disse para Nicki que ela está interpretando um papel. Sendo que ele mesmo faz isso desde a nossa adolescência. Se ela contou a ele o que queria, é isso que ele vai fazer. Dylan é assim. Acho que Nicki nem precisa de nós.

— Só precisa dar um jeito de aumentar a quantidade de seguidores dele, já que não parece achar que ele vale a pena sem isso. Sei que o cara pode ter sido um pouco babaca com você, mas eu meio que sinto pena dele. Não faz ideia de onde se meteu.

— Bom, boa sorte para eles — falei, com desdém, segurando meu copo. — Que a gente nunca mais precise lidar com nenhum dos dois.

— Um mês para fazer com que ele a peça em casamento, para que ela possa participar daquele programa de TV... — criticou Tola, e ergueu o copo para brindar comigo. — Já lidei com algumas estrelinhas das redes sociais, mas, sério, essa aí se superou.

— Bom, pelo menos a noite terminou bem. — Apontei para nossa mesa. — Boa comida, boa companhia e uma história para contar.

— Um brinde a isso tudo. — Tola ergueu a taça e tomou um gole. — Mas você não está curiosa? Não quer voltar lá, sacudi-lo e perguntar por que ele está fingindo? Descobrir tudo? Eu estaria morrendo de curiosidade.

— Aquele cara não é meu amigo. Por mais que já tenha sido, não faz sentido buscar o futuro em um passado morto e enterrado.

— Caramba, que pessoa mais sem coração. — Tola riu.

— Não tenho tempo para coisas que me machucam — sussurrei. — É só isso.

Pagamos a conta e fiquei imaginando como Tola narraria essa aventura para Eric no dia seguinte. Rimos muito no metrô na volta para casa e começamos a falar de outras histórias, das bobeiras do pessoal do escritório, dos planos para o próximo cliente da Match Perfeito, dos dramas que estavam acontecendo com os amigos de Tola (infinitamente mais novos e mais descolados). Quando chegamos à estação de King's Cross e estava na hora de cada uma seguir seu rumo, ela me deu um abraço apertado. Então, sem falar mais nada, virou-se e praticamente pulou para dentro do vagão.

Naquela noite, porém, quando estava deitada em posição fetal na cama, quentinha e confortável, não consegui pegar no sono. Não parava de ver os olhos de Dylan me fitando, com audácia, desafiando-me a desistir primeiro, a entregar o jogo e perguntar o que ele pretendia com aquilo, afinal. Reencenei nosso reencontro inúmeras vezes, na tentativa de achar uma versão na qual eu não saísse machucada. Na qual nos cumprimentássemos de forma calorosa e nos despedíssemos como amigos. Como teria sido se a gente tivesse se esbarrado sem a presença de Nicki, se eu estivesse jantando com Tola ou o avistasse na rua?

Fiquei envergonhada pelo entusiasmo que senti ao vê-lo depois de tanto tempo, por ter pensado: *Oba, meu amigo está aqui!* Estava com raiva de mim. Mas essa irritação surreal não me impediu de pegar o celular à uma da manhã e pesquisar "Dylan James" no Google. Finalmente me rendi.

Tinha resistido durante uma década, em uma dieta rigorosa de negação... nada de notícias sobre Dylan. Só sabia de alguma coisa quando minha mãe comentava que tinha visto o pai dele em uma loja nas redondezas e, mesmo nesses casos, eu mudava de assunto, para não ficar pensando se a relação dele com o pai tinha melhorado ou se ele o visitava com frequência.

Porque tinha certeza absoluta de que ficaria desse jeito. Viciada em saber mais. Assim que finalmente parasse de ignorar aquela sombra em minha visão periférica, eu ia querer descobrir *tudo*.

Foi por isso que fiquei acordada até as quatro da manhã, vasculhando a internet em busca de migalhas sobre as experiências e as conquistas do garoto que um dia amei.

Capítulo Sete

— Alyssa, você pode vir aqui hoje, depois do trabalho?

Na manhã seguinte, quando minha mãe ligou, sua voz parecia carregada de tensão. Tentei disfarçar um bocejo enquanto bebericava o café. Mamãe precisava parar de ligar para o número do trabalho. Nem me lembrava de ter passado para ela.

Meu cérebro ainda estava fervilhando por causa de Dylan e de tudo o que tinha descoberto sobre ele. Estava sentindo certa repulsa de mim mesma por ter vasculhado a internet atrás dele, como se fosse uma *stalker*.

Uma partezinha de mim torcia para que Dylan também tivesse ficado perturbado após nosso encontro inesperado, que também tivesse me *stalkeado* para ver se eu havia me tornado quem ele imaginava, se tinha realizado meus sonhos e provado meu valor. Provavelmente, só encontraria meu perfil profissional, editado com cuidado, e a conta no LinkedIn. Afinal, é bem mais fácil permanecer anônimo quando não se namora uma subcelebridade. Depois que busquei seu nome, era como se ele estivesse em todo lugar. Em determinada época, trabalhou em uma empresa a três ruas de distância do meu escritório. Surreal...

Pisquei algumas vezes para me acostumar com a claridade e tentei focar no que precisava fazer. Falar com minha mãe, ir para o trabalho, ser promovida.

— Claro, mãe. — Suspirei e apertei o topo do nariz, depois tateei a escrivaninha para achar um analgésico. — Tá tudo bem?

Houve um momento de silêncio seguido por um "tá" bem baixinho.

Minha mãe não sabia mentir. Tentei conter a irritação. O que era dessa vez? O que eu teria que resolver?

— Mãe — falei com um leve tom de censura.

— Vamos conversar quando você chegar aqui, querida. Não se preocupe.

Eu não ia insistir. Eram dez da manhã e ainda havia um dia inteiro pela frente até encontrá-la.

— Certo, mas está tudo bem de saúde, né?

Ela riu, e respirei aliviada.

— Que menina, sempre preocupada comigo. Estou ótima, melhor do que nunca. Vai ficar tudo bem, só quero a opinião da minha filha inteligente. Vou pedir pizza.

Ih... Afogando as mágoas na comida. Com certeza, algum drama ligado ao meu pai. Quando eu era criança, sonhava em ter irmãos, para ter com quem dividir o fardo. Mas com a sorte que tenho, seria bem provável que eu acabasse tendo que cuidar deles também.

Nunca descobri como resolver as coisas entre os dois. Eram divorciados. Papai se casou de novo. E eu ainda — *ainda* — tinha as mesmas conversas com minha mãe toda semana, tipo no *Feitiço do Tempo*. Simplesmente não sabia como dar um basta nessa história.

Quando minha avó foi morar conosco, depois que meu avô morreu e eu me formei, vivemos uma fase gostosa, em que meu pai nem chegava perto. Minha mãe tinha uma rede de apoio, e minha avó era um cão feroz. Ela o enxotava sempre que ele resolvia dar as caras. Uma vez, até o escorraçou com uma vassoura. Morri de rir: aquela velhinha pequena correndo atrás dele de vassoura na mão. Só percebeu que não estava de dentadura quando abriu a boca para gritar. Ela era incrível. Uma mulher prática, do tipo que eu sonhava ser.

Depois que ela morreu, porém, meu pai voltou a aparecer, dizendo que queria ajudar minha mãe a lidar com o luto, que era a coisa certa a se fazer, por mais que estivessem separados. O que parecia algo admirável, para quem não o conhecesse. E ela ficou presa a ele... de novo. Dessa vez, ele deu um jeito de transformá-la em amante, e jamais o perdoei por isso. Para ser sincera, talvez também não tenha perdoado minha mãe.

Quando meu pai não estava por perto, mamãe era o máximo. Trabalhava no hospital, fazia aula de cerâmica, dançava salsa às sextas. Tinha um grupo animado de amigas, que davam festas incríveis, e cantarolava enquanto regava as plantas. Cultivava um jardinzinho colorido, lindo, que parecia florescer ao primeiro sinal da primavera. Levava uma vida boa. Aí ele voltava e a destruía de novo. Algumas vezes, ela pedia que eu lhe dissesse que estava tudo bem, que ele a amava de verdade. Outras, queria ouvir que merecia coisa melhor, que a ajudasse a criar forças para se afastar dele.

Foram anos assim, e eu já estava farta de repetir as mesmas coisas e nunca dar em nada.

O dia se arrastou, e me concentrei no trabalho, com sono, porém determinada. Perguntei a todos como estavam, como andava a família, além de mostrar meu entusiasmo para Felix e cerrar a mandíbula quando Hunter aparecia em minha mesa que nem um gremlin.

Não havia nada que eu desejasse mais do que aquele cargo. Ser promovida significava ajeitar todos os aspectos da minha vida. Então, enfiei um sorriso na cara, escrevi meus relatórios, fiz minhas reuniões e fingi que estava tudo bem. Encomendei um bolo para celebrar a aposentadoria de um cara do setor de vendas e lembrei Felix do aniversário da sua esposa no fim de semana.

— Que merda! Aly, você me salvou de mais uma! — exclamou ele, enquanto revirava a internet, preocupado. — Acha que ela vai gostar de ganhar o quê?

O que eu acho que ela vai querer de aniversário? Eu, uma mulher que viu Marilyn três vezes na vida, enquanto você é casado com ela há doze anos?

Sugeri algumas opções e disse que queria organizar um dia de alinhamento de equipe no fim do mês, pois achava que os novos funcionários não estavam se sentindo integrados. Felix sorriu e assentiu, mas não me escutou direito. De qualquer forma, agendei o encontro, enviei o e-mail e imaginei que ele consideraria uma ótima ideia quando a coisa já estivesse acontecendo. A impressão era de que ele vivia dizendo que eu precisava me mostrar, assumir mais responsabilidades e provar meu valor. Falava para eu me jogar de cabeça, mas nunca especificava em que direção.

Então, meu único foco era me jogar de cabeça com mais afinco que qualquer um, em todas as direções. Não ia demorar para ser notada. E eu, Alyssa Aresti, não me deixaria abalar por nada, nem sequer pelo reaparecimento bizarro do meu melhor amigo do passado.

— Ei, Aly, tem um minutinho?

Matthew abriu um sorriso apreensivo e esperançoso. Consenti e indiquei a cadeira com rodinhas na mesa vazia atrás de mim, embora tenha hesitado um pouco devido ao cansaço.

— Claro! Pegue uma cadeira. Como posso ajudar?

O olhar de alívio de Matthew era fofo: sempre parecia um menino no primeiro dia de aula. Eu não sabia se ele estava usando uma camisa do tamanho errado e se gostava mesmo de gravata colorida, mas esse visual despertava meu lado protetora. Quando começou na empresa, cerca de um ano antes, fui a primeira a ajudá-lo a se situar, mas isso não me incomodava. Era diferente de Hunter, porque ele sempre agradecia muito. Eric insistia na ideia de que Matthew era um personagem, mas eu discordava.

— Ah, muito obrigado, Aly. Você nem imagina. Ufa.

Aquela dobrinha engraçada entre as sobrancelhas reapareceu. Eu gostava de seu cabelo escuro e cacheado e do sorriso fácil. Provavelmente, foi por isso que acabei o beijando em uma escada vazia durante sua primeira festa de Natal no escritório. Foi uma pegação decepcionante, regada a bebedeira e nervosismo, e as coisas ficaram esquisitas entre nós por um tempo, mas logo ele começou a namorar e retomamos a dinâmica muito clara de mentora e mentorado.

Além disso, um dia depois da festa descobri que ele só tinha vinte e quatro anos, o que não me desceu muito bem. Senti que tinha abusado, sem querer, de uma posição de poder. Então, eu o ajudava, ele era efusivo em seus agradecimentos, e essa era a nossa dinâmica desde então. Era uma interação legal, amigável.

— O que você acha desta apresentação para o novo hidratante Toque Aveludado? Sinto que tem alguma coisa errada, mas não consigo identificar o que é.

Ele colocou a pasta na mesa e passou para mim, enquanto mantinha uma distância apropriada, e me concentrei ao folhear as páginas.

— Hum, tem razão. — Estalei as articulações dos dedos enquanto pensava e peguei uma caneta. — Posso?

— Tá brincando? Vai fundo. Suas ideias são brilhantes.

Ele sorriu e apontou para a página.

— Você é um amor — falei, sem levantar os olhos. — O briefing da empresa está aqui?

Ele o retirou do fundo da pasta, e franzi a testa.

— Ah, ok. Percebe que não está alinhado com o público-alvo deles, certo? O design ficou jovem e atual, mas a média de idade dos consumidores é de trinta e cinco para cima.

— É, mas eles querem...

— O mercado jovem? Claro, mas quanto custa um pote desse hidratante?

Ele fez uma careta.

— Umas oitenta libras.

Levantei as mãos.

— Seu trabalho é convencer o cliente do que é possível, Matt. Gerenciar as expectativas dele, redirecioná-lo para algo que possamos alcançar. Você consegue. Ajeite a postura, fale como especialista no assunto. Você conhece esse setor, sabe o que é bom para os negócios deles, não sabe?

Ele sorriu para mim, todo agradecido, e assentiu.

— Certo. Obrigado, Aly. De verdade. Não sei o que faria sem você.

Minimizei com um gesto, enquanto ele se levantava e colocava a cadeira de volta no lugar, com cuidado.

— Ah, Matt? — Ele se virou. — Mude essa fonte pavorosa, tá? Felix vai fazer picadinho de você se usar Comic Sans, mesmo que não seja a versão final.

Ele riu e fez continência.

— Pode deixar, chefe.

Hunter passou por minha mesa, deu uma conferida e viu Matt se afastar, todo confiante. Em seguida, abriu um sorriso fingido.

— Por que esse favoritismo, Aly? Você nunca é legal assim comigo quando preciso de ajuda.

Mostrei os dentes, no que se aproximava de um sorriso.

— Porque ele pede com educação. E não cinco minutos antes de terminar o expediente.

Hunter fez beicinho.

— Ah, não fale assim. Você sabe que adora o poder. Ver que todos nós estamos sob seu domínio, precisando de você para tudo.

Respirei bem fundo, joguei minhas coisas na bolsa e, quando passei por Hunter, parei para lhe dar um tapinha no ombro.

— Tem razão. Então deve ser porque ele é mais bonito do que você.

Fui embora antes que ele pudesse dar outro golpe baixo e, assim que entrei no elevador, flagrei o olhar de satisfação de Tola. Ela levantou um dedo, como se mantivesse um placar. Considerando os bolões infames de Eric e Tola no escritório, talvez mantivesse mesmo.

O trabalho tinha feito maravilhas para me distrair, mas assim que pisei no trem que me levaria para a casa da minha mãe, caí de novo na cilada de pesquisar Dylan no Google e rever tudo que já descobrira sobre ele na noite anterior. Achei o site de sua empresa, a EasterEgg Development, mas não tinha muita informação além de uma página com fotos da jovem equipe sorridente, esbanjando potencial. Dava para vê-lo no fundo de algumas fotos postadas por Nicki nas redes sociais, mas não havia nada de especial. Ele mesmo não tinha conta em nenhuma rede social. Conferi a página dos ex-alunos da Universidade de Portsmouth para ver se ele estava na foto de formatura, mas não o encontrei. O homem praticamente não existia.

Mais uma vez, fiquei imaginando se ele tinha feito essa mesma pesquisa na noite anterior. Se nosso encontro fortuito também o deixara abalado. Ou talvez tivesse passado a noite tomando bebidas caras e comendo um prato chique com a namorada ambiciosa, sem saber que ela queria mudar quase tudo nele. Igual a todas as namoradas que teve durante a adolescência. Elas gostavam de seu rostinho bonito e sorridente, mas sempre havia algum aspecto a ser ajustado. E Dylan aceitava de bom grado se tornar a pessoa que elas queriam que ele fosse.

Meu Deus, voltar para a casa da minha mãe só pioraria as coisas; todo o trajeto até lá estava marcado por memórias de Dylan. A estação em que tínhamos passado horas esperando por trens sempre atrasados, indo e voltando de Londres, para ir a shows no Electric Ballroom ou no Barfly, para beber cerveja no World's End.

Caminhei pela rua principal, onde costumávamos comprar doces sortidos antes de ir ao cinema ou ao parque, onde subíamos o morro para observar as pessoas lá de cima, inventando histórias sobre elas. Ali estavam nossa escola, o pub onde íamos beber depois de termos completado dezoito anos (ou quase isso) e a curva para a rua de Dylan. Imaginei que seu pai ainda devia morar lá, fazendo da casa um templo para a esposa, recusando-se a mudar qualquer coisa. Quando ela faleceu, estava indo nos buscar em uma festa de aniversário. Estava ali e, no instante seguinte, não estava mais.

Quando finalmente cheguei na casa da minha mãe, me detive do lado de fora por uns instantes, apenas observando. Era bonita, sempre foi. O jardim frondoso na frente, a árvore de magnólia bem no meio, escondendo uma parte da construção. No verão, minha avó tinha o costume de colocar sua cadeirinha debaixo da árvore e assistir ao movimento da rua. Era um hábito típico do povo mediterrâneo, mas os vizinhos não se importavam. Dez minutos após minha avó se acomodar, alguém já lhe oferecia maçãs colhidas no próprio jardim, apresentava o cachorro ou lhe perguntava de qual região da Grécia ela era.

Essa casa era meu lar. Depois que meu pai foi embora, pintamos tudo com cores vivas. Enquanto tentávamos pintar as paredes com meus pincéis de arte, Dylan apareceu e levou a mão à testa, fingindo estar horrorizado, sem saber se ria ou se chorava. Em seguida, foi à lojinha de ferragens da rua principal e voltou com fitas, rolos e pincéis adequados para o serviço. Fez questão de que trabalhássemos direito, apesar de também ter dado aquela gargalhada estrondosa ao ver o tom brilhante de laranja que tínhamos escolhido. Ele não se conformava com a ideia de uma sala de estar laranja, como se fosse a coisa mais esquisita e mais maravilhosa da qual já ouvira falar. Pintamos e cantamos, e minha mãe pediu pizza e passou o dia inteiro sem derramar uma única lágrima. Na época, senti que era um novo começo.

Destranquei a porta da frente e senti o cheiro de incenso, de café fresquinho e de sabão em pó. Ao andar pelo corredor, escutei uma música tocando: o tablet estava apoiado na bancada e reproduzia o vídeo do casamento dos dois. A raiva subiu pelo meu peito, como um lagarto, e se preparou para a briga.

— Mãe.

Ela se virou, e era óbvio que havia chorado.

— Isso está ajudando em alguma coisa?

Indiquei o tablet, e ela secou as lágrimas.

— Só queria rever meus pais um pouquinho. Vê-los dançar, é tão bonito.

Ocorreu-me que devia ser muito duro ver seu casamento desmoronar, enquanto os próprios pais tinham sido um exemplo perfeito do amor. Um amor recíproco desmedido, imutável, que durou meio século. Coitada da mamãe, ela desejava o que eles tiveram e acabou com o vagabundo do meu pai.

— Aceita um vinhozinho? — perguntou ela.

E serviu uma taça de prosecco antes de eu ter tempo de responder.

Simplesmente aceitei.

— Vai ser um jantar especial? A gente... A gente não vai receber *convidados*, vai?

Apavorada, senti um aperto no peito. Mais uma noite convencendo minha mãe de que ela era digna de ser amada e que merecia coisas boas? Tudo bem, estava acostumada com isso. Uma noite com meu pai sentado à cabeceira da mesa, fazendo-me perguntas como se soubesse alguma coisa da minha vida? De jeito nenhum. Até a filha perfeita tem limites.

— Não. Ultimamente, tenho sentido muita saudade da sua *Yiayia*. Ela era uma apoiadora fervorosa do happy hour. E o dia estava tão bonito, então pensei... por que não?

Ela se serviu, e erguemos as taças para brindar.

Minha mãe me examinou e pousou a mão na minha bochecha.

— Você está pálida, querida. Está trabalhando demais.

Limitei-me a dar de ombros.

— Está tudo bem.

— Tá saindo com alguém legal?

Odiava ver um brilho de esperança em seu olhar. Minha mãe era muito romântica, mesmo depois desses anos todos. Só queria que eu encontrasse alguém, para amar e ser amada. Eu sempre sentia que a estava decepcionando.

— Saio com muita gente legal, mãe.

Abri um sorriso largo e beberiquei da taça.

— Você sabe muito bem que estou falando de um cara legal, espertinha.

Ela se virou de volta para o fogão.

— Não, estou muito ocupada com o trabalho, você sabe disso.

Parei de falar, na dúvida se deveria revelar mais informações. Algo me dizia que a Match Perfeito não lhe daria orgulho. Ela queria me ver perdidamente apaixonada, louca de amor. E só de cogitar essa ideia eu já morria de medo. Tinha visto o que isso fizera com ela.

— Só que... vi Dylan ontem.

Ela se sobressaltou, de um jeito completamente dramático. No mesmo instante, arrependi-me de ter contado.

— Dylan James? Ah, ele é tão querido! Faz tanto tempo! Como ele vai? Como ele está?

Pelo jeito, fingindo que eu nunca existi.

Minha mãe bateu palmas de alegria, mas senti meu ânimo se esvair. Ela nunca soube da nossa briga. Fiquei com tanta vergonha que não contei, não confessei que amava um menino que não me correspondia. Tal mãe, tal filha. Assim, deixei que ela achasse que simplesmente tínhamos nos afastado, como é normal de acontecer. Nada de mais. Nenhum coração partido, nenhuma perda.

— Ele trabalha com computação e namora uma celebridade. Sabe aquela garota daquele reality show, a PAG, Princesa da Areia para Gatinhos?

Mamãe franziu o nariz.

— A tagarela? Ela parece ser muito boba. Se bem que Dylan nunca foi de escolher as inteligentes.

— Mãe, acho que isso não é nada feminista da sua parte — reclamei, zangada.

— Ué, mas é mentira? Acho que não. Ora, alguns homens simplesmente são assim. Querem uma vida fácil. Querem que a parceira seja sempre só sorrisos e que diga que *está tudo bem* o tempo todo. Não querem algo verdadeiro.

Já estava sentindo o rumo que essa conversa iria tomar; tinha lembranças bem nítidas da gritaria e das brigas entre

meus pais. Das traições dele, dos pratos destruídos por ela...
E de como, no dia seguinte, via os dois abraçadinhos no sofá, como se fossem o retrato de um casamento feliz e cheio de amor. Engoli o último gole de vinho e levantei a taça de novo.

— Ainda estamos no happy hour, né?

Ela me encarou por um instante, mas encheu a taça. Quando retomou o assunto sobre Dylan, suspirei aliviada por ter conseguido distraí-la mais um pouco. Cedo ou tarde, acabaríamos falando sobre meu pai, como já acontecia em meus intervalos de almoço e nos fins de semana. O homem sugava todo o oxigênio do ambiente, mesmo quando não estava presente. E eu era um disco tão arranhado, que as palavras estavam começando a se distorcer com a repetição:

Você merece coisa melhor, ele não presta, isso não é amor, mude de vida, você consegue.

Mamãe sorriu.

— Eu me lembro de quando Dylan nos ajudou a pintar a casa. Sempre que vou limpar a estante e vejo aquele borrão na tomada, me vem a imagem de Dylan olhando para nós, em pânico, e falando: "Ah, sra. Aresti, por favor, me deixe comprar uns pincéis decentes, confie em mim." E o menino tinha razão! A situação com o pai dele melhorou? Ainda o encontro no supermercado de vez em quando. Um sujeito muito triste.

— A gente não... Era uma reunião de negócios, não deu muito tempo de pôr o papo em dia.

— Aposto que ele ficou muito bonito, não é? — Mamãe fez uma cara travessa. — Dava para imaginar que ele ia arrasar corações.

Pensei em seus olhos azul-claros e nos olhares furtivos que me lançara naquela noite, para logo depois me ignorar. Eu me lembrei de como, ao se despedir, ele dera um apertãozinho mais forte na minha mão antes de se desvencilhar.

— É, dava — sussurrei e fui colocar a mesa.

Quando finalmente nos sentamos para comer, abordamos os demais assuntos, e ficou esclarecido que ninguém estava doente nem morrendo e que minha mãe continuava empregada. Nossa família em Creta estava bem, todas as amigas da mamãe estavam felizes. Fora isso, recebi um relatório completo da cirurgia do gato do vizinho. Assim, só sobrou mais uma questão, a qual eu esperava desde o início.

— Será que agora vai me explicar por que estou aqui? Só vou conseguir aproveitar a comida quando não estiver mais preocupada.

— Está aqui para ver sua mãe, que a ama e sente saudades. E para comer uma boa comida e tomar um bom vinho. Está muito magrinha. Vou preparar uma marmita para você levar para casa.

Ela já estava divagando.

— Mãe, por favor.

Ela tomou fôlego.

— Seu pai quer vender a casa.

Fechei a cara.

— A *nossa* casa? *Esta* casa? Caramba, o que é que ele tem a ver com isso?

— Bom... Metade ainda é dele, querida.

Cerrei os punhos por um momento.

— E por que ele veio com essa história do nada?

— Ele está com dificuldades financeiras... Os três filhos... Ele quer dar um passo para trás na carreira, passar mais tempo com as crianças enquanto ainda são pequenas.

— Ah, que ótimo para elas! — Senti a amargura espumar, igual a cerveja quente, e tentei contê-la. — Você é divorciada, esta casa é *sua*. Aliás, seus pais não deram o dinheiro para a entrada de presente de casamento?

— Deram, mas o nome do seu pai também está na escritura.

— Faz quase vinte anos que ele não paga nenhuma prestação dessa casa!

Minha mãe fechou os olhos, respirou e pousou a mão na minha.

— Eu não queria que você ficasse chateada.

— É claro que eu fiquei chateada! Você também deveria ficar! O cara acabou com a sua vida e agora ainda quer tirar sua casa!

Ela contraiu os lábios, tentando sorrir. Mas eu não queria sorrisos, queria que ela ficasse com *raiva*. Queria que enxergasse que esse homem havia lhe tirado coisas demais. Mas questioná-la com base nessa lógica nunca terminava bem para mim. Era sempre: "Aly, coitada, causei muita revolta e ressentimento em você, a culpa deve ser minha, sou uma péssima mãe." Aí eu a consolava, e era isso, a história se encerrava, só para ele voltar outro dia e começar tudo de novo.

— Ele não tem direito a esta casa. É o nosso lar. Ele pode diminuir os gastos ou se mudar de Londres se quiser que sua prole dos infernos cresça com mais espaço.

Mamãe fez uma careta.

— São seus irmãos, querida. E são mais novos do que você. Não preciso desta casa enorme só para mim. Posso ir morar em outro lugar.

— Então está cogitando dar o que ele quer, seja o que for? — Tomei o restante de vinho, com as mãos tremendo de raiva. — Se ele aparecer na semana que vem e pedir seu rim, você vai entregar, mãe?

Ela olhou para mim, e eu sabia que era provável que sim. Ela o amava, mesmo que não fizesse sentido, mesmo que ele fosse como fosse. Minha mãe acreditava em ter um amor verdadeiro; mesmo que, pelo visto, não fosse recíproco.

— Veja bem, filhota, pela lei, metade desta casa pertence a ele. E podemos vendê-la e dividir o dinheiro, ou posso comprar a parte dele. Ele disse que aceita um valor menor, em uma única parcela, para assinar a transferência da escritura para mim. Talvez a gente faça isso.

— Ah, *quanta consideração* da parte dele. Muito compreensivo. E de onde vamos tirar esse dinheiro?

Parecia que isso tinha acabado de lhe ocorrer, porque ela não disse nada e pegou a taça.

— Em dias assim, sinto muita saudade dos meus pais.

Mamãe deu um suspiro.

Yiayia *não deixaria isso acontecer. Ela colocaria você para cima, faria picadinho dele, iria fazê-lo se borrar de medo.* Então, talvez eu devesse assumir esse papel.

— Vou falar com ele — declarei.

— Não.

— Mãe, isso é um absurdo. Ele não pode simplesmente chegar aqui e...

— Ele *pode*, Alyssa. É a lei.

— Não pode, *não*. A lei não vale. Você se divorciou. Ele concordou que a casa é sua.

— Nunca mudamos a escritura, ficamos de chegar a um acordo quando você fosse mais velha.

Bem, isso era novidade para mim. E considerando que assisti de camarote ao desastre que foi esse casamento, não somente fiquei surpresa... fiquei furiosa.

— Não bastou você ter trabalhado para bancar a faculdade dele, ter aberto mão da sua carreira para ele ter a dele? Agora você também quer abrir mão da sua casa? Você tem noção de que não vai ganhar um prêmio por ser a mais abnegada, não tem, mãe?

— O casamento é *meu*, Alyssa, *meu*.

Isso foi quase um rosnado. Eu queria sacudi-la e, ao mesmo tempo, chorar por ela.

— Só que não, né? O casamento não é mais seu. — Eu me levantei. — Não é. Agora me diga, você quer ficar nesta casa, sim ou não?

— Claro que eu...

— Então vou arranjar o dinheiro — declarei, ao passar meu prato para o lado, sem ter tocado na comida. — Pode falar para ele que vou cuidar desse assunto.

Eu sempre cuidava. No passado, quando ele passava dias fora de casa e ela se aninhava na cama e ficava deitada olhando para o teto, em silêncio, eu cuidava dela. Eu a levava para tomar banho, fazia chá e torradas. Abria os livros de receitas empoeirados e tentava descobrir como preparar uma refeição. Desde então, associo batata recheada a noites longas e tristes.

Eu poderia dar um jeito nisso. Não conseguiria mudá-los, nem fazê-la se afastar dele ou acordar, mas arranjar dinheiro não era a coisa mais difícil do mundo.

Só que o atrevimento... Eu já tinha passado por isso, sabia como era bom receber a aprovação do meu pai, sabia como era ganhar um sorriso e ser elogiada por ele. Mas acabei me cansando de fingir que interesse passageiro era amor. Ela nunca se cansou.

No trem de volta para casa, fiquei conferindo minhas contas no celular, calculando quanto ele iria pedir. A casa valia, no mínimo, meio milhão. Qual seria o valor da parcela única para me livrar dele, para ele a deixar em paz de uma vez por todas? Mamãe era recepcionista no hospital, então eu sabia que não tinha muito dinheiro na poupança.

— Só preciso do necessário para cuidar do meu jardim e para dar um bom jantar — dizia ela.

Eu reclamava, e ela respondia que *a mãe era ela*, então ríamos e deixávamos pra lá.

Ao longo de dez anos, consegui juntar quase vinte mil, na esperança de ter um apartamentinho para mim, mas isso se tornava mais difícil a cada ano. Então, eu continuava a economizar e a trabalhar, mas o tempo ia passando. Eu usaria esse dinheiro se fosse necessário.

Queria que minha mãe lutasse, que dissesse: "Não, é claro que você não vai dar para o seu pai suas economias suadas, querida." Queria que me priorizasse. Mas ela não faria isso, não conseguiria. Ele sempre vinha em primeiro lugar, mesmo depois de todos esses anos. Outra família, outro lar, outra esposa, e mamãe ainda parecia uma libélula presa no âmbar. Eu tentava não me ressentir dela.

Meu pai acabaria conseguindo fazer com que as coisas saíssem do seu jeito. Igual aos Hunters do mundo. Aquelas pessoas que sempre recebem tudo de mão beijada, e depois se perguntam por que é que os outros têm tanta dificuldade de conseguir o que querem. Igual a Nicki, que exige que os outros se adaptem às suas expectativas.

Fiquei me perguntando se isso era diferente do que Tola, Eric e eu estávamos fazendo. Manipular, ajustar, adaptar. Nicki e Hunter esperavam o melhor das pessoas, logo de cara. Não era o meu caso, mas eu sabia plantar uma semente e cultivar o potencial. Sabia fazer valer minha vontade, mas esse jogo demorava um pouco mais.

Quando voltei para minha pequena quitinete, estava pronta para chorar à vontade e tomar um banho demorado. Só que eu precisava fazer mais uma coisa. E se refletisse muito sobre isso, perderia a coragem.

Liguei para Nicki.

— Olá! Fiquei em dúvida se você ia ligar ou não.

— Cem mil — falei, sem rodeios.

Não me dei a chance de amarelar.

Ela não toparia, de jeito nenhum. Era um valor absurdo. Eu só estava fazendo isso porque precisava me convencer de que havia tentado de tudo, feito tudo o que estava ao meu alcance.

— O quê?

Cerrei os dentes para disfarçar o tremor em minha voz.

— Você viu como ele agiu comigo, sabe que vai ser difícil e que o programa de TV e o contrato para a linha de vestidos vão valer a pena.

Nicki parou para pensar.

— *Por que* ele agiu daquele jeito? Nunca tinha visto Dylan sendo grosso com ninguém. É o cara mais fofo que conheço. Nem sei se já o vi ficar bravo de verdade.

Bem, eu não podia contar a verdade.

— Talvez eu seja parecida com alguém de quem ele não goste. Sei lá. Ou talvez esteja se sentindo muito pressionado por conta da reunião e não queira aceitar ajuda. De um jeito ou de outro, isso vai dificultar as coisas. Quanto é que isso vale para você?

Quanto é que ele vale para você?

Silêncio do outro lado da linha. Fiquei na dúvida se tinha exagerado. Só conseguia pensar em minha mãe, em um apartamentinho minúsculo e úmido, ligando todos os dias para me perguntar por que é que ela vendera a casa. Esperando sentada por uma visita do meu pai. Sem cantarolar enquanto regava as plantas. Mamãe murcharia sem seu jardim.

— Nesse caso, você tem que garantir a proposta de casamento — disse Nicki, de repente. Eu me questionei se ela já não estava esperando por isso desde o começo. — Senão, não tem sentido.

Que jeito legal de falar do seu relacionamento.

Bem nessa hora, eu me dei conta do que ela estava dizendo. Cem mil. Ela concordara com cem mil. A solução para meus problemas.

Pensei por uns instantes em todos os anos de amizade que eu estava traindo. Mas então visualizei o rosto de Dylan ao me reencontrar, a expressão de indiferença. Lembrei-me das mensagens de texto que deixavam claro que eu não passava de uma parasita, uma fracassada, uma garota patética que olhava toda derretida para ele. Alguém que nunca significou nada.

Em seguida, pensei no rosto da minha mãe.

— Negócio fechado — declarei.

Capítulo Oito

— Você aceitou? — Tola estava surpresa. — Sem nem falar com a gente?

— Por motivos de força maior — respondi.

Quis amenizar minha culpa enquanto ligava a chaleira elétrica e pegava nossas canecas de sempre. Ela se sentou na bancada da copa do escritório, embora já tivessem falado milhares de vezes para não fazer isso.

Eric se debruçou ao lado dela, e ambos se entreolharam. Aquele olhar de "nossa, Aly está estranha de novo".

Eu detestava isso.

— E que motivos são esses?

— Pessoais.

Fechei o armário com firmeza e me concentrei em medir cada colher de café com atenção. Tudo para evitar contato visual. Tola batucava na porta do armário com as unhas verde-limão.

Era para eu ter elaborado um plano melhor. Afinal, eu era alguém que fazia as coisas mudarem da água pro vinho, deveria ser capaz de usar essa situação a meu favor.

Só que, se eu mencionasse o dinheiro, teria que lhes contar por que precisava dessa quantia. Teria que explicar que toda a energia despendida para fazer alguns homens tomarem jeito não era nada comparado a uma vida inteira tentando fazer isso com meus pais. E eles me lançariam aquele típico olhar de quando alguém abre o peito e expõe as fragilidades de seu coração... "Ah, então é por isso que você é assim."

Somente uma pessoa conhecia a dinâmica entre meus pais: Dylan, por mais ridículo que pareça. Ele ajudava a falsificar bilhetes com pedidos de desculpa, a planejar encontros "por acaso", a fazer o jantar quando ela estava triste e sem apetite. Testemunhara tudo. E, anos depois, lá estava aquela oportunidade: se eu desse um jeito em Dylan, resolveria o problema dos meus pais para sempre.

Eric olhou para mim.

— Tem certeza de que não é só uma vingança contra o garoto de quem você gostava na adolescência?

Repreendi Tola com o olhar.

— Valeu mesmo.

— Ele é sócio da nossa empresa! Precisava ficar a par da situação!

Apoiei as mãos na bancada e me preparei para argumentar.

— Escutem, vocês queriam um desafio, não era? Bom, aí está, bem na nossa cara. O maior desafio que poderíamos desejar. Então, vamos mostrar que somos bons mesmo. Que damos conta do recado.

Tentei incentivá-los com empolgação, uma coisa meio "bora, time!", mas eles sabiam que era só fachada.

Estavam esperando que eu dissesse mais alguma coisa, mas entrei em pânico.

— Ela nos ofereceu mais grana... Vinte mil... — Falei o número cantarolando, de brincadeira, como se tentasse atrair os dois para minha casinha de doces no meio da floresta. Fiquei me sentindo péssima por enganá-los. — Divididos por três?

Eric soltou um assobio baixinho.

— Um belo trocado...

Pelo visto, estava animado, mas Tola não se convenceu. Ela franziu a testa e ficou me encarando.

— Ela dobrou a oferta. E você se interessou? Mesmo falando que era um negócio manipulador, absurdo e... um tanto repugnante. O cara é seu amigo.

— Meu ex-amigo — corrigi. — E, claro, parece um pouco... repulsivo mesmo. Mas deve ser por causa da personalidade da Nicki. Nessa ligação, ela estava bem mais vulnerável. Será que é tão diferente assim das outras mulheres que ajudamos a conseguir um pedido de casamento? É diferente da pessoa que finge ser perfeita no primeiro mês de namoro e, aos poucos, deixa de lado o comportamento exemplar? — questionei.

— É, com certeza — afirmou Tola.

— Claro que é — reforçou Eric, ao inclinar a cabeça, preocupado. — O que é que deu em você?

Dei de ombros, irritada, e despejei a água quente antes de mexer a colher em cada caneca, com mais agressividade do que o necessário.

— Não sei o que falar para vocês. Preciso fazer isso. Então, se não quiserem participar, tudo bem. Mas eu topei.

Tola fez um gesto como se quisesse me estrangular.

— Um dia desses, vou abrir essa sua cabeça para ver o que se passa aí dentro. Porque tem alguma coisa de errado.

Não me diga.

— Mas como vai dar um *baita trabalho*, a ajuda de vocês seria muito bem-vinda...

Tentei sorrir, puxar o saco deles, fazer charminho. Arrancar risadas dos dois: ficaria tudo bem depois de umas boas gargalhadas. Entreguei uma caneca de café para cada um, toda inocente e esperançosa.

— Ah, *agora* ela se dá ao trabalho de jogar charme.

Eric revirou os olhos ao pegar a caneca de arco-íris, sua única referência à própria sexualidade no ambiente de trabalho, onde, de resto, mantinha as piadas e brincadeiras de macho.

— Por favor? — Fiz beicinho e lancei para ambos um olhar de súplica. — Vamos transformar Dylan James no namorado dos sonhos da Nicki e prepará-lo para o pedido de casamento. Eu conheço ele, tenho certeza de que vamos conseguir.

— Ah, o oposto da fada-madrinha. Coitado do cara.

— Confie em mim, Dylan sempre quer agradar todo mundo. Ele vai gostar desse direcionamento.

— Vindo da mulher que ele nem conseguiu encarar direito? Até parece... — objetou Tola.

Eu precisava mudar sua perspectiva. Isso não tinha nada a ver comigo. Não tinha nada a ver com Dylan. A questão era não perder a casa da minha mãe. Não deixar meu pai vencer outra vez.

— Você vive dizendo que precisamos pensar grande, não é? Então! Quando este experimento acabar, teremos uma garota com um contrato na TV, um cara com uma empresa de sucesso e uma proposta de casamento a caminho! Já sabemos o que conseguimos fazer quando não há tanta coisa em jogo. Vamos ver até onde isso vai nos levar!

Tola e Eric se entreolharam. Pronto. Eles sabiam que estávamos aptos a encarar essa missão. Sabiam que fazia anos que eu não me empolgava com algo que não fosse trabalho. Enquanto os dois organizavam sessões de bingo com a equipe e frequentavam aulas de *spinning* ao som de músicas da Disney, eu ficava no escritório trabalhando até tarde, para provar meu valor.

E, naquele momento, tudo o que pedia era que se aventurassem naquilo comigo.

— Qual é! — Abri um sorrisão e ergui as sobrancelhas, minha última tentativa. — Vocês não estão nem um pouquinho intrigados com o fato de *eu* ter sugerido que a gente se arrisque? Eu. A responsável do grupo.

— É isso que está me assustando — reagiu Tola. Em seguida, ergueu a caneca de café para um brinde e esperou que a acompanhássemos. — Beleza, gata, vamos lá fazer nossa mágica.

No dia seguinte, tirei a tarde de folga e caminhei até a recepção do escritório de Dylan, usando uma jaqueta poderosa e minhas botas pretas favoritas, cravejadas com tachinhas de metal. Tola as chamava de "estegossauro punk", e eram um dos poucos itens do meu guarda-roupa que ela julgava interessante.

Eu sabia que era necessário desarmá-lo em pouco tempo, para ele não ter a chance de dizer "não". Eu tinha a esperança de que ele estivesse bastante disposto a agradar a namorada (conforme o esperado) ou que reconhecesse que precisava mesmo de ajuda (algo bem mais improvável). A última possibilidade era ele ficar curioso a ponto de me querer por perto, mas nem valia a pena considerá-la.

O escritório alugado de Dylan era todo moderninho e ficava perto do rio, um desses espaços onde jovens hipsters trabalhavam para *start-ups* e tentavam recuperar uma parte do valor pago para estar ali ao tomar cafés refinados e comer doces de graça, enquanto contemplavam a vista da cidade e sonhavam com o sucesso. Um lugar cheio de energia, o que não era uma escolha surpreendente por parte de Dylan, que adorava a aparência das coisas. Ele sempre quis as academias mais caras e os bares mais atrativos. Sempre quis a vida boa. E se adaptaria muito bem à vida de Nicki.

Claro, ele não era superficial quando adolescente. Naquela época, era ávido por experiências, lugares, pessoas. Morava em uma casa cinzenta com o pai, um ex-militar que exigia rotina, disciplina e diligência. Não havia espaço para cores nem frivolidades na vida de Dylan.

Quando estávamos nos preparando para ingressar na faculdade, lembro-me de pedir a ele que me contasse como seria sua vida dos sonhos.

— Nós dois comendo bife e lagosta em um restaurante superchique, eu mandando trazer uma garrafa de vinho de cinquenta pratas, e ninguém duvidando de que fazemos parte daquele mundo — respondera ele.

— Só isso? — Eu tinha achado aquilo engraçado, mas, por dentro, estava toda empolgada por fazer parte do futuro com o qual ele sonhava. — Dinheiro?

Ele torcera o nariz.

— Não, a questão é *estar enturmado. Viver aventuras. Experimentar de tudo*! É preciso ter dinheiro para realizar essas coisas. Vai ser muito bom!

E, por ora, ele nem precisava mais de dinheiro para tal, pois tinha Nicki. Quem sabe meus empurrõezinhos se tornassem um presente para ele, ao lhe proporcionar a convivência em um círculo de pessoas bonitas, em lugares fabulosos. Todas as aventuras que ele poderia almejar.

Quando saí do elevador, no segundo andar, um rapaz de óculos de acetato e cabelo louro penteado para trás me aguardava, na expectativa de me impressionar.

— Olá! Pelo visto você veio visitar a EasterEgg Development! É raro recebermos visitas inesperadas! Posso ajudar?

— Bem, assim espero!

Dei um sorriso para o sujeito que me recepcionou. Estava usando minhas botas poderosas e o batom laranja-avermelhado. Eu era uma força da natureza, e ninguém iria me parar.

— Vim aqui para falar com Dylan James.

Ele franziu um pouco a testa.

— É mesmo?

Abri um sorriso ainda maior e estendi a mão. Quando não se pode vencê-los com a força, é preciso vencê-los com o entusiasmo.

— Oi, me chamo Aly. Sou consultora de negócios e marcas contratada pela srta. Wetherington-Smythe. Estou aqui para ajudá-los a se preparar para a reunião do fim do mês.

O semblante do rapaz mudou na mesma hora e, do nada, ele pareceu mais novo, ao esticar o braço e me dar um aperto de mão vigoroso.

— Nossa, aleluia. Precisamos de você, urgentemente. Eu me chamo Ben.

— Prazer. — Fui pega de surpresa com a rapidez com que ele se entusiasmou. — Você trabalha com o sr. James?

— Fui um dos primeiros a me juntar à equipe. Dylan é um cara cheio de ideias geniais e quer o melhor para todos nós, mas... se não conseguirmos esse investimento, vou ter que trabalhar como barman de novo. E, para falar a verdade, aquela bebedeira toda acaba com minha pele.

Estranhei o comentário.

— Um barman alérgico a bebida?

— Não, um que precisa encher a cara para aturar a estupidez de gente bêbada.

Ele sorriu e me conduziu até o escritório.

Talvez esta fosse a minha porta de entrada: eu tinha certeza de que, se a equipe dele me quisesse por perto, Dylan teria que me aceitar.

— Ben... — Pousei a mão em seu ombro para ele diminuir o passo antes de entrarmos na sala. — É provável que Dylan não fique contente em me ver. Ele meio que recusou meus serviços quando Nicki ofereceu. Na sua opinião, como posso fazer com que ele aceite minha ajuda?

Ben parou um segundo para pensar.

— Dyl é amigão de todo mundo, ele vai aceitar seus conselhos se achar que você vai ficar feliz em passá-los. — Ben deu de ombros, e eu assenti. Até que fazia bastante sentido. — Mas acho que, lá no fundo, ele sabe que precisa de ajuda. Sabe que estamos fritos se não der certo. Já ressurgimos das cinzas uma vez. A gente até brinca que somos uma fênix.

— Uma fênix?

— É, mas agora as asas estão um pouco chamuscadas, sabe? Não aguentam outro incêndio. Caramba, não aguentam nem sequer um churrasquinho. — Ele agarrou minhas mãos e olhou no fundo dos meus olhos. — Estou muito aliviado por você estar aqui. Em geral, a insistência da Nicki é insuportável, mas a gente precisava exatamente disto. Aliás, até mandaria uma cesta de presente para ela, mas iria acabar se perdendo no meio do monte de porcaria que ela recebe de graça.

Comecei a rir. Sem dúvida, Ben era a pessoa que estava a par de tudo o que acontecia ali.

Quando se virou em direção ao escritório, olhou por cima do ombro e arqueou a sobrancelha.

— Não caia na dele de achar que não precisamos de ajuda.

— Ele não vai querer que eu caia na dele, pode acreditar.

Ben não entendeu nada, mas deixou pra lá e entrou na sala, que era pequena e contava com algumas mesas de trabalho. As paredes externas eram totalmente envidraçadas e ofereciam uma vista magnífica para a paisagem fria e cinzenta de Londres, mas havia algo de estranho. Os cartazes motivacionais emoldurados na parede, o relógio caro no pulso de Dylan. A quantidade de computadores sofisticados, embora só houvesse três pessoas ali.

Parecia que tinham vestido o terno do pai e estavam fingindo que aquilo era uma empresa de verdade. E só Deus sabe quanto dinheiro gastaram com essa fachada. *Ah, Dylan, o que foi que você fez?*

Ele estava sentado de costas para nós, debruçado no laptop, enquanto uma mulher de cabelo escuro, sentada de frente para ele, agilmente digitava algo, com fones de ouvido, totalmente alheia ao mau humor dele.

Pelo menos, ele estava de calça jeans e camiseta dessa vez, então imaginei que só se fazia de *homem de negócios bem-sucedido* na frente da namorada. Que interessante. Notei a tensão em seus ombros. A sensação de pânico começara a se instalar, e eu estava prestes a provocar uma avalanche. E uma partezinha de mim — um fragmento minúsculo, insignificante — queria vê-lo em desespero, para eu ser a pessoa com todas as respostas. Como nos velhos tempos. *Tente se esquecer de mim agora, Dylan.*

— Ei, Dyl, tem visita para você.

Ele se virou e, por um belo instante, seu rosto demonstrou apenas espanto, que depois se transformou em insatisfação.

— Aly — começou ele, ao olhar para mim de cara fechada e se levantar.

— Ah, *então* você se lembra — respondi, animada. — Não sabia se tinha deixado uma impressão muito boa naquela noite. *Você quis começar com esse joguinho, Dyl. Então, toma.* Mas ele não estava mais a fim.

— O que é que você veio fazer aqui?

Dei de ombros e caminhei pela sala para deixar minha bolsa em um canto.

— Nicki falou que você precisava de ajuda. Ela contratou meus serviços em seu nome. Então, vim para ajudar.

Ele deu uma gargalhada, mordaz e desagradável, e cruzou os braços antes de se encostar na mesa.

— Nem pensar.

Notei que Ben ficou boquiaberto e que a mulher ficou olhando para nós dois. Pelo jeito, nunca tinham visto uma grosseria do chefe. Para mim, era algo bem previsível. Quando soube da morte da mãe, ele só chorou quando chegou na segurança do lar, longe dos olhares de todos. Aos treze anos, já não demonstrava nada. Até que, no carro, voltando para casa, aceitou que eu segurasse forte em sua mão. Mas o Dylan diante de mim não era mais meu antigo confidente, e sim um projeto. Um que iria dificultar muito minha vida.

— Então está disposto a complicar sua vida e arriscar sua oportunidade de conseguir um investimento porque... não quer aceitar ajuda da sua namorada? — Inclinei de leve a cabeça, de forma a desafiá-lo a desviar o olhar. — O que será que seus colegas acham disso?

— Você não pode chegar aqui e começar a me falar o que devo fazer, não estamos...

Não estamos mais na escola. Vamos lá. Pode falar, Dylan.

— Não estamos o quê, sr. James?

Sorri de um jeito educado, ao instigá-lo a soltar a língua.

— Não estamos dispostos a misturar as coisas, *srta. Aresti.*

Ben ficou olhando para mim e para Dylan, pasmo. Ele e a mulher do outro lado da mesa se entreolharam. Ela tinha tirado o fone para escutar a conversa e se esforçava para disfarçar as risadinhas. Passou a mão pelo cabelo preto, que batia nos ombros, soltou os fios enroscados nos brincos de argola prateada e mexeu no piercing no nariz enquanto nos observava. Avistei linhas delicadas de tatuagem pretas e brancas cobrindo seu braço e senti aquele nervosinho que me dava vez ou outra quando via uma pessoa descolada de quem eu queria muito ser amiga.

— Esta é a Priya, outra integrante da nossa equipe — disse Ben.

Priya olhou para mim e assentiu, com um sorrisinho, como se achasse tudo aquilo muito engraçado. Tive a impressão de que ela estava torcendo por mim.

— São só vocês três? — indaguei, para confirmar minha suspeita. — O site diz...

— Não está atualizado — rebateu Ben, de pronto.

Quando olhei para Dylan, vi duas manchas avermelhadas estampando a vergonha em suas bochechas. Ele já tinha perdido funcionários. Um número razoável, dependendo de quando o site entrou no ar.

Dylan parecia desesperado: tinha passado tanto a mão no cabelo bagunçado que a franja escura quase lhe caía nos olhos. Avistei o sombreado da barba por fazer, um desleixo só, clamando por uma ajudinha. Ele repuxou a gola da camiseta branca.

— Veja bem, ou você se dispõe a aceitar a ajuda de uma especialista ou se dispõe a arriscar o sustento dos integrantes da sua equipe. — Dei de ombros e me virei em direção à porta. — Vou pegar um café para mim. Venha me procurar quando tiver decidido.

Foi uma atitude ousada, mas a melhor maneira de fazer alguém tomar a decisão que desejamos é fornecer as ferramentas necessárias para tomá-la. Dylan não queria a ajuda de Nicki. Ele certamente não queria *minha* ajuda. Mas será que me odiava mais do que amava sua empresa? O jeito era torcer para que não.

Quando me virei para sair da sala, flagrei a cara de admiração e surpresa de Ben, então isso já era alguma coisa. Ele iria me defender, pelo menos.

Passei um tempinho mexendo na máquina de café sofisticada da recepção, contemplando a vista da cidade. Conferi meus e-mails e vi mais uma demanda de Hunter. Depois, um e-mail de Felix, para avisar que meu pedido para tirar algumas folgas havia sido aprovado, mas perguntando se eu estava bem. Em geral, precisavam me forçar a tirar as folgas a que eu tinha direito, então eu entendia o espanto dele. Porém, no fim desse e-mail para saber sobre minha saúde, havia a seguinte informação: *Logo vamos tratar dos candidatos internos para o cargo de diretor de desenvolvimento de marcas — não deixe de demonstrar sua dedicação.*

Ao sentir uma onda de pânico, respirei fundo e fechei os olhos. Quando os abri, Dylan estava em pé, diante de mim, fuzilando-me com o olhar. Houvera uma tentativa de ajeitar o cabelo, e ele se esforçava para manter a coluna reta, como quem se recusa a ser intimidado. A corrente prateada estava à mostra no pescoço, e o pingente de São Cristóvão, visível através da camiseta. Desviei o olhar, como se o simples fato de eu reconhecer o objeto pudesse lhe dar algum tipo de poder. Concentrei-me em tomar um gole de café, enquanto olhava a paisagem, e esperei que ele dissesse algo.

— Nem foi contratada ainda e já está dormindo no trabalho?

Sorri com todos os dentes, como havia aprendido com Nicki.

— Bem, quando é necessário esperar um tempão até alguém tomar uma decisão sensata... acaba que dá sono.

Ele revirou os olhos e fitou o teto, como quem pede para ter forças, e até isso era tão familiar que senti uma leve pontada no peito.

— Imagino que saiba o que vim falar, certo? — perguntou.

Parecia um garoto de quinze anos que foi obrigado a agradecer a uma tia-avó pelo presente de aniversário.

— Bem, você é inteligente e se importa com sua equipe, então acho que sei. — Assenti e fiquei de pé. — Podemos começar?

— Espere aí. — Ele encostou em meu cotovelo para me deter. — Primeiro, preciso saber por que está fazendo isso.

Franzi a testa e fingi que não tinha entendido.
— Como assim? — Sorri. — Não entendi, sr. James. É um trabalho. Nicki me contratou, e acho que posso ajudar. É isso.

Dylan me fitou desconfiado, tentando encontrar qualquer indício de que eu estivesse mentindo. Fiquei parada e o encarei com calma, enquanto ele me analisava.

— Não me interessa que Nicki tenha contratado você — declarou, subitamente. — Se for trabalhar para mim, é para trabalhar para *mim*.

— Prefiro pensar que estou trabalhando *com* você.

— Tanto faz, o que for melhor para sua consciência — retrucou. Em seguida, saiu andando, mas parou à porta. — Você vai me acompanhar ou precisa de um tempo para fazer uma entrada triunfal, ó grande sábia dos negócios?

Puxa vida, isso não vai ser simplesmente fantástico?

Era só eu não falar com Dylan, não olhar para Dylan e não escutar a voz de Dylan para ficar tudo às mil maravilhas. Ben era incrível, cheio de ideias, sempre dava apoio e explicava as coisas quando necessário. Priya era irônica e ágil, não perdia tempo com bobagens. Muitas vezes, via isso em mulheres que trabalhavam em setores dominados por homens. Era provável que ela tivesse se esforçado duas vezes mais para chegar até ali, e não aceitaria ser ignorada. Por outro lado, ela tinha uma filha, então voltava para casa assim que acabava o expediente. Não iria se submeter ao ego de outra pessoa. Fiquei chocada com a clareza dos limites que ela impunha. Quem sabe é assim que se consegue ter família e filhos: abrindo espaço para eles. Eu queria ser ela.

— Certo, então me apresentem a proposta do aplicativo — pedi.

Eu estava recostada na cadeira, com as mãos espalmadas na mesa.

— O quê, tipo, a apresentação formal? — indagou Ben, preocupado. — Não chegamos a...

— Não, quero que me contem o que elaboraram e por que é importante — expliquei, sorridente. Dylan respirou fundo, e levantei a mão. — E pode deixar de fora os pormenores da tecnologia.

Ele se irritou.

— Ótimo, uma especialista em negócios que é leiga quando se trata de tecnologia. Era só o que faltava.

Ben e Priya se entreolharam, alarmados. Parecia que seu chefe feliz e contente tinha sido substituído por um ogro.

— Na verdade, sou especialista no mundo digital, mas isso não faz diferença. Mantenham o foco nas funcionalidades, na importância do aplicativo e no impacto que gera nas pessoas. A parte da programação pode ser inteligentíssima, mas isso não importa se não gerar uma conexão com o público.

— Pois é, só os nerds como nós ligam para um código limpo — concordou Priya. — É por isso que meu marido implora para eu calar a boca quando começo a falar sobre isso.

— Ele não é nerd?

Ela fez uma careta e meio que deu de ombros.

— É contador.

— Ah, um tipo diferente de nerd. Saquei — falei, de brincadeira.

Priya riu.

— Se não está levando isso a sério, srta. Aresti, acho que é uma perda de tempo para todos nós — reagiu Dylan, de forma rude.

Nessa hora, não consegui me aguentar. Olhei para ele e tentei ficar totalmente séria, sendo que, durante boa parte da

época de escola, era ele quem atrapalhava as aulas, planejava debandar mais cedo e fazia gracinhas para o professor se esquecer de passar o dever de casa. Dylan estava de cara fechada — os lábios crispados, a testa franzida — e não me segurei.
Caí na gargalhada.
— Jura que vai fazer isso?
Ele cruzou os braços, enquanto eu recuperava o fôlego e tentava conter o riso.
Priya e Ben se entreolharam mais uma vez.
— Ei, Dyl, podemos conversar um minutinho? — pediu Ben.
Ele indicou o lado de fora da sala. Imaginei que perguntaria ao chefe por que estava agindo feito um babaca com a moça legal que tinha vindo oferecer consultoria de negócios gratuita. Seria bem feito para ele.
Priya aguardou até eu parar de rir e deslizou um copo de água em minha direção.
— Obrigada. — Bebi depressa. — Desculpe, não sei o que me deu.
— Imagino que não esteja acostumada a ser repreendida por ser simpática. Você e Nicolette são amigas? — quis saber ela.
— Não, ela nos procurou para outro trabalho, mas comentou sobre Dylan e queria poder ajudá-lo. Disse que a *start-up* está tendo... um começo um pouco lento?
Priya assentiu, bem devagar, como que calculando o que revelar ou não.
— Estou aqui há menos tempo que Ben, mas... Dylan gosta de tudo perfeito. Não quer meter os pés pelas mãos. Só que, enquanto não conseguirmos o investimento, não ganhamos nada, sabe, então...
Fiquei espantada.
— Não estão recebendo?

— Em geral, trabalhamos em rodadas de quatro a seis meses — explicou ela, ao mexer no piercing e se mostrar apreensiva por ter falado demais. — Depois, arranjamos contratos temporários em outras empresas, durante uns meses, para economizar o necessário, aí voltamos para cá. Tem três anos que estamos fazemos isso.

— Não é cansativo?

Ela riu.

— Muito! E para quem tem uma criança e precisa colocá-la na creche para poder voltar a trabalhar... Mas acredito no que estamos fazendo. E, tirando hoje, por ele estar todo estranho, acredito em Dylan. É um cara que resolve os problemas, um otimista inveterado insuportável. Mas não sabe lidar bem com a pressão.

Uma vez, fiz esta pergunta para ele:

— *Não acha cansativo ser a pessoa que anima a festa, sr. Perfeito?*

— *Sei lá... Se é para animar alguma coisa, pois que seja uma festa.*

Ele tinha me dado aquele sorriso perfeito e dissimulado que funcionava com todas as garotas.

Algumas coisas nunca mudavam.

— Isso vai me ajudar bastante — falei, enquanto fazia umas anotações. Priya parecia tensa. — Não se preocupe. Nicki só mencionou o desenvolvimento do aplicativo e uma reunião no fim do mês, então preciso de todos os detalhes possíveis.

— Ela chegou a avisar que Dylan agiria desse jeito?

Levei um tempo para pensar na melhor resposta.

— Previ que haveria certa resistência. Mas sou tipo um pitbull, não vou ter problemas.

Ela olhou para o corredor, onde Ben parecia dar um belo puxão de orelha em Dylan. O rosto de Dylan estava vermelho, e ele apontava, gesticulava e batia o pé no chão. Que satisfação.

Quando retornaram, cinco minutos depois, Dylan se sentou de novo e gesticulou em minha direção.

— Desculpe se fui um pouco... brusco. Está na cara que estamos sofrendo uma pressão enorme neste momento, e eu não estava esperando sua visita hoje. Mas ficaria agradecido com seu feedback.

Senti sinceridade em sua voz, mas quando nossos olhares se cruzaram, vi que ele estava me desafiando.

— Pelo tempo que estiver disposta a oferecê-lo.

Apenas sorri, como se tivesse acreditado nesse discurso, e apoiei as mãos na mesa.

— Tudo bem, então vamos cuidar disso aqui.

Capítulo Nove

De repente, minha vida ficou bastante movimentada. Ou melhor, bastante ocupada. Não tinha tempo para ser o ombro amigo no trabalho nem para resolver os problemas da minha mãe. Não estava investindo em crescimento pessoal nem em jantar fora em restaurantes chiques na terceira quinta-feira do mês. Apenas fazia meu trabalho no escritório e, quando acabava essa parte, lidava com Dylan, enquanto Priya e Ben interferiam para manter o clima amistoso ou, no mínimo, educado.

Tola quis que continuássemos tocando as demais atividades da nossa empresa, Match Perfeito. Afinal, já tínhamos clientes agendados com meses de antecedência, mas ela tomou a frente da maioria desses casos, o que foi um alívio.

— Não sou tão boa em fingir ser outra pessoa.

Ela reclamou comigo pelo telefone, em uma noite de quarta-feira, enquanto eu dobrava as roupas lavadas e pensava se deveria comprar outro desumidificador para resolver o problema da tinta descascando nas paredes. Nossa, eu odiava aquele apartamento!

— Isso porque é maravilhosa em ser você mesma — respondi.

Inclinei a cabeça para apoiar o celular no ombro. Acompanhar as tentativas de Tola de usar maquiagem básica e roupas convencionais era de partir o coração. A impressão que dava era a de que toda a vida tinha sido sugada dela.

— Bom, com sorte, as coisas vão se acalmar em breve. De qualquer jeito, até agora foram encenações fáceis. Foi mais a parte de motivação profissional e a dedicação aos outros. A última foi bem fácil. A esposa enviou uma garrafa de champanhe. Vou guardar para tomar com você.

Eu ri e acabei desistindo das roupas. Fui até o fogão e coloquei água para ferver. Morava nessa quitinete havia anos, e sabia que tinha sorte, porque era raro conseguir se bancar sozinha em Londres. Mesmo assim, quanto mais pensava em Jason e em todos os meus ex-namorados com suas casas e esposas, mais desanimada ficava ao chegar em casa todos os dias. A textura no teto e a falta de luz natural eram as piores coisas, junto com a umidade. Tinha me esforçado para deixar o ambiente mais aconchegante: escolhera um sofá bem macio, com almofadas amarelas, e uma tapeçaria multicolorida, um achado de bazar, que escondia uma grande rachadura na parede.

Mas como era para ser um arranjo temporário, essa era a sensação que dava. Não montei um lar, mas um espaço para dormir nos dias de semana. Peguei minha única taça de vinho no armário da cozinha e a olhei bem. Eu estava com trinta e três anos e ainda vivia que nem uma estudante. Exceto na parte da diversão.

A voz de Tola me tirou daquela irritação.

— E como vão as coisas com o Menino Prodígio? Ficou aterrorizada hoje?

— Mandei um e-mail com templates criativos de apresentação e uma pesquisa que fiz sobre a empresa para a qual vão apresentar a proposta — falei em um tom ameno. — Dylan respondeu agradecendo, então acho que já foi um avanço.

— Ok, mas o que dizia o e-mail dele? — quis saber ela.

Dei uma gargalhada.

— Só a palavra *obrigado*, literalmente, sem saudação, sem assinatura. Sem ponto final.

— Pelo jeito, o cara sabe guardar rancor. Ele continua fingindo que não conhece você?

— Exato. Vou passar um dia inteiro com eles depois de amanhã, então imagino que veremos como isso vai se sustentar. Felix está puto com minhas folgas. Diz que pode diminuir minha chance de ser promovida.

Eu a visualizei de cara amarrada.

— Tenho quase certeza de que isso é ilegal, gata. Vou bater um papo com Irene, do RH. Ela tem um fraco por *macchiato* de caramelo e fofoca do escritório. Mas, tirando essas coisas, o trabalho em si está caminhando bem?

— Sabe, é absurdamente fácil prepará-los para a apresentação — respondi, quase incrédula. — Estou adorando. Isso é ruim? Tipo, sou uma mestre da manipulação, louca, com poderes malignos, ou algo parecido?

— Você tem anos de experiência em um ambiente de muita pressão, praticamente gerencia o escritório sem receber crédito nenhum e ainda resolve as merdas do Hunter, com um sorriso na cara — disse Tola. E fez uma pausa dramática. — Então é lógico que é uma psicopata.

Eu bufei.

— Menos mal que tenho você para me ajudar a manter os pés no chão.

— Está brincando? Para mim, você é uma deusa, salve Aly, rainha do jogo da paciência. Até o fim do mês, estaremos brindando à sua promoção e à derrocada do Hunter.

— Se houver justiça neste mundo... — Suspirei, ao me bater uma insegurança. — Eles gostam desse cara.

— São uns idiotas. Você é *mandona, agressivamente determinada*, e seja lá qual outra merda idiota se fala a respeito de mulheres ambiciosas. Caso precise ser paga para transformar seu antigo melhor amigo em um Ken ambulante que pede uma influenciadora digital em casamento para enfim se dar conta de que é uma deusa, tudo bem, pode contar comigo.

Tola compunha uma torcida de uma pessoa só. Também era sensível a cafeína, e dava para notar que tivera um daqueles dias regados a três latinhas de Red Bull.

— Beleza. Bom, obrigada pelo apoio — respondi. — Vamos ver como será a próxima reunião. Talvez Dylan me faça perder a cabeça. Seja figurativa ou literalmente, considerando como têm sido essas consultorias...

— Ok, me ligue se precisar de reforço — avisou com um tom sério. Houve uma pausa. — Mas hoje, não, porque vou sair para dançar e seduzir alguém sarado que não se lembre do meu nome amanhã de manhã. Do jeitinho que eu gosto.

Dei uma risada, depois nos despedimos. Pensei em tomar um vinho naquela taça solitária e triste. Nossa, sair para dançar e beijar alguém só porque bateu a vontade... Como será que é essa sensação?

Eu precisava ser mais como Tola, mesmo que naquela noite isso significasse comer o dobro da porção recomendada de macarrão, só porque eu estava a fim. Mas assim que comecei a vasculhar os armários atrás de carboidratos, o celular tocou. Um número desconhecido, algo que sempre me deixa nervosa.

— Alô?

— Você sempre atende ao telefone como se um assassino estivesse do outro lado da linha? — indagou uma voz masculina.

Tive dificuldade para identificá-la e senti o coração disparar.

— Quem está falando?

— É o Ben! Da EasterEgg Development? Feliz de saber que deixei uma boa impressão.

— Oi, desculpe! É que eu não estava esperando uma ligação! — Acionei o modo "resolver problemas". — Está tudo bem? A consultoria desta semana está de pé?

— Está, até por isso que estou ligando. Achei que seria interessante a gente se encontrar e se preparar com antecedência. Quem sabe hoje? Com uns drinques bem turbinados?

Ah... Por essa eu não esperava.

— Hã, Ben, me parece uma ótima ideia, mas não sei se seria muito profissional...

Ele caiu na gargalhada.

— Nossa, não, não foi isso que...

— Ah, foi mal. Não tive a intenção de...

Senti meu corpo inteiro ficar ruborizado e me retraí. Maldita Tola, com seus discursos motivacionais.

— Aly, você é uma mulher bonita e interessante. Se um dia eu me desviar para o mau caminho, seria uma honra. Mas gosto de homem. Isso aqui é mais um plano sórdido para eu repassar algumas informações importantes que Dylan provavelmente não vai comentar com você.

— Hoje à noite?

— Tem outros planos?

Olhei para a panela com água fervendo no fogão e me visualizei comendo outra vez na bancada da cozinha.

— Podemos incluir comida nesses planos de sair para beber?

Escutei o riso abafado dele.

— Garota, você é das minhas. A gente se vê às sete.

É extremamente importante fazer amizade com gente que conhece os melhores lugares da cidade, e logo ficou evidente que

Ben era uma dessas pessoas. Escondido em uma das ruas da região de Embankment, o restaurante mexicano La Bamba era uma gracinha. Havia mesas do lado de fora e luzes penduradas por todo o pátio. A brisa cálida trazia promessas sobre a chegada do verão. Ben se levantou da mesa quando me viu.

— Sempre acho que tapas é o melhor acompanhamento para uns drinques — comentou ele, ao me cumprimentar com dois beijinhos. — E você?

Duas margaritas enormes foram trazidas à mesa, e meus olhos se semicerraram quando provei... Perfeita.

— Acho que você está concorrendo ao posto de minha nova pessoa favorita neste mundo. Obrigada por isto aqui. Sem dúvida nenhuma, é melhor do que comer um macarrão sem graça vendo reprise de *Friends*.

— Ei, tem horas que uma noite desse tipo também faz bem. — Ele ergueu a taça e brindou comigo. — Tempo ocioso é importante. A maioria das pessoas nunca aprende a ficar sozinha e, quando conhece alguém, se restringe ao relacionamento.

Aquilo me chamou a atenção.

— Está falando do Dylan?

— Ora, *como foi* adivinhar? — respondeu, enquanto fingia que estava conferindo o cardápio. — Faz um tempo que o conheço. Antes da Nicki, era a Delilah. Antes da Delilah, era a Nadia, e antes da Nadia...

— Certo, já entendi — retruquei.

Franzi a testa, sem entender por que aquilo me fez sentir uma pontada no estômago.

— Ele simplesmente não sabe ficar sozinho. Parece que se prende a mulheres que olham para ele e enxergam... Sei lá, não o enxergam, mas...

— Enxergam um potencial — completei em tom de tristeza. *Ah, você nem faz ideia.* — Também já passei por isso.

— Em qual dos lados você esteve?
— Em ambos. — Tentei sorrir. — É uma droga poderosa.
— É por isso que não saio com ninguém só por sair.
Dei risada.
— E como você faz para arranjar um namoro sério?
— Não tenho pressa e escolho a pessoa certa. Quase tudo na minha vida já está do jeitinho que eu queria. Tenho um apartamento maravilhoso e amigos incríveis. Meu emprego nem sempre é excelente, mas, com a sua ajuda, está prestes a se tornar absolutamente fantástico o tempo inteiro. Tenho meu bichinho de estimação e minhas aulas de cerâmica. E finalmente achei um creme para a área dos olhos que me satisfaz. — Ben deu uma piscadinha e ajeitou uma mecha de cabelo. — Preciso encontrar uma pessoa que venha para complementar. Alguém que queira fazer parte disso.
— Minha amiga Tola também fala assim. Mas, por mais incrível que pareça, cem por cento amor-próprio e autoestima, não tenho como não perguntar uma coisa. Você já conheceu alguém assim? Já encontrou alguém que valia a pena levar para casa?

Ben riu e fez uma careta.
— Para falar a verdade, não.
Começamos a analisar o cardápio e fizemos os pedidos. Ben trocou uma ideia com a garçonete e escolheu um vinho após os drinques, que não duraram muito. Era gostoso não ter que me encarregar de tudo sozinha.
— Então, qual foi sua primeira impressão do Dylan? — perguntou ele.

Vai com cuidado, Aly.
— É nítido que ele se importa com a empresa e a equipe. Também sente orgulho e quer proteger o que já construiu. E talvez não queira que uma pessoa contratada pela namo-

rada se meta em seus negócios. Ou que saiba que ele não é lá a grande história de sucesso que fez a namorada achar que era...? — Enfatizei o tom de pergunta, mas Ben conteve um sorriso e desviou o olhar, acanhado. — É compreensível. Queremos impressionar as pessoas que amamos. Mas também acho que ele está com medo.

Ben beliscou da porção de chips de tortilla e saboreou o pedacinho com calma.

— Nicki nunca entendeu de fato nosso objetivo. Ela enxerga tudo como uma oportunidade para ganhar dinheiro ou reconhecimento. Só que o aplicativo serve para conectar adolescentes a diversas formas de apoio psicológico. Tem a ver com fazer o bem. Claro, queremos ser pagos por nosso trabalho, para continuarmos realizando coisas, mas não entramos nessa para ganhar fama e dinheiro. Mas quanto mais tempo Dylan e ela passam juntos...

— Mais ele vai se esquecendo disso? — sugeri.

— Não, não é isso, é só que... Ele faz das tripas coração para parecer que é exatamente o que ela deseja que ele seja.

Pelo visto, ele precisa se esforçar mais.

— Como assim?

Ben estremeceu, e quase me senti mal ao observar a guerra travada em seu semblante. Ele estava traindo a confiança do amigo com alguém que mal conhecia ou contribuindo para a empresa deles obter a ajuda necessária?

— Até que foi razoável com as outras — começou, enquanto girava o vinho na taça. — Elas eram normais. Ele era perfeito com os pais delas, enviava flores do nada. Parecia que tinha recebido um manual de instruções, mas a verdade é que Dylan simplesmente gosta de agradar as pessoas. E, óbvio, a partir de um certo ponto, ele não conseguia manter o ritmo, ou elas demandavam mais ou então não sabiam lidar com um dia em que ele estivesse mal-humorado, aí o ciclo recomeçava. Mas Nicki, com sua família, sua criação, seu estilo de vida de influenciadora? As flores de cinquenta pratas não iam impressionar alguém como Nicki. Então as coisas foram ficando mais caras, viagens passaram a ser bancadas no cartão de crédito e, sem mais nem menos, mudamos de um escritório simples, no subsolo, para um espaço pretensioso próximo ao rio. Ele começou a usar ternos de estilistas e a falar sobre ser um empreendedor do ramo de tecnologia.

Eu me encolhi.

— Ele está endividado.

Ben olhou para a mesa.

— Acho que sim. Estou preocupado com ele. O cara é meu amigo há anos, e estou com medo de ele estar se perdendo. Até você aparecer, ele nunca tinha falado daquele jeito com ninguém, jamais.

— Eu... sem dúvida provoco alguma coisa nele — respondi. *O eufemismo da década.* — E tudo bem, sei lidar com isso. — Ben assentiu e encarou a mesa de novo. — Era isso que você queria me contar? Sobre esse negócio de agradar as pessoas e a dívida?

Ele olhou para o céu, parecia se sentir culpado.

— Não, só acabei revelando uma porção de segredos. Que ótimo amigo.

— Ei — chamei sua atenção. — Você me parece um ótimo amigo, que quer cuidar do Dylan e da empresa dele. Afinal, também é o seu sustento. Tudo o que disser será mantido em sigilo total.

— Ele não vai querer que eu conte para você.

— Isso vai fazer diferença em relação à estratégia para a grande reunião de negócios?

— Talvez explique a... hesitação do Dylan? — Ben refletiu por um instante. — E o comportamento dele.

Fiz um gesto para ele continuar e apoiei o queixo na mão, enquanto tomava um gole de vinho tinto, toda ouvidos para Ben.

— Lá no começo, a EasterEgg era composta por Dylan e um outro cara, Peter. Foi Peter que levou Dylan para a área de programação, ajudou a treiná-lo. Dyl tinha uma ideia para um aplicativo, estava mexendo com isso desde que largou a faculdade...

— Largou a faculdade?! — exclamei com uma voz esganiçada. Em seguida, me retraí. — Desculpe, pareceu que eu estava criticando. Fiquei surpresa, só isso.

Eu tinha passado meses o ajudando a escolher para onde ir, o que estudar. Quando foi aprovado, ele me agarrou pela cintura e me rodopiou na biblioteca da escola, aos berros de comemoração. Até a bibliotecária sorriu, apesar do barulho. Ele parecia muito empolgado com o futuro que tinha pela frente.

E nem foi até o fim?

— Ele contou que sobreviveu a umas semanas, mas não era aquilo que queria. Acabou se mudando para um apartamento compartilhado, usou o financiamento para pagar as contas e se voluntariou na biblioteca para ensinar idosos a usarem o computador. Imagino que ele fosse muito bom nisso, é bastante paciente. Na maior parte do tempo. Com a maioria das pessoas.

— Dá para imaginar — comentei, de um jeito educado. — Então, o que aconteceu?

— Dylan e Peter começaram a trabalhar no aplicativo. Pouco depois, me juntei a eles. O nome era HomeSafe. Era uma maneira de os pais ficarem conectados aos filhos, rastrearem o celular deles, mas com permissão. Não iria mostrar exatamente onde eles estavam, mas daria uma localização aproximada e emitiria um sinal de locais seguros registrados. Como a casa de um amigo ou de um parente.

— Legal.

Logo pensei em ações promocionais. Não teria dificuldade de vender um produto assim.

— É, Dylan estava bastante entusiasmado com essa ideia. Disse que a inspiração veio de uma coisa que aconteceu nos tempos de escola. Tinha algo a ver com ter ligado para a mãe de uma amiga quando ela ficou muito bêbada, a vergonha e o constrangimento da situação. O medo na voz da mãe da menina. Ele queria que os pais não precisassem se preocupar mais. A ideia dele era que, caso fosse possível ver onde os filhos estavam, em segurança na festa ou ainda dentro da escola, talvez os pais não saíssem correndo, em pânico, para buscá-los. Seria mais seguro para todos.

Ao ouvir isso, senti um aperto no coração. Eu me perguntei se Ben sabia do acidente com a mãe de Dylan. Provavelmente, não. E aquela mãe fora de si, preocupada com a filha que não tinha voltado para casa? Era a minha. Após eu ter sumido, Dylan ficou tentando corrigir erros do passado.

— Isso é... É genial — afirmei, baixinho. — Sério, me parece uma ideia maravilhosa.

— Era, sim, e o aplicativo era muito bom. A gente estava arrasando, sério. Tínhamos vinte e poucos anos na época, éramos cheios de energia, virávamos a noite. Vivíamos à base de energéticos e pizza congelada. Queríamos que o resultado fosse o melhor possível, principalmente Dylan. Contratamos outros programadores, e parecia mesmo que estávamos no caminho certo, sabe? Era que nem na adolescência, quando saímos com os amigos, damos risada, inventamos coisas legais. A gente se divertia.

Ele ficou quieto, como se pensasse no melhor jeito de contar o restante da história sem prejudicar ninguém.

— O que é que deu errado então?

— Peter estava muito ansioso para apresentarmos o aplicativo formalmente aos investidores. Ou mesmo colocar à venda e cobrar por ele, fazer as alterações no decorrer do processo. Mas Dylan queria que estivesse perfeito. Sempre que estávamos quase prontos, ele encontrava alguma coisa para mexer ou queria acrescentar uma nova função. Nunca estava preparado para seguir em frente.

Ben balançou a cabeça e continuou:

— Todos nós estávamos exaustos, estressados, sem receber nada. Dylan e Peter discutiram feio, e cada um foi para um lado. Alguns dos programadores foram embora, cansados de trabalhar e nunca ver resultado. Umas duas semanas depois, nos demos conta de que Peter tinha vendido o aplicativo para um grande desenvolvedor. Com isso, ele também conseguiu um emprego.

— Vocês o processaram por quebra de contrato, exigiram direitos de propriedade intelectual? Direitos autorais? Obrigações de não concorrência? — perguntei.

Ao mesmo tempo, eu pensava: *Ai, coitado do Dylan.*

— Teríamos processado... mas não tínhamos contratos assinados nem nenhum tipo de documento oficial. Não havia nada para impedi-lo. Quem ainda continuava lá pediu demissão nessa época. Ficamos sem dinheiro, sem projeto, sem esperança. Até que só sobramos Dylan e eu.

— Por que você não foi embora também? É visível que tem talento. Você foi sacaneado.

— Fomos sacaneados porque Dylan se importava demais e confiava demais. Sei lá. Prefiro trabalhar para uma pessoa assim a trabalhar para uma que vá me usar sem nem pensar duas vezes. Ele cometeu um erro, mas merecia minha lealdade. Aí voltei a trabalhar como barman, ele voltou a ajudar na construção durante o dia. Uns meses depois, a gente se reencontrou e começou a discutir ideias. Recomeçamos do zero. Foi daí que surgiu a proposta de um aplicativo para a saúde mental dos adolescentes.

— Entendi por que você queria que eu soubesse — comentei, tocando de leve a borda da taça.

— Ele pode fingir que está tudo bem, mas é porque não pode se dar ao luxo de ser visto como um fracasso. Nem de deixar o medo impedi-lo de fazer isso dar certo. E não acho que ele vá deixar...

Ben se calou, e havia certa ternura em seu olhar.

— Mas?

Ele ficou perturbado e parou um momento para limpar os óculos com a barra da camisa. Depois, deu uma mordida enorme no último taquito, para não precisar falar, e se concentrou em mastigar. O coitado estava bem triste. Fiquei aguardando.

— Essa coisa da Nicki me preocupa. Ele está tão ocupado desempenhando o papel de homem de negócios que se esquece de fazer as escolhas que não causam boa impressão. As coisas chatas, sem graça. Aquele escritório é desnecessário, o site poderia ser atualizado para não parecer que somos uma empresa grande. Ele poderia não andar por aí com um sorriso na cara, como se não tivesse nem um pingo de preocupação. Precisa ser sincero.

— Às vezes, é necessária uma artimanha na hora de fechar um negócio. Prometer mundos e fundos para faturar mais?

— Não sei. Imagino que sim.

Franzi a testa ao tentar entender.

— Ele está tentando desenvolver uma marca na internet, como Nicki? Como influenciador?

— Não, isso seria útil, pelo menos! — exclamou Ben. Depois, riu consigo mesmo. — Ele fica totalmente em segundo plano quando o assunto é a vida dela. Como se tivesse medo dos holofotes.

— Ele a ama, né?

Não consegui conter a pergunta e notei a expressão de estranhamento no rosto de Ben.

— Por quê?

— Porque... muitos homens achariam vantajoso ter uma namorada famosa na hora de lançar o grande negócio da carreira deles.

Mude de assunto, tire a pressão de cima de você.

— Ele não é assim, não usa as pessoas. É um cara legal. Sei que você ainda não viu muito esse lado...

— Já vi o suficiente. — Toquei a mão de Ben. — Se julgasse todos os homens com base na reação que têm quando apareço para apontar seus defeitos, jamais arranjaria namorado. — *Bom, abri muito o jogo com essa brincadeira.* — Mas, me diga uma coisa, agora todos vocês têm contrato, né?

Cruzei os dedos e sorri de orelha a orelha, na tentativa de disfarçar.

— Temos, sim.

Respirei aliviada.

— Que bom.

— Mas só porque eu redigi os contratos, e Priya e eu os assinamos. Dyl continua sem.

Foi por pouco.

— Caramba, por quê?

— Ele diz que confia em nós.

— Então ele quer interpretar o personagem, sem que a empresa se pareça com uma de verdade? — Levei as mãos à cabeça. — Ben, agradeço por esta conversa. Não me leve a mal, mas você complicou muito minha vida.

Ou melhor, foi Dylan que complicou.

Olhei nos olhos de Ben.

— Falando sério, tem mais alguma coisa que eu precise saber sobre essa situação, sobre Nicki, sobre Dylan?

— Só isso... Bom, ele é um cara maravilhoso. Sei que não está sendo assim nos últimos dias, mas juro que é.

— Eu sei — falei com a voz baixa. — E pode acreditar, estou tão motivada quanto ele para isso dar certo. Talvez até mais.

Ben levantou a taça para um brinde à minha dedicação e ao nosso sucesso. À fênix que somos, com asas chamuscadas e tudo.

Capítulo Dez

A cada problema que resolvia na EasterEgg, a cada conquista realizada, Dylan me lançava um olhar feio, do outro lado da sala de reuniões, para cortar minhas asinhas. Sempre que tinha uma oportunidade, tornava as coisas desagradáveis. Eu fazia uma pergunta, ele fechava a cara. Eu estava quieta na minha, ele questionava em voz alta se tinha valido a pena investir em uma consultoria. Mas não iria deixá-lo vencer. E em algumas raras ocasiões, bem poucas mesmo, flagrava um olhar antes de ele alterar o semblante e fechar a cara. Nesses instantes, ele me fitava intrigado e parecia se esquecer de interpretar o personagem.

O que me segurava eram esses momentos. Embora não tivesse certeza do que fazer com eles quando ocorriam.

Em certo momento, quando Priya explicava as funcionalidades do aplicativo, meu celular tocou: era Felix. Estremeci e deixei cair na caixa postal, mas Dylan me lançou um olhar intrigado.

— Estamos causando algum tipo de impacto, srta. Aresti?

— Sim, vocês estão me fazendo pensar que eu deveria ter aumentado meus valores de consultoria — retruquei, de forma ríspida. E voltei a prestar atenção em Priya, com um sorriso meigo no rosto. — Peço desculpas por isso. Poderia falar mais sobre o recurso de diário do aplicativo?

Ela também sorriu.

— Existe um diário, que é para anotações, mas o que me dá muito orgulho é este recurso.

Priya projetou um vídeo feito por ela com o aplicativo no quadro branco atrás de si. Foi passando por várias palavras, as quais arrastava e agrupava na tela.

— É uma espécie de ímã de geladeira, sabem? Às vezes, os jovens têm dificuldade de encontrar as palavras certas. E não queremos lhes apresentar pensamentos, porque eles não iriam se conectar com todos. É provável que só se prendessem ao mais fácil, ao que parecesse menos doloroso. Deste jeito aqui, podem encontrar palavras com as quais se identifiquem e passar um tempo brincando, selecionando sentimentos e imagens, identificando-os e os classificando. É algo que relaxa e os faz sentir que têm controle da situação. O desempenho do teste com nosso público foi excelente. Entenderam isso como um belo recurso extra que nos dá um diferencial. Brincar é importante.

Refleti por um instante e apontei para ela.

— Isso, desse jeito. É isso. É assim que se apresenta essa proposta. Com entusiasmo, cuidado, inovação, bom humor.

Por um momento, Priya pareceu orgulhosa de si, e depois se sentou.

Peguei Dylan me observando, com a cabeça inclinada para o lado, e não dei brecha para ele dar a próxima alfinetada.

— Certo, então já falamos sobre todos os recursos. Vou fazer algumas anotações e depois passo para vocês. Mas é um produto tão potente que vocês deveriam se orgulhar muito. — Fiz uma pausa para me preparar. Hora de começar a acrescentar o gostinho da Match Perfeito. — Considerando que não podem vendê-lo em app stores e exposições, minha recomendação é encontrar outras formas de aprovação social.

Dylan passou a mão no cabelo e deu uma puxada no final.

— Mas isso significa o *quê*?

— *Significa*, sr. James, que precisa criar um perfil em alguma rede social, caramba! Nem ligo para qual vai ser. Mostre que as pessoas estão interessadas no seu aplicativo, que ele está alinhado àquilo que você defende e ao que os jovens de hoje usam. Vocês não podem vender um produto de tecnologia sem levar em conta como eles usam seus dispositivos.

— Podemos, sim, porque as redes sociais causam danos significativos à saúde mental tanto de adultos quanto de crianças.

Ele cruzou os braços para dar ênfase ao olhar fulminante que me lançou.

— Talvez, sim. Mas eles vão continuar usando as redes, não vão? É a forma que têm de se sentir conectados e menos sozinhos. É uma forma de buscarem a felicidade, mesmo que esteja equivocada. Se sairmos por aí os criticando, se os fizermos escolher entre a sensação de ser popular e o autocuidado, eles vão escolher a popularidade. No mínimo, deveria aperfeiçoar o aplicativo com um recurso de compartilhamento para conectar comunidades e mostrar aos usuários que cuidar da saúde mental é motivo de orgulho.

Priya começou a fazer anotações com furor, enquanto assentia, e Ben sorriu para mim. Mas Dylan continuava de cara amarrada. Que pena, ele sempre teve um sorriso tão lindo. Queria dizer isso, nem que fosse só para aborrecê-lo ainda mais, mas me controlei.

— Pense que é uma aventura — continuei, com um sorrisão no rosto. — Experimente algo novo e veja aonde isso vai dar.

Dylan me fitou, confuso, muito concentrado, como se quisesse buscar uma mensagem oculta nas minhas palavras.

Ficamos nos encarando por um momento, enquanto um tentava decifrar o outro. *O que foi que eu falei?* Por fim, ele se limitou a dar de ombros.

— Você só está dizendo isso porque trabalha com a Nicki. — Era quase verdade, de certa forma, e por isso reuni todas as minhas forças para rebater, mas ele se dirigiu a Ben antes que eu pudesse abrir a boca. — Ontem, ela passou dez minutos falando para os fãs sobre os tipos de queijo que come. Quem liga pra isso?

— Mas *eles ligaram* pra isso, não foi? — Dei uma risada e ele se virou para mim de cara feia. — Eles ligaram, *sim*. É isso que tira você do sério.

— Quinze mil pessoas ouvindo minha namorada listar tipos de queijo... *Quinze mil*, citando vários tipos de queijo nos comentários, para ela contar quais comia ou deixava de comer. Que droga é essa?!

Ele bufou, eu ri e, por um breve instante, sorrimos juntos. Até seus olhos encontrarem os meus, congelarem, de forma abrupta, e se concentrarem no chão conforme ressurgia a expressão carrancuda.

— Vocês sabem qual é o motivo, né? — Eu me dirigi aos outros dois. — A conexão. Ela está oferecendo a essas pessoas algo de si.

— A opinião dela sobre laticínios? — zombou Ben.

— Não importa. Ela está sempre ali. Compartilhando algo. Uma marca é isso. Dá para saber exatamente se uma coisa tem ou não a cara da Nicki. Se ela postar uma foto do quarto e tiver um edredom de dinossauro na cama, vamos saber logo de cara que a conta foi hackeada. A presença constante proporciona às pessoas algo com que contar.

Priya e Ben assentiram e, quando me virei, Dylan estava me examinando, encostado na mesa, com as pernas esticadas para a frente. Dava para sentir seu olhar fixo em mim, mas não entendia o que ele estava fazendo. Seu semblante estava carregado, mas não era o mesmo olhar contrariado que, nos últimos tempos, costumava lançar em minha direção.

— Você entende bastante de oferecer às pessoas algo com que contar, Aly?

Deveria ter sido uma pergunta perspicaz e afiada, mas ele apenas soou triste.

Senti um aperto no peito, então comecei a arrumar minha bolsa, cabisbaixa. Que dança mais esquisita era aquela: ele pressionava, eu recuava. Ele dava um passo para trás, eu avançava outra vez. Uma tensão permanente, sem um vencedor definido.

— Nem tanto. Fico durante um tempo, dou um jeito no que preciso dar, depois vou embora e sigo para a próxima — respondi, com calma.

Enquanto isso, guardei o laptop na bolsa e a coloquei no ombro.

Quase tudo era verdade. Fui embora antes que ele pudesse falar mais alguma coisa.

— Aly, venha cá! — gritou Felix, do outro lado do escritório, quando cheguei ao trabalho na manhã seguinte.

Senti as bochechas ficarem vermelhas. Ajeitei com cuidado o casaco no encosto da cadeira e peguei um caderno.

— Bom dia, chefe! — exclamei, animada, demonstrando eficiência ao entrar na sala e fechar a porta. — Está precisando de alguma coisa?

— Preciso que você pare de se ausentar do trabalho! — Felix alisou o bigodinho e se amuou. Tinha cara de ator de cinema mudo, mas, infelizmente, tinha uma voz que mais parecia uma sirene. — Você me fala que quer este emprego, que quer subir de patamar, só que nunca está aqui!

Queria arranjar desculpas: *Desculpe, preciso transformar o cara que já foi meu melhor amigo no Príncipe Encantado da Princesa da Areia para Gatinhos, senão minha mãe vai perder a casa dela. Tirando isso, estarei aqui, prometo.* Tentei usar um tom confiante, como fizera com Dylan no dia anterior.

— Felix, faz anos que não tiro folga direito. E foram só alguns dias alternados, não passei várias semanas fora!

— Preciso da sua dedicação, da sua voracidade. Da sua demonstração de liderança...

Ele tamborilou na mesa, irritado, olhando para a porta. *Ai, merda.*

Eu me joguei na cadeira na frente dele.

— O que é que foi?

— Posso confiar em você para contar uma coisa?

— Se quiser que eu dê um jeito, com certeza — respondi.

Ele não se espantou com minha sinceridade. Estava evidente que eu era a única pessoa capaz de resolver a questão, seja lá qual fosse. Caso contrário, aquilo já estaria resolvido.

— A conta da BigScreen... — começou ele.

— Teddy Bell. Ele vem conversar sobre a estratégia na semana que vem.

Tentei adiantar a conversa e esconder minha falta de paciência. A cada trimestre, era realizada uma reunião com Teddy Bell para falar sobre estratégia. Em todas as ocasiões, ele chegava, ouvia nossa apresentação, dizia que era um tanto "moderna" demais e insistia que continuássemos fazendo o mesmo trabalho dos últimos dez anos. Ou seja, quase nada.

— Quero que você vá falar com ele antes disso. Ele vai dar uma palestra amanhã na Tech X-change.

— Como faz todo ano.

— A palestra também deve ser igual à do ano passado — comentou Felix, com ar debochado. Em seguida, suavizou um pouco o tom. — Quero que o convença a continuar conosco.

— Ele está sendo sondado por outra agência? — Senti um alívio por dentro. Abrir mão de um cliente sem visão nos liberava para fazer algo maior, mais interessante. E faturar mais. — Talvez seja melhor assim.

— Ele não está sendo sondado por ninguém. E não vai ser melhor assim. — Felix deu uma puxadinha na ponta do bigode, sua mania quando se sentia frustrado, o que só alimentava sua aparência desengonçada. — Teddy Bell é um grande amigo do Chefão, isso já tem anos. É por isso que o aturamos. E Teddy está buscando uma nova agência por conta de uma... indiscrição de um membro da nossa equipe.

Fiquei confusa.

— Alguém deu em cima dele? Ele não tem uns setenta e poucos anos?

Felix revirou os olhos.

— Não foi em cima dele, foi da esposa. A esposa de trinta e seis anos, muito bonita.

Observei Felix inclinar a cabeça para a esquerda da sala e não tinha muita necessidade de acompanhar seu olhar.

— Hunter...

Suspirei.

— Ele e Teddy jogam golfe de vez em quando. Por frequentar o clube, ele ficou mais... *próximo* da esposa de Teddy.

Ah, nada como ser jovem, privilegiado e livre de qualquer consequência pelas próprias ações.

— Então fale para Hunter ir, faça-o se humilhar. E pronto.

Felix se irritou.

— Teddy nem quer ver a cara dele. Ele quer alguém de joelhos, prometendo mundos e fundos, e vai aceitar mais fácil se isso partir de você.

— De mim? O pedido de desculpas do Hunter deve partir de mim? — Busquei uma conclusão lógica, mas esta foi a melhor que arranjei: — Porque... serei a gerente dele?

Felix abriu um sorrisão.

— Aí está aquela voracidade! Aly, já vi você convencer as pessoas de coisas que jamais teria acreditado se não tivesse visto com meus próprios olhos. Você sugere algo, de um jeito sempre muito gentil; quarenta e cinco minutos depois, a pessoa está agindo como se a ideia tivesse partido dela.

— Então você *percebe* quando os outros roubam minhas ideias? — perguntei, de modo incisivo.

— A questão não é essa. Veja bem, vá lá e traga Teddy de volta para nosso lado. Você é ótima em fazer as pessoas se sentirem importantes. Leve-o para jantar, prometa seja lá o que ele quiser, peça desculpas por termos contratado um imbecil que vive atrás de um rabo de saia. O essencial é fazê-lo prometer que vai continuar com a gente. Considere isso uma tarefa para provar que dá conta das responsabilidades do novo cargo.

— Então eu *serei* gerente do Hunter?

Felix levantou as mãos e fingiu passar um zíper pela boca.

— Acho que teremos que esperar para ver, não é?

Segurei os braços da cadeira e me levantei.

— Então, só para confirmar, você quer que eu vá para Birmingham amanhã de manhã, aguente a palestra *ridícula* de Teddy Bell sobre as maravilhas de uma empresa cada vez mais decadente, implore por perdão em nome do Hunter e jogue meu charme para cima do velho para garantir que ele não quebre o contrato?

— Isso.

— E o que Hunter vai fazer enquanto eu estiver cuidando disso tudo?

— Vai ruminar a própria estupidez. — Felix fechou a cara. — Faça isso pelo cargo, Aly. Esqueça Hunter. Faça para provar que consegue, enquanto tem gente observando você.

Ele sorriu para me incentivar, e alguma coisa faiscou dentro de mim, algo semelhante àquele espírito combativo, imaginei.

Então, surgiu uma ideia.

— Quero entradas extras para a conferência. E vou comprar passagens de trem de primeira classe. *E* espero que minha diária dê para pagar um almoço bastante farto. Com bebida incluída.

Parecia que ele estava se divertindo com minha reação, sentindo um certo orgulho.

— Como quiser, garota. É você quem manda.

Hora de abusar da sorte.

— Mais uma coisa, quero que Tola e Eric estejam lá comigo. Eles lideram alguns projetos para outros clientes nossos que estarão por lá...

Comecei a elaborar justificativas, mas Felix as dispensou, como se não tivesse tempo para me ouvir argumentar e vencer a discussão. Era mais fácil apenas concordar. Até isso me pareceu uma vitória.

Ao deixar a sala de Felix, percebi que Matthew estava rondando por ali, curioso.

— Está tudo bem? O humor dele estava *péssimo* de manhã.

Fiz um gesto para dizer que não era nada. Por mais que Hunter fosse uma pedra no meu sapato, não queria estar associada a fofocas de escritório.

— Está, sim. Só preciso fazer uma retenção de clientes amanhã, fora do escritório.

— Posso ajudar com alguma coisa? — perguntou Matthew. Fiquei surpresa com a oferta. — Quer dizer, é provável que só fosse atrapalhar, mas... me avise se eu puder ajudar.

— Agradeço muito. Você estava.... — Apontei para a porta de Felix. — Você estava esperando para entrar?

— Não, estava esperando por você, na verdade. — Matthew coçou a nuca, constrangido. — Queria saber o que acha deste slogan. Os redatores disseram que está perfeito, mas estou na dúvida se acertamos no tom...

Eu me virei e avistei Tola do outro lado do escritório, que lançava um olhar questionador para mim e queria saber que diabos estava acontecendo.

— Você precisa disso para agora, Matthew?

— Só vai levar um segundo — argumentou ele.

Enfiou a pasta na minha cara e ficou me observando, atento e ansioso. Contive um suspiro e acabei cedendo e dando uma olhada no documento. Comprimi os lábios.

— Tente mudar o verbo para o presente, veja se isso vai transmitir mais a noção de urgência. Não sei. — Devolvi os papéis, sorridente. — Mas, em geral, confie nos redatores. Eles sabem o que estão fazendo.

Matthew abriu um sorriso tão grande que me senti um tanto envergonhada por ele.

— Obrigado, Aly! Sabia que você poderia ajudar!

Quando enfim cheguei ao canto do escritório onde ficava minha mesa, Tola estava lá, sentada na cadeira.

— O que está rolando? E será que esse garoto poderia parar com esse olhar de cachorrinho admirado para cima de você? É perturbador.

— Não é nada disso, ele só é grato — corrigi, cutucando-a até ela parar de girar e se levantar da minha cadeira. — Você e Eric conseguem tirar um tempinho para ir na Tech X amanhã? Tenho uma tarefa ridícula a cumprir e um plano maquiavélico.

Alisei o queixo, de um jeito dramático.

— Opa, eu topo. Sempre estou pronta para uma conspiraçãozinha.

O próximo passo era falar com Dylan. E não havia tempo para gentilezas. Liguei para o celular dele e não me dei ao trabalho de cumprimentá-lo.

— Preciso que vocês estejam disponíveis amanhã.

— Ah, claro, só estamos aqui para entretê-la, como se a gente não...

Eu me irritei e perdi a paciência. Apoiei o celular no ombro, enquanto conferia os horários do trem no computador.

— Será que dá para deixar essa marra de lado por um instante? Arranjei ingressos para o Tech X-change para vocês.

— A conferência?

Parecia tão chocado que, por um instante, ele se esqueceu de me tratar com frieza.

— É, em Birmingham, amanhã. Vocês podem?

— Espere um segundo... — Ouvi vozes abafadas. — Priya precisa confirmar se os pais dela podem ficar de babá, mas Ben e eu podemos, com certeza.

— Certo, vejo vocês dois na estação Euston, às nove da manhã. Estejam vestidos a caráter, vocês vão fazer networking.

— Eu sei me vestir, Aly — reagiu, zangado.

Se eu fechasse os olhos, era como se tivéssemos dezessete anos de novo.

— Claro. Bom... vejo vocês lá.

— Parece que vamos para uma pequena aventura — disse ele, baixinho.

Sorri ao lembrar e senti certa tristeza. *Ah, foi por isso que ele ficou daquele jeito.*

— Faz um tempinho que não faço isso — respondi.

Mal me atrevia a ter a esperança de só ficarmos nesse impasse.

Dylan sempre seguiu um mantra que aprendeu com a mãe. "Pare tudo o que está fazendo e me fale cinco coisas que a empolgaram hoje", dizia ele.

Cinco coisas maravilhosas, era como sua mãe chamava. Ela dizia que não conseguia passar nem um dia sequer sem encontrar cinco coisas pelas quais ser grata. Joyce era ótima em descobrir coisas para apreciar: o som do vento atravessando as árvores, um abraço do filho, as gracinhas do gato. Caso não conseguisse pensar em nada, fazia acontecer. Comia uma fatia de um bolo maravilhoso ou dançava na cozinha ouvindo suas músicas favoritas.

Eu tinha uma lembrança bem nítida do dia em que ela me perguntou isso e não consegui pensar em nada. Meus pais tinham voltado a brigar, minha mãe chorava com frequência, e eu estava receosa de voltar para casa.

— Não consegue pensar em uma, querida? Bom, não vamos deixar por isso mesmo, não é?

Ela nos levou de carro para tomar sorvete, apesar de ainda não termos jantado.

— Se não conseguir pensar em cinco coisas, você precisa sair para uma aventura, meu anjo. São as regras.

Ela parecia muito descolada com o suéter de listras vermelhas e brancas, enquanto tomava sorvete de chocolate e roubava um pedacinho da bola de morango de Dylan. Parecia alguém capaz de materializar todas as coisas maravilhosas a partir do nada.

Depois que ela morreu, Dylan e eu não falamos mais sobre isso. Até o dia em que meu pai foi embora. Na manhã seguinte, Dylan me ligou e pediu que eu enumerasse cinco coisas maravilhosas.

— Não consigo pensar em nada, Dyl. É sério.
— Então precisamos sair para uma aventura.

Pegamos um trem para Brighton e passamos o dia à beira-mar, com direito a saborear algodão-doce e molhar os pés na água. Batemos perna pelas lojas, fomos ao cinema, jogamos fliperama e comemos hambúrguer no trem de volta para casa.

— Consegue pensar em cinco coisas, Aly? — repetiu ele.
— Consigo pensar em cem.

Ele abriu um sorriso fantástico.

Naquela época, ele era essa pessoa que me instigava. Pegava na minha mão e me arrastava, não aceitava que eu ficasse infeliz. Sabia que eu precisava me ocupar, distrair a cabeça o tempo todo. Que eu adorava fatos e curiosidades, tipo perguntas de quiz. Dylan andava com uma lista no bolso de trás da calça jeans. Vi uma vez: *Fatos verdadeiros para Aly*. Tínhamos nossos hábitos, nossos rituais sagrados, um jeito que os adolescentes têm de cuidar uns dos outros.

Quando o dia perfeito em Brighton chegou ao fim e tivemos que pegar o trem para voltar para casa, eu estava receosa. Estava com medo de entrar naquela casa e ver a carnificina; ou pior, que ele acabasse vendo. Mas Dylan continuava inabalável, como sempre. Ele me levou até em casa, deu uma espiada pela porta e viu minha mãe, que estava toda esparramada no sofá.

— Nós dois vamos fazer o jantar, Aly — avisou. — Vamos ver o que tem aqui.

Ele abriu a geladeira, fez daquilo um jogo e até minha mãe se sentou à mesa e esboçou um sorriso no rosto, enquanto nos ouvia falar sobre nosso dia de aventuras. Foi como se ele tivesse feito uma mágica.

Já o homem ao telefone, com seus comentários ácidos sobre um convite com pouca antecedência, incapaz de me agradecer, não era o mesmo garoto que guardara uma lista de fatos no bolso de trás da calça. Aquele que sabia exatamente qual era a coisa certa a se dizer.

Mas seria aquela leve expiração do outro lado da linha uma espécie de constatação? Quem sabe a referência a uma aventura significasse que ele também rememorava esses momentos? Um passado em comum era uma linguagem secreta, e fiquei surpresa ao descobrir de quantas coisas ainda me lembrava da nossa história.

— Dylan... — comecei, esperançosa.

Mas ele me cortou.

— Tente não se atrasar — retrucou com uma rispidez brusca.

Fiquei tão indignada que quase gargalhei.

— Nunca me atrasei um dia sequer na minha...

Ele desligou.

É mais fácil sentir saudades de um fantasma e associar todos aqueles momentos e aquelas lembranças a algo que fazia sentido. A uma história. Mas quando esse fantasma surge todos os dias, tão diferente de como era no passado, é inevitável não se questionar se, em algum momento, existiu algo de verdadeiro naquilo tudo.

Capítulo Onze

— Então, preciso falar uma coisa. Acho que o Ben é perfeito para você — comentei.

Naquela manhã, Eric ainda estava sonolento enquanto tomávamos café na estação Euston.

— Negativo, não me venha com esse papinho. Você é melhor do que isso. — Ele deu uma mordida enorme no muffin e, de óculos escuros, parecia ser superdescolado e, ao mesmo tempo, estar com uma ressaca absurda. — Toda menina hétero quer juntar os dois únicos gays que ela conhece. O fato de ambos dormirmos com homens não basta para estabelecer uma conexão.

— Ué, mas basta para seus casinhos de sempre, né? — zombou Tola.

Depois, ela se pôs a reaplicar o batom, usando o celular como espelho. A cor do dia era lavanda, intensa como giz de cera. Combinava com a pochete lilás colocada por cima da salopete jeans, bem curtinha. Parecia que Tola estava a caminho de um festival de música; apesar disso, assim que entregasse a alguém um cartão de visita, com as palavras *Especialista em Redes Sociais*, a pessoa entenderia. Eu estava de preto, óbvio, com meu batom de praxe. Acrescentei um par de brincos dourados, em formato de raio, para dar uma pitada de ousadia ao visual. Teddy Bell precisava saber que eu não estava ali para brincadeiras.

Se eu conseguisse convencer aquele dinossauro velho a continuar com a gente, apesar de considerá-lo um imprestável sem inspiração, seria um triunfo. Queria regressar como uma conquistadora e atirar o cartão de visita dele na mesa de Felix na manhã seguinte para lhe dizer: "Viu? Nem precisei derramar uma gota de suor. Agora, me dê o cargo de gerente de marcas, você sabe que eu mereço. Passe a coordenação da equipe para mim! Eu dou conta!"

Mas eu estava contente por ter Eric e Tola para me ajudar. Não era fácil conversar com um sujeito como Teddy Bell. Não por acaso, quando ia para o campo de golfe, Hunter sempre o encontrava alcoolizado e disposto a pagar para ser bajulado. Só que eu conseguiria lidar com isso, sabia que sim.

— Não é nada disso. Acho mesmo que ele é maravilhoso — expliquei, ao voltar a falar de Ben. — Já que vai conhecê-lo daqui a pouco, pensei em deixar você avisado.

— Tudo bem. — Eric sacudiu a mão, olhando para mim. — Vá em frente, me convença a adquiri-lo.

— O quê?

— Ele é um produto que você acha que vai mudar minha vida. Então, me convença a adquiri-lo.

— Cabelo lindo, óculos de acetato, em forma, tipo o nerd da turma que resolveu frequentar a academia. Conhece restaurantes bacanas e é engraçado, sem ser maldoso.

Eric ficou passado.

— Por que essa última parte pareceu uma indireta?

— Porque foi. — Dei uma gargalhada. — Ele é muito legal, tem a vida encaminhada. Adora o apartamento onde mora, tem uma beagle fofinha e sabe fazer um drinque maravilhoso.

— Então o que há de errado com ele? Por que está solteiro?

Tola levantou a sobrancelha, que ficou bem arqueada, e pareceu pouco impressionada.

— Como assim, então todos os solteiros têm algum problema?

— Hum... Têm, sim, é lógico — respondeu Eric, irritado. — Olha só para a gente. Tirando você, Tola. Você é jovem e só está curtindo a vida.

Tola assentiu e continuou a retocar a maquiagem.

— Valeu, gato.

— Ei! — exclamei, meio que rindo. — Peraí!

Eric olhou para mim e baixou os óculos escuros.

— Quer mesmo que eu comece por você?

Dei um suspiro.

— Talvez a única coisa de errado com ele seja a lealdade ao Dylan, por mais que a empresa esteja em frangalhos.

Eric deu uma risada irônica.

— Ah, sim, um daqueles supostos defeitos, que na verdade são uma característica positiva. Não aguento você, Aly, é sério. Por favor, me deixe com minhas noites de sexo sem compromisso e com o cachorro que vou arranjar sozinho. Serei meu próprio final feliz, muito obrigado. Não preciso de um encontro arranjado patético.

Nesse instante, vi Dylan do outro lado do terminal. Usava um terno azul, parecido com o da primeira ocasião em que o vi com Nicki. A camisa era listrada, mas dessa vez estava abotoada, e usava uma gravata azul-marinho. Estava de cara fechada. Tinha uma aparência profissional, mas só permiti que meus pensamentos divagassem até aí. Embora gostasse do fato de ele não estar totalmente barbeado, isso lhe favorecia um pouco.

A seu lado, Ben, com as mãos metidas nos bolsos, estava elegante, com um estilo próprio: calça e colete de tweed em tom marrom-claro e camisa creme. Simplesmente lindo, como se tivesse saído direto de um filme dos anos 1940. Atemporal. Aguardei a reação de Eric e não me decepcionei.

Ele ficou de queixo caído.

— Era *daquele* ali que você estava falando? O bonito?

Assenti, e ele agarrou minha mão.

— Eu quero.

— O cara não é um pônei — reclamou Tola. Porém, olhou por cima de seus óculos escuros. — Mas é bonitinho.

Eles pararam e acenaram do outro lado do terminal, e fiquei entusiasmada ao ver Priya apressada no meio da multidão, com um visual naturalmente descolado: calça flare azul de linho, tênis brancos, camisa creme e um enorme par de óculos escuros na cabeça. Acenei de volta e sorri, bem contente por ela ir conosco, afinal.

— Perdão por todas as bobagens que falei naquela hora — balbuciou Eric. — Por favor, seja boazinha.

— Não que você mereça — retruquei, de canto de boca, enquanto forçava um sorriso e me virava para encará-los. — Oi! Animados para passar o dia surtando com coisas de tecnologia?

— Você nem imagina. — Ben me cumprimentou com um beijinho na bochecha e um sorriso simpático. — Todo ano quero participar, mas nunca sobrou muito tempo para irmos, não é, Dyl?

Dylan assentiu, mas parecia nervoso enquanto se aprumava.

— Vai ser ok.

Ele ficou quieto e olhou para mim, atentando-se para meu vestido preto estilo anos 1960, com gola boneca. Tola o chamava de "Chefe mandona com um toque de fantasia".

— Você está bonita — elogiou ele.

O tom de surpresa em sua voz deixou claro que aquilo tinha escapulido sem querer. Esperei por uma piada para arrematar, o que não aconteceu, então meu silêncio meio que ficou pairando no ar, causando um desconforto.

Eu me recompus e o saudei de um jeito sarcástico.

— Para você, só o melhor, chefe.

Dylan fez cara feia para mim, enquanto Ben gargalhava, e me dei conta de que acabara de rasgar a bandeira branca oferecida por ele. Opa. Fui falar com Priya, no desespero para tentar desviar o foco.

— Mandou bem! Está deslumbrante!

Fiquei sorrindo, e ela deu uma rodadinha, igual a uma princesa.

— É incrível o que dá para fazer quando não se tem um monstrinho cuspindo uma colherada de batata-doce na gente. — Ela me devolveu o sorriso e cutucou os rapazes com os cotovelos. — Além do mais, esses dois aqui sempre ficam com a diversão toda só para eles. Não queria ficar de fora desta vez.

— Ainda bem! Esta é Tola, este é Eric. — Apontei para os dois. — São meus colegas.

— Seus lacaios — corrigiu Eric.

De olho em Ben, ele moveu os lábios de um jeito ligeiramente arrastado, inédito para mim.

Notei que Ben o estudou antes de fazer um comentário sobre a pochete de Tola.

— Adorei. Lembra as baladas que eu frequentava com vinte e poucos anos. Só os itens essenciais.

— Exato — respondeu Tola, ao abrir a pochete e pegar algo lá dentro. — Alguém quer chiclete?

— Ah, eu quero! — Priya levantou a mão e caminhou em direção a Tola. — Pelo visto, é uma mulher que tem todas as respostas.

Tola abriu um sorriso.

— *Amei* isso.

Após ocuparmos uma área do vagão, tentei controlar os espasmos na perna. Estava conferindo minhas anotações sobre

Teddy Bell, em relação ao que falar, a como me comportar. Tinha preparado alguns cartões para memorizar os principais pontos, de forma a conseguir mudar de estratégia caso a primeira não funcionasse. O restante do pessoal se sentou à mesa em frente, e eu quis mais espaço, alegando que precisava de um tempo de concentração para me preparar. Parecia que todos estavam se divertindo, inclusive Dylan. Vê-lo com meus amigos e os dele me fazia esquecer a tensão entre nós. Como se ele fosse capaz de ser sua antiga versão, desde que eu não estivesse envolvida.

— É a BigScreen? — Quando levantei a cabeça, vi Dylan passar para a cadeira em frente à minha e pegar um dos meus cartões. — Teddy Bell.

— Você o conhece?

— Ele é chamado de "Dinossauro da Tecnologia". — Ele deu de ombros, enquanto fitava a mesa, com as mãos em cima dos cartões, como se a trégua fosse acabar assim que erguesse o olhar. — Quase todas as empresas perdem espaço quando não se adaptam, e a dele também vai perder um dia. É muito caro produzir a maquinaria, então a concorrência é baixa. Não precisa ser inovador nem criativo. Não tem rivais no encalço dele ou que o façam questionar se está tomando as decisões certas.

— Não, só se você contar meu colega de trabalho que deu em cima da mulher dele — falei, descontraída, enquanto batia nas cartas com o dedo indicador.

— Ah, você veio fazer o controle de danos. É claro.

— É claro?

— Isso de dar um jeito na lambança dos outros. Típico da Aly.

Ele se espreguiçou na cadeira e esticou os braços. Era muito esquisito vê-lo com uma aparência tão jovial, vestido como adulto, mas com uma postura de adolescente.

— Teddy é famoso pelo ego. Ele quer o que os outros têm. Pelo visto, ele e seu colega têm isso em comum. Você precisa ostentar algo único e especial na cara dele.

Eu me perguntei se Nicki tinha noção de que, na verdade, o namorado dela era muito astuto. Assenti para agradecer a ele, com medo de respirar do jeito errado e ferrar com tudo. Esse breve momento parecia um bálsamo.

— Vai seguir meu conselho? — quis saber ele.

Assenti.

— Obrigada.

Ele deu duas batidinhas na mesa e estava quase saindo, mas se deteve.

— Também segui seu conselho.

Vi que Tola e Priya nos observavam com atenção.

— Em relação a quê?

— Você falou que Nicki usa as redes sociais como uma forma de estabelecer conexão. Ela oferece alguma coisa às pessoas, mesmo que seja apenas uma opinião.

Ele empurrou o celular na minha direção, e lá estava sua primeira postagem em rede social: uma foto em que fazia uma careta e segurava um bloco gigante de queijo. *Oi, me chamo Dylan James e adoro gouda.*

Soltei uma risada estrangulada, porém, quando olhei para a frente, o celular já não estava mais lá, e Dylan estava no corredor, indo buscar café. Mas me pareceu um momento fugaz de progresso, e permiti que isso me trouxesse alguma satisfação. Tola demonstrou estar intrigada, e desfiz meu sorriso. Dylan era um projeto, estava seguindo meu conselho, e caminhávamos na direção certa. Eu só precisava focar nessas coisas, em nada mais. Bem, e também no *Dinossauro da Tecnologia*.

Priya apoiou o queixo na mão e olhou para mim, como se quisesse me decifrar.

— O que foi?

— Nada, nada. — Ela abriu um grande sorriso. — Fico feliz de ver meu chefe seguindo uma orientação de que ele precisava tanto, só isso.

Somos duas, era o que eu queria dizer, mas achei melhor não arriscar.

Quando chegamos na conferência, estava uma confusão só, um salve-se quem puder por croissants e café enquanto as palestras não começavam. Fiz sinal para Tola e Eric se aproximarem e falei em voz baixa.

— Vamos jogá-los aos leões. Eles não sabem falar sobre o produto que têm. Fiquem de olho neles e estendam a mão quando for necessário.

Tola interrompeu.

— E quanto à outra parte deste acordo? — Ela cantarolou a marcha nupcial. — Primeiro, os negócios; depois, conversa e cachaça no caminho de volta?

Eric se animou, sem tirar os olhos de Ben.

— Bom, me parece um plano genial.

— Pare de ficar babando. Achei que você quisesse conexões mais profundas, não? Que estava cansado de sexo sem compromisso? — confrontei.

— E estou. Mas ainda posso nutrir uma paixão secreta. São raras e espaçadas hoje em dia. Poxa, me deixa aproveitar alguma coisa! — reclamou Eric, choramingando.

— Seja profissional. — Dei uma leve cotovelada nele, depois passei por Dylan, Priya e Ben para abordar uma pessoa que reconheci. — Laney, oi! Como vai? Você conhece a EasterEgg Development? Eles estão desenvolvendo um aplicativo de apoio psicológico para adolescentes. Acho que vai se encaixar direitinho no mercado de tecnologias para o autocuidado e a resiliência... o espírito deste ano, não é? Pessoal, por que não explicam ao Laney mais um pouquinho? — Virei-me para encará-los, toda sorridente. — Preciso correr, vejo vocês mais tarde!

— Arrasa com eles — sussurrei para Dylan, ao passar por ele.

Depois, lancei um olhar para Tola. *Não deixe os leões devorarem os três, mas só pule para ajudar quando não tiver mais jeito.* Enquanto isso, eu precisava encontrar um dinossauro.

Lógico, Teddy Bell seria um dos últimos nomes a se apresentar, então eu tinha tempo de sobra para ficar nervosa, alternando entre rodar com Dylan, Priya e Ben pela multidão e tentar trabalhar de fato.

Felix me ligou, frustrado, querendo saber das novidades.

— Ele só vai chegar quando for a vez dele. Nunca assiste às outras palestras, então você vai ter que abordá-lo depois.

— Já estou sabendo. Como está nosso Príncipe Encantado?

Felix riu.

— Feliz da vida. Só falou que está triste porque vai perder um parceiro de golfe. Eu o tirei da conta da BigScreen. Vai trabalhar com Matthew no negócio do gel de cabelo. A partir de agora, você gerencia a conta da BigScreen. — *Isso. Toma essa, seu idiota preguiçoso, privilegiado e mulherengo. Seu cabelo é perfeitinho, mas sua ortografia é péssima.* — Consegue dar conta disso, né?

— Com certeza — respondi, confiante.

Eu já refazia todos os trabalhos de Hunter mesmo.

— Em caráter experimental, Aly. Afinal, não queremos que fique ocupada demais e não possa assumir outras responsabilidades, não é?

Pelo tom de voz, pude visualizar o sorriso no rosto de Felix.

— Sem dúvida. — Abri um sorriso largo. — Quer que eu faça mais alguma coisa enquanto estou por aqui? Quando vejo clientes nossos, estou apenas perguntando como eles estão.

— Você é maravilhosa. Não precisa de mais nada. Ah, me ligue depois de falar com Teddy.

Felix estava sendo muito legal comigo, até demais, mas imaginei que se eu resolvesse a situação com Teddy antes de o Chefão descobrir, também estaria salvando a pele dele.

Parei um tempinho para conferir meus e-mails, esperando ver, por alguma razão, um possível pedido de desculpas ou algum agradecimento por parte de Hunter, mas não havia nada. Vi dois e-mails de Matthew, pedindo minha opinião sobre as imagens impressas e perguntando se eu achava que um determinado tuíte dele poderia viralizar. Algumas pessoas têm um problema: pensam muito pequeno, com muito foco nos detalhes. Eu era mestre em me preocupar demais, mas é preciso saber quando se deve seguir a intuição. Já vinha falando sobre isso com Matthew desde que ele ingressara na empresa, só que ele ainda não tinha autoconfiança.

Quando voltei, avistei Tola ao lado da mesinha do café, observando a conversa entre Dylan, Ben, Priya e um cara do Google.

— Como eles estão se saindo? — perguntei, ao me aproximar de fininho, para pegar um café.

— Acho que talvez eles tenham se aperfeiçoado, na verdade. O primeiro da manhã foi um desastre, não teve nexo. Agora estão agindo com mais naturalidade, calmos, cientes do que o produto tem de interessante. — Por ela, estava aprovado. — Ótimo trabalho.

— A parte difícil ainda nem começou.

Suspirei enquanto olhava para Dylan.

Ele parecia mais descontraído mesmo: um sorriso no rosto, um cacho de cabelo caído na testa. O paletó estava pendurado na cadeira. Observei que ele arregaçara as mangas da camisa e gesticulava enquanto falava, dando explicações com entusiasmo. Era legal de ver.

— Está exagerando — comentou Tola, de repente. — Estou falando dos olhares descarados.

Fiquei confusa e a fitei, em choque.

— O quê?

Tola deu um sorrisinho.

— O Eric, ué! Fica olhando para Ben como se o cara fosse um sorvete prestes a derreter. Por quê? De quem você achou que eu estava falando?

Ela sabia muito bem o que estava fazendo.

— Pega leve. Não é você que está andando por aí com um fantasma da sua juventude que ignora sua existência.

— Ah, ele não ignora, não, gata. Apenas disfarça quando você está olhando. Não tira o olho de você. O garoto daria um bom detetive particular. Talvez seja por isso que odeia as redes sociais, chama muita atenção.

Tentei acompanhar o que ela estava falando, mas anunciaram pelo alto-falante o próximo palestrante, e eu queria ouvir o que Teddy tinha para dizer. Além disso, precisava falar com ele após a palestra.

Quando fiz um sinal para o pessoal e vi que ele estava indo para a palestra, eles devem ter entendido que era para irem comigo. E, óbvio, ao entrarmos na fileira, Tola se detém para forçar Dylan a se sentar a meu lado. Ele tratou de cruzar os braços e olhar fixamente para o palco. Ótimo.

Já que ele pretendia se comportar assim, eu também fingiria que nem o conhecia. Fiquei sentada com as costas retas, entrelacei os dedos e apoiei as mãos em cima do caderno no meu colo, prestando atenção, embora o palco estivesse vazio.

— A melhor aluna da classe. Tinha que ser. — sussurrou Dylan.

Continuava sem olhar para mim.

— É educado prestar atenção — retruquei.

— O palestrante ainda nem chegou.

— Bom, com certeza eu não achava que teria uma conversa instigante com *você* — grunhi.

Porque você nem olha na minha cara. Nem quer que eu exista.

— Pare de fazer tempestade em copo d'água por um segundo, Aly. Vou explicar exatamente o que vai rolar.

Dylan se virou para mim.

— O que vai rolar? — perguntei.

Inspirei, esperançosa.

Vamos ficar nesse chove não molha que nós temos, Aly. Depois, vamos pegar o trem de volta, tomar umas cervejas roubadas e rir por termos sido dois cabeças-duras. Daí, voltamos a ser amigos, porque senti saudade de você e você sentiu saudade de mim.

— Na palestra do Teddy Bell. Ele repete a mesma coisa todo ano — sussurrou Dylan.

Tentei esconder a decepção.

— Pensei que você nunca tivesse assistido.

— Nunca assisti mesmo, mas nem precisa, já virou uma lenda. É só olhar em volta. Metade da sala está vazia, e quem está aqui são os novatos no setor. Não sabem o que os aguarda. Todo ano, alguém posta o vídeo no YouTube. A única coisa que muda é a cor da camisa dele.

Virei a cabeça para falar com Dylan.

— Ora! Não me surpreende. O sujeito não gosta de mudanças.

Cruzamos o olhar por um instante. Parecia que a conversa nos fizera esquecer de que deveríamos estar bravos um com o outro. Comecei a virar para o outro lado e senti que estava corando. Havia me esquecido da intensidade do azul dos olhos dele.

Ele continuou a falar, enquanto fitava o palco, como antes. Como se estivesse fingindo que conversava sozinho.

— Ele vai começar contando como abriu a empresa, apesar de ser uma história ruim. Depois, vai se vangloriar da quantidade de dinheiro que já faturaram; afirmar que ninguém mais no setor faz o que eles fazem, o que não é verdade. Aí vai usar a palavra "inovador" um monte de vezes e, por fim, vai se comparar com Churchill e com Steve Jobs, em uma dobradinha de fato horrorosa.

— Na verdade, vocês não precisavam nem um pouco da minha ajuda, não é? Vocês sabem o que estão fazendo.

Ele parou, e vi que tinha cerrado os lábios, como quem tenta se conter.

— Às vezes, interpretamos um papel por tanto tempo que esquecemos que é só atuação.

Não deu tempo para fazer mais perguntas, pois ficou tudo escuro, e as luzes do palco foram acesas.

Dylan tinha toda a razão. O discurso monótono de Teddy repetia os termos já batidos dos anos anteriores. Inclusive, a apresentação de PowerPoint era a mesma que, até onde sei, alguém lá do escritório tinha elaborado para ele havia mais de uma década. Enquanto assistia àquele homenzinho ali no palco, de peito estufado e pernas abertas, falar sobre seu grande sucesso, sobre a fortuna que acumulou, fiquei me perguntando se eu fazia alguma questão de gerenciar essa conta.

Talvez obrigar Hunter a lidar com ele já fosse um castigo de bom tamanho. Mas eu merecia ser promovida. E, querendo ou não, eu iria dar um jeito de reconquistar Teddy Bell.

A palestra já tinha se estendido por cinco minutos além do combinado, e todos ficaram desconfortáveis em seus assentos, pois não havia nenhuma pergunta. Por isso, ele mesmo se fez algumas. Quando a palestra foi enfim encerrada, com aplausos que só poderiam ser descritos como "educados", fui direto para a frente do palco.

— Sr. Bell — chamei, de um jeito simpático, com a mão estendida. — Ótima palestra.

— Ora, obrigado, minha jovem. Acho que a conheço de algum lugar.

— Sou Aly Aresti, da Amora Digital, sua agência de marketing. Tem uns anos que trabalho para sua conta.

Ele ficou ressabiado.

— Então imagino que esteja aqui para vir com toda uma lenga-lenga sobre lealdade?

— Estou aqui apenas para dizer que lamentamos profundamente o ocorrido. — Levantei as mãos para mostrar que estava desarmada e passei aos tópicos ensaiados. — Eu, pessoalmente, estou constrangida só de precisarmos ter esta conversa. O que Hunter fez foi absolutamente inadequado, e a empresa inteira está envergonhada.

Ele franziu a testa.

— É mesmo? Então acha horrível o que o jovem Hunter fez?

Assenti.

— Com certeza.

Bell lançou um olhar arguto.

— Já faz um bom tempo que estou nos negócios e, me perdoe a sinceridade, mas você parece um pouco ingênua.

— Como é?

Ele fez um gesto com as mãos, como quem busca as palavras certas.

— O mundo é um lugar complexo, srta. Aresti. Nem sempre dá para confiar em certas pessoas como imaginávamos.

Gosto do Hunter, me faz lembrar muito de como eu era nessa idade. Quantos anos você tem, se me permite perguntar?

Fiquei com o pé atrás.

— Tenho idade suficiente para saber que não se deve dar atenção indevida à esposa de um cliente. Bom, então suponho que não esteja aborrecido com a situação e que foi desnecessário eu vir até aqui para pedir desculpas em nome da empresa.

Isso o desconcertou, como eu pretendia. Mas também lhe mostrou que era *muito especial*. Eu tinha ido até ali *só por causa dele*. Bell entreteria os amigos com essa história durante alguns dias, afirmando que ele era tão importante que tinham me mandado atrás dele para fazer o *mea-culpa*.

— É claro que estou *aborrecido*, eu fui traído!

Era a hora de assentir para acalentar e demonstrar compreensão.

— Claro, claro, e lamentamos imensamente esse desrespeito. Vou assumir o papel de seu contato direto na agência, e você nunca mais vai precisar olhar na cara de Hunter.

Ele olhou para mim de um jeito mais respeitoso, discretamente impressionado.

— Bom, não é que isso acabou dando certo para você, srta. Aresti? Talvez não seja tão inexperiente assim, no fim das contas.

— Eu não...

— Não se acanhe, minha querida. É importante ser implacável nos negócios. Muitas vezes, as mulheres são melhores para realizar as intrigas e punhaladas nas costas necessárias. O mundo é assim.

Ele deu um sorriso, e tentei não me enfurecer. Então, ainda forcei uma expressão serena e educada.

— Tem uma visão... singular a esse respeito, sr. Bell.

Ele repeliu minhas palavras e deu um passo para a frente, para segurar meu braço.

— Pode me chamar de Teddy, por favor. Agora, o que a agência está disposta a me oferecer para compensar a inconveniência e o constrangimento?

Sorri para ele. Tínhamos passado a falar minha língua. Comecei a descrever todas as coisas que eu já estava fazendo para sua campanha, mas apresentei como se fossem projetos extras. Mais espaço publicitário, mais material impresso, mais isso, mais aquilo. Bell assentiu, sorridente, mas percebi que não tinha a menor ideia do que fazíamos para sua empresa. Seu único foco eram os brindes. Engraçado que quem tem dinheiro é sempre assim.

— E, claro, sr. Bell, quando chegar ao seu escritório amanhã de manhã, vai encontrar uma edição *excelente* e limitada de uísque escocês *single malt* na sua mesa. Sei que é apreciador da Glenfiddich. Só um pequeno agradecimento por ter me recebido hoje.

Quando o vi sorrir de novo, adotei meu sorriso profissional, de orelha a orelha, que dizia: *Você é muito especial, muito importante*. Tinha caído na minha lábia. Bell achava que o tubarão era ele, mas, na verdade, era eu. Tive vontade de sair correndo para comemorar a vitória. Inclusive, enquanto ele me cumprimentava com um aperto de mão e dizia que estava ansioso para continuarmos trabalhando juntos, eu me visualizava andando a passos largos, rumo à sala de Felix, na manhã seguinte.

Bell ainda estava com uma das mãos apoiada em meu braço quando senti alguém passar entre nós e nos afastar. Eu me virei, atônita.

— Teddy! Teddy Bell, que fantástico. — Dylan chegou do nada e se curvou para cumprimentá-lo com um aperto de mão. Não sei bem como ele fez, mas se posicionou entre nós dois. — Estou vendo que já conheceu minha consultora de marcas. Ela não é genial?

Eu queria falar para Dylan que tudo aquilo era desnecessário, mas não conseguia interrompê-los.

— Eu conheço você, meu jovem?

Bell examinou Dylan com desconfiança.

— Dylan James, da EasterEgg Development — respondeu ele, calmamente.

— Já escutei esse nome várias vezes hoje.

— Puxa, que boa notícia. Mas, na verdade, nós nos conhecemos no ano passado. Acho que foi na partida de polo? Você conhece minha namorada, Nicki Wetherington-Smythe.

O semblante de Bell ficou mais relaxado e, por um instante, até pareceu que estava sendo sincero. Foi esquisito de ver.

— Ah, a pequena Nicolette, é claro. Ela se tornou uma garota muito bonita. E bem-sucedida.

Assenti, prestes a tentar nos tirar daquela situação, mas Dylan levantou a mão, por trás das costas, para sinalizar que eu deveria esperar.

— É, você tem uma longa história com o tio dela, Artie, não é?

O sorriso de Bell desapareceu, e o tom de voz se alterou, de um jeito que não gostei.

— A gente se conhece.

— Bem, Artie adora nossa Aly, que está bem aqui. — Dylan colocou o braço em torno de meus ombros e, por conta do susto, dei um gritinho esganiçado, rígida como uma tábua. — Tem muito interesse em vê-la feliz na vida pessoal e na carreira. Afinal, Aly é tão inteligente, cheia de ideias maravilhosas.

— Ah, muitas ideias maravilhosas — repetiu Bell, de um jeito vago. Depois, recobrou-se. — Ela vai gerenciar minha conta a partir de agora.

— Bom, então você tirou a sorte grande! Só conseguimos contratá-la durante algumas semanas, mas a contribuição dela tem sido inestimável. Nem consigo imaginar o que uma empresa enorme como a sua poderia fazer com todo esse talento. Somos peixe pequeno, mas *vocês*... Vocês poderiam dominar o mercado pra valer.

— Nós já dominamos — respondeu Bell, com firmeza.

Contudo, notei que ele estava entediado com a conversa.

— Por enquanto, mas é preciso sempre estar um passo à frente, não é? — questionou Dylan, ao dar um sorriso. Em seguida, conferiu o relógio. — Desculpe, Teddy, o papo está bom, mas vou precisar levar Aly comigo. Precisamos pegar o trem. Já conseguiu tudo o que queria dela?

Bell olhou para um, depois para o outro, tentando entender que relação era essa, mas acabou desistindo.

— Estou ansioso pelo nosso próximo encontro, srta. Aresti. Você me impressionou. — Ele olhou para Dylan, desconfiado. — Continue fazendo boas escolhas.

Depois foi embora, e o observamos calados até ele deixar o auditório. Eu me desvencilhei do braço de Dylan.

— O que é que foi isso, *cacete*? — reclamei, irritada.

E me encaminhei para a saída.

— Ficou óbvio que você precisava ser resgatada! Quer agradar todo mundo, e *aquele homem*... não é uma boa pessoa. Quem sabe o que poderia ter acontecido?! — exclamou Dylan.

Ele estava quase aos berros e passou a mão no cabelo.

— Sei o que poderia ter acontecido porque era *eu* quem estava controlando a situação. — Não subi o tom de voz. — Você entende que sou uma profissional bem grandinha? Aliás, sou muito boa no que faço. Já teria percebido isso se não ficasse me sabotando em todas as oportunidades.

Dylan cerrou os dentes.

— Não, isso não tem a ver comigo. Conheço esse cara. Sei *exatamente* quem ele é. Do que é capaz.

Meu olhar cruzou com o dele.

— Mas você não me conhece. — *Não mais.* — Não sabe do que sou capaz.

Tomei fôlego e empinei o queixo.

— Faço parte de uma equipe na qual sou valorizada e respeitada. Eu me encarreguei dessa tarefa porque achei que, com isso, conseguiria arranjar algo para *vocês*. Aliás, de nada.

— O que é que está acontecendo agora? Pensei que eu estivesse ajudando! Ué, não estou entendendo.

— *VOCÊ* não está entendendo? É você quem está fazendo esse joguinho estranho, seja lá o que isso for.

Tentei não me esgoelar, mas o vi dar uma risadinha, sem conseguir disfarçar. Ah, que maravilha. Então ele tinha vencido.

Dylan inspirou, enquanto se afastava de mim, com as mãos para cima. *Estou recuando, não atire.*

— Olhe aqui, Aly. Não foi minha intenção insinuar que você não daria conta sozinha. — Parou para refletir um pouco. — É só que vi que ele estava bem em cima de você, então supus que...

Assenti e tentei controlar a respiração. Chegamos bem perto de assumir tudo, de uma vez por todas, e a chance estava passando.

— Certo, tudo bem. Vamos mudar de assunto. Que história foi aquela sobre o tio Artie?

Dylan bufou e olhou para o chão.

— Artie é um agenciador de apostas com quem o pai da Nicki negocia. Acho que já trabalhou no mercado financeiro. É um senhor italiano que usa paletó com colete e chapéu-coco, um cavalheiro respeitável.

Fiz círculos no ar com o dedo para dizer "tá, continua".

— Dizem por aí que Artie é da máfia, e ele é muito protetor em relação à mulherada. Não quer saber de comportamentos desprezíveis, *capisci*?

Caramba, como foi que Nicki conseguiu esconder essa conexão dos reality shows e das revistas de fofocas?

— E ele *é* da máfia?

— Não, né?! Só viu muitas vezes *O Poderoso Chefão*. Acho que ele mesmo começou com esse boato, para ter um pouco de emoção. Pelo visto, a aposentadoria é bem entediante.

— Então tá, beleza. Bom, que... interessante. Mas Bell foi um cavalheiro impecável, agiu de um modo inteiramente profissional.

— Hã... — Era evidente que Dylan não acreditava em mim. — Só tome cuidado para não comparecer sozinha a reuniões com ele. Só isso.

Dei um suspiro.

— Você é ótimo em fazer uma garota achar que o trabalho dela não vale nada, sabia?

— Ué, você acha que passei a semana inteira tentando fazer o quê?

Fui pega de supressa e comecei a rir, sem conseguir responder. E ele abriu um sorriso ao ver a cara que fiz.

— Então já podemos ir embora?

— Você queria mais alguma coisa aqui? — indaguei.

Fomos andando, lado a lado, após selar a paz.

— Bem, já que perguntou, acho que a gente poderia surrupiar umas cervejas de cortesia do happy hour para beber no trem.

Gargalhei, morrendo de vontade de dizer "é sua cara fazer uma coisa dessas" ou "só podia ser ideia sua mesmo".

Porém, limitei-me a assentir.

— Bem, me parece que uma boa *start-up* faria exatamente isso. Orçamento apertado e inovação.

Algo entre nós amoleceu depois disso. Como se não precisássemos mais ficar nos rondando e rosnando um para o outro. Sabíamos que não corríamos perigo por ora. Bastava não mencionar o passado.

No trem, na volta para casa, eu me tornei parte do grupo e fui bem recebida, em meio às gargalhadas e implicâncias. Eric não desgrudava os olhos de Ben nem por um minuto, a ponto de ter que me segurar para não lhe dizer que estava ficando um pouco bizarro. Ben não parava de lançar uns olhares penetrantes para Eric, como se quisesse desvendar o âmago dele. Priya olhava para os dois, depois para mim, como quem quer confirmar se tem algo rolando *mesmo*.

— Então, como vamos punir Hunter? — perguntou Tola.

Dei uma resmungada. Dylan abriu outra garrafa de cerveja e me entregou. Ainda estava me acostumando com a educação dele. Era esquisito.

— Valeu. — Pensei um pouco. — Bom, com certeza, tenho que ser promovida para ter o poder de mandar nele o tempo inteiro. Além disso, talvez eu faça picadinho daqueles lenços que ele usa no pescoço.

Eric riu.

— Aly, caras como Hunter... Ele vai continuar pedindo que você faça coisas e agindo como se estivesse lhe fazendo um favor, não importa o cargo que ocupe. É o tamanho do privilégio. É inerente a ele.

Fiz cara feia.

— Ah, então vou ter que matá-lo?

— Acho que a melhor estratégia é pôr algum tipo de herdeira rica na frente dele, para o cara se mandar para Dubai, ir viver a vida que sempre quis. Com o mínimo de trabalho e de consequências, e compras de sobra — zombou Eric.

— Eu veria esse filme — comentou Priya, depois bocejou. — Quer dizer, dormiria na metade e perderia o final, mas qualquer coisa com uma mulher manipuladora e um cara idiota já está valendo.

— Nicki tem alguma amiga herdeira? — perguntou Ben, brincando.

Dylan soltou uma risada.

— Acho que a maioria das amigas dela são da TV, e não do círculo social das herdeiras.

— A PAG — disse Tola, um pouco nostálgica. — É incrível o que Nicki conquistou... fez um nome para si e se tornou ela mesma esse nome. Fiz um trabalho sobre ela em um curso. O título era *De gata borralheira a líder da matilha*.

— Está brincando! — exclamei para ela, toda contente. — Eu não sabia disso!

— Bom, era um minicurso sobre redes sociais, não um curso universitário completo. Enfim... — Tola sorriu e explicou para todos. — Priorizei a experiência de vida em vez das notas. Mas hoje eu até que gostaria de ter tido a oportunidade de fazer faculdade. Todo mundo sempre se refere a essa época como a melhor de todas.

Negativo.

— Não... Acho que não é todo mundo que concorda com isso. Além do mais, você foi para Nova York sozinha aos dezoito anos e se tornou figurinista em West End. É melhor do que viver à base de macarrão instantâneo e ler Kafka.

Eric concordou comigo.

— Eu gostava de estudar, mas... passei um tempão tentando ser quem os outros queriam que eu fosse. Não foi do jeito que eu imaginava.

— Eu larguei a faculdade — contou Dylan, abruptamente, ao fazer contato visual comigo. — No começo, estava animado, mas logo ficou óbvio que eu não era bom o suficiente e que não estava tão interessado como os outros. Não me encaixei. Só ficava me sentindo burro. Então, desisti e fui morar com uns caras que nem conhecia. — Ele se deteve por um instante, olhou para todos e riu. — Se vissem o estado daquela cozinha, saberiam que isso também não foi lá uma decisão muito acertada. Mas foi bom, me impediu de ficar me afundando. De ficar me preocupando se... tinha decepcionado as pessoas que sempre acreditaram em mim. Tinha a sensação de ter decepcionado todas elas.

Ele aguardou até eu dizer alguma coisa, e ofereci um esboço de sorriso.

— Se fez o que era o certo para você, então ninguém tem direito algum de ficar decepcionado. Além do mais, aposto que todas essas pessoas tinham uma visão idealizada da universidade. Veja só até onde você chegou sem precisar disso.

Todos olharam para nós e ficaram calados.

Ben foi o primeiro a quebrar o silêncio.

— Beleza, o que está acontecendo aqui? Vocês dois agem como inimigos mortais desde a primeira vez que se viram, e agora está um clima todo amigável. O que está rolando?

— Sei lá. Acho que eu só precisava ver Aly em ação para ter confiança de que ela sabe o que está fazendo.

— E eu só precisava que Dylan tivesse confiança de que sei o que estou fazendo — completei, para acobertar a mentira.

Priya e Ben se entreolharam, sem dizer nada.

Tola me lançou um olhar intrigado e deu uma tossida. Ela tinha razão, precisávamos avançar para a parte do relacionamento. Três semanas para aperfeiçoar uma apresentação de negócios era tranquilo. Três semanas para garantir uma proposta de casamento já era mais complicado.

— O que é que Nicki vai fazer hoje? — perguntei. Mudei de assunto de um modo tão brusco que fiquei surpresa por não terem estranhado. — Parece que é uma mulher bem ocupada.

Dylan soltou um suspiro e olhou pela janela.

— Bom, acordei às seis da manhã, e ela estava conversando com os fãs de novo, dessa vez sobre a sua marca favorita de pijamas, para uma publi. Depois, gravou um vídeo com vários enquadramentos diferentes, no qual aparece lavando o rosto. Quando saí, ela estava arrumando o quarto para uma espécie de ensaio fotográfico, com direito a balões metalizados rosa--dourado que devem ter custado umas trezentas libras e um cachorrinho que ela alugou para passar o dia.

Tola arregalou os olhos, alarmada, mas tentou amenizar o desprezo evidente de Dylan.

— Isso deve dar bastante trabalho.

— Está falando de acordar às cinco da manhã para fazer uma maquiagem "natural" e depois enxaguar tudo durante a *rotina matinal normal*? — Dylan riu, enquanto descolava o rótulo da garrafa de cerveja. — Antes eu não percebia que boa parte do que existe nas redes sociais é mentira. As pessoas falavam que, ah, tal coisa é *fake*. E eu achava que não, por que seria? Quem se daria a esse trabalho todo? Aí me dei conta... *Nicki faria isso*.

Ben deu uma cutucada nele.

— Ah, coitadinho de você, com sua namorada rica, famosa e bonita, que o leva para restaurantes incríveis e viagens chiques e providencia consultores de marca maravilhosos.

Dylan olhou para mim, de repente, como se houvesse se lembrado de que eu era de outra equipe. Nossa, se ao menos ele soubesse...

— Não é que eu não seja grato, é que... na minha cabeça, quem é influenciador, quem tem um pouco de fama, ainda assim não iria expor alguns aspectos do relacionamento.

— Pois é. — Ben deu um tampinha no ombro de Dylan. — Foi um pouco pesado aquilo que ela fez no Instagram na semana passada... aqueles *stories* de trinta e cinco minutos sobre a vida sexual de vocês. — Ele deu um sorriso maroto para tirar sarro de Dylan. — É brincadeira! Viu? Ela tem limites!

— Talvez... — comecei.

Mas me calei e mordi o lábio, como se não soubesse se deveria ou não compartilhar minha ideia. Se nossa trégua delicada já admitia esse tipo de comentário. Aguardei até Dylan me pressionar, e é claro que ele o fez.

— Talvez?

— Talvez ela recuasse um pouco se você desse o ar de sua graça para o público dela de vez em quando? É uma mulher apaixonada, tem orgulho de você. Apareça e diga um "oi" em um vídeo dela, e quem sabe ela volta atrás em relação a outras coisas. Afinal, você progrediu bastante com sua primeira postagem.

Abri um sorriso meigo para ele, mas não fui muito correspondida. Pelo menos, seus lábios já não estavam mais tão contraídos.

— E talvez seja positivo para o aplicativo, né? — sugeriu Tola, aproveitando meu gancho. Retribuí com um sorriso de gratidão. — Nicki tem milhões de seguidores. É fácil rejeitar isso quando se trata da sua namorada, mas é para isso, literalmente, que existe marketing de influência. Faça-a gerar um burburinho de verdade.

Dylan olhou para Ben, e dava a impressão de que estavam travando uma conversa telepática. Priya me fitou e deu de ombros, como se estivesse acostumada com essa fusão de mentes ao longo do expediente.

— É só que... É algo nosso — afirmou Dylan, por fim. — É uma coisa nossa, à qual nos dedicamos. E achamos que vai ajudar as pessoas. Talvez Nicki... banalize isso.

Priya deu uma estremecida, e me contive para não fazer a mesma coisa.

Ai, meu Deus, a situação era pior do que eu imaginava. Na maioria das vezes, quando um cara acha que a parceira banaliza o grande projeto da vida dele, não parece muito disposto a pedir a mão dela em casamento. Sem dúvida, era impossível que Dylan quisesse isso, então não era injusto da minha parte forçar a barra, manipular e tramar?

O ponto era: até onde eu estava disposta a ir?

A última hora da viagem teve um clima diferente, quase atemporal. O ambiente estava mais ameno: não era mais o das gargalhadas e da animação da cerveja de graça e de um dia bem aproveitado. Ben e Eric conversavam com a voz mansa, riam e sussurravam. Eric estava radiante, e parecia mais bonito e vivo do que nunca. Nem quando o conheci, na época em que incorporava toda uma vibe de "eu sou o rei do mundo", ele ficava assim. Naquele momento, parecia fervilhar de possibilidades e expectativas. Tola tinha ido para o fundo do vagão para conversar com as amigas no celular e combinar em que casa noturna iriam se encontrar. Certamente iria cair na gandaia até o dia seguinte, e depois nos contaria que tinha ficado na festa até as seis da manhã, sem fazer a menor ideia de como uma ressaca de verdade pode nos derrubar. Com os fones de ouvido, Priya aparentava estar confortável até demais para quem viajava em um trem, encolhida no assento da janela, de olhos fechados. Dizia que pegava no sono em qualquer lugar, sempre que possível. Dylan mexia no celular, em busca de músicas para ouvir.

Eu estava concentrada em meu próprio celular, tentando ler um artigo muito denso sobre teoria de marketing, quando a bateria acabou. Fiquei irritada e o atirei na mesa. Olhei pela janela, voltei a fitar a mesa. Como fui esquecer o carregador? Comecei a balançar a perna só de pensar que não teria uma maneira de ser produtiva.

Então vi um fone de ouvido. Olhei para a frente e encarei Dylan, que assentiu. Quando ouvi o que ele estava escutando, foi impossível não ficar risonha. Aquele rock choroso de adolescente que adorávamos uns anos atrás. Nós poderíamos ter montado essa playlist naquela época, sentados no ônibus escolar, dividindo o par de fones de ouvido do Walkman dele, depois do meu CD player, depois do MP3 dele. O tipo de música que curtíamos pouco mudava com os avanços tecnológicos. Era sempre um único par de fones de ouvido e nossas cabeças unidas, balançando no ritmo do que tocava.

A nostalgia foi tão visceral que senti uma pontada no estômago.

Dylan empurrou o celular para mim.

— Pode escolher a próxima.

E voltou a olhar pela janela, como se nada estivesse acontecendo. Como se não tivesse me oferecido o caminho mais curto rumo a nosso passado.

Foi assim que passamos a última hora dessa volta para casa, revisitando as músicas que adorávamos, sorrindo ao olharmos pela janela, fingindo que aquilo não significava absolutamente nada.

Capítulo Doze

— Não acha que a peruca é um pouquinho de exagero? — perguntei.

Dei uma mexida no cabelo novo, um chanel em tom castanho-claro, que roçava meus ombros. Tola e eu estávamos no banheiro do bar, preparando minha entrada triunfal. Parada diante do espelho, comecei a ficar nervosa.

— Ei, já que posso ser a chefe, estou concebendo a visão. É ver para crer.

Tola riu de mim e ajustou meu vestido prateado, enquanto me entregava um batom. Estávamos limitando os horários para a Match Perfeito, porque resolver todos os problemas de Nicki já ocupava boa parte do tempo. Porém, já tínhamos alguns compromissos, e Tola precisava de mim.

Ela mostrou no celular a foto do projeto em questão: Mark Jenkins, trinta e cinco anos, representante de vendas. Sua namorada, Lucy, tinha contratado um pacote motivacional. Em geral, esse serviço era dividido em três categorias: carreira, compromisso e autocuidado. Era surpreendente a quantidade de homens crescidos que não tomavam banho com regularidade. Algo horripilante de se ver.

Naquela noite, a Match Perfeito tinha uma missão fácil: incentivar Mark a finalmente assumir mais responsabilidades na carreira. Ele falava sobre isso havia oito anos e, no fundo, Lucy nos pagou para nunca mais ter que escutar essa ladainha.

Por sorte, parecia que Mark era um sujeito de sonhos simples: queria dinheiro, e só precisava saber que alguém como ele poderia fazer o que quisesse. Era uma questão de estar acomodado. Afinal, as pessoas têm medo de fracassar. Sobretudo, na frente do parceiro. É bem mais fácil continuar dizendo que vai fazer alguma coisa, porque assim não existe risco de errar. Para facilitar ainda mais as coisas, a vida sempre dá um jeito de atrapalhar os planos.

Mas isso estava prestes a acabar.

— Eric está no bar. Você sabe o que fazer — afirmou Tola.

Assenti e dei uma requebradinha. Ao sairmos do banheiro, Tola foi atrás de mim e ficou em uma mesa próxima. Esta parte eu podia fazer sozinha, mas ela gostava de "ver a magia acontecer".

Eric já estava ao lado de Mark, no bar, quando me aproximei cambaleante.

— Amooooor, deixa eu voltar para casa dirigindo o Jaguar, por favor!

Abracei o pescoço de Eric, que abriu um sorriso benevolente.

— Acha que trabalhei tanto para finalmente comprar o carro dos meus sonhos só para você bater com ele? Está brincando com a minha cara, gata? Eu te amo, mas você é doida.

Ele ficou atento ao momento em que Mark fez contato visual, para compartilhar aquele olhar de "essas mulheres, viu, é cada uma...". Era por isso que eu precisava de Eric. Não funcionava sem ele. Pois acontece que os homens só escutam uma mulher se estiverem dormindo com ela. Quem diria, não?

— Um carro novinho, que passei metade da minha vida querendo comprar, e ela acha que vou deixá-la dirigir! — exclamou Eric, ao receber a atenção de uma plateia masculina. — Dá para acreditar?

— Que carro é?

— Um Jaguar F-Type. — Eric sorriu. — A menina dos meus olhos.

Olhei ao redor e vi um garçom se aproximar de Tola, carregando um coquetel verde-claro na bandeja. Alguém mandara lhe entregar. Na vida real, só via isso acontecer com Tola. E ela sempre aceitava a bebida, dava um sorriso charmoso e agradecia, mas jamais tomava, porque não dá para confiar nas pessoas.

Voltei a prestar atenção na conversa, esperando minha deixa em nossa encenaçãozinha.

— Você nunca teria conseguido comprar o carro se eu não tivesse enchido seu saco para fazer aquele curso de contabilidade. — Usei um tom petulante e coloquei a mão na cintura, como se fosse constantemente ignorada e menosprezada. — Se não fosse eu para incentivar você e arranjar aquele treinamento com desconto, ainda estaria vendendo sapatos e ganhando um salário mínimo.

Eric amoleceu.

— Ai, você tem razão, linda. Desculpa. — Ele me envolveu com o braço e se dirigiu a Mark. Hora de vender nosso peixe. — Trabalhei no varejo a vida toda, sem qualificação nem nada, sabe? E a patroa aqui estava sempre pegando no meu pé, dizendo "você pode fazer muito mais", mas eu nem sabia o que poderia fazer, de fato. Só que comecei um curso de contabilidade, e agora o dinheiro está finalmente entrando na conta!

— Foi fácil assim?

Mark ficou intrigado.

— Bom, tem que enfiar a cara nos livros, parceiro, não vou mentir para você, não. Mas não sou lá muito estudioso, e até que me saí bem. Gosto de números, já trabalhei com contagem de estoque e coisas do tipo, no outro emprego.

— Trabalho em uma loja — contou Mark. — Acha que eu teria condições de fazer esse curso? A patroa também tem pegado no meu pé lá em casa.

— Amigo, teria, sim. Com certeza. Aliás... — Eric tirou um cartão do bolso, igual a um mágico. — Quando terminei as aulas, me deram um curso com desconto de cinquenta por cento, para eu dar de presente a alguém. Pode ficar, acho que isso foi obra do destino.

— É sério?

— É, de verdade. Faça uns meses, aguente firme e arranje uma belezinha pra você também... Estou falando do carro.

Eric sorriu e eu lhe dei uma boa cotovelada.

Passou da conta.

— Valeu, cara. Muito obrigado por isso.

Mark estendeu a mão para cumprimentar Eric, e o negócio estava concluído.

— Tudo de bom para você, muito sucesso, tá?

Eric enlaçou minha cintura e me conduziu até a saída. Percebi que Tola nos seguiu.

Quando nos apinhamos no carro de Eric (que *definitivamente* não era um Jaguar), comemoramos o sucesso, como sempre fazíamos.

— Tem *certeza* de que só vai precisar disso? — questionou Eric.

Como ele sempre fazia.

— Ah, o dele era fácil, dava para ver. Totalmente maleável. A namorada fez o trabalho de base, ela só precisava que alguém desse aquele empurrãozinho final — explicou Tola, toda sorridente.

— Acho que também teria dado certo se fosse você a dona do carrão — comentou Eric, sem muita convicção.

Não tive muita paciência.

— Tola, quando um cara insistente está dando em cima da mulher em uma balada, qual é a única coisa que o faz parar?

— Ela dizer que tem namorado.

— E por qual motivo?

— Porque eles respeitam mais um homem que nunca viram do que uma mulher que está bem na cara deles? — respondeu ela, sem hesitar.

Imitei o barulho de uma buzina e a voz de um apresentador de programa de TV.

— Você ganhou o carro, o dinheiro e a viagem! Parabéns!

Eric e eu demos risada, mas Tola ficou quieta.

— O que foi? Arrasamos lá dentro.

Ela suspirou.

— Certo, falando sério rapidinho. Em que pé estamos quanto ao Dylan? Porque o tempo está passando e, neste momento, estou duvidando seriamente das nossas habilidades.

Fiquei surpresa ao notar a ansiedade em seu rosto.

— Você está bem?

— Estamos sem um roteiro, Aly! Isso nunca acontece! Sempre temos um plano que detalha quem é o sujeito, como ele funciona e pensa. Não temos isso agora.

— Bom, não, mas... — comecei.

Estava tentando entender.

— Temos o passado da Aly com o cara — observou Eric. — E ele parou de odiá-la, pelo visto, então já é um avanço.

— Duas semanas e meia! — exclamou Tola. — Só temos duas semanas e meia!

Eu me virei para o banco traseiro, para encará-la.

— Tola, o que houve? Você não é disso.

Ela ajeitou o cabelo, e dava para ver que o batom escuro tinha saído quase todo. De repente, pareceu bem exausta.

— A gente se esforçou tanto para construir algo. E está *dando certo*. Mas se fracassarmos com o maior cliente que já tivemos, porque era algo impossível... Daríamos um tiro no pé. Seria desmanchar tudo o que conquistamos até agora.

Alcancei sua mão e a apertei forte.

— Vou dar um jeito, prometo. Só preciso descobrir qual é a abordagem certa, nada mais.

— Convencer um cara que considera a namorada superficial a firmar um compromisso para a vida inteira — respondeu ela.

— Ei... — Eric deu de ombros, ainda de olho na estrada. — Tem homens que já fizeram coisas mais imbecis para ter acesso a uma vida fácil e peitos bonitos.

— Você sabe que agora já pode sair do personagem, né?

— Foi uma retaliação minha. — Eles precisam se reconectar. Quando os conhecemos, vimos que existia um carinho de verdade ali, certo? A gente só precisa que ela estabeleça limites e que ele seja mais participativo. É uma questão de equilíbrio.

— Então também viramos terapeutas de casal. Maravilha — debochou Eric.

Em seguida, acionou a seta do carro com uma agressividade um tanto exagerada.

— Você só está chateado porque Ben não captou a deixa para chamá-lo para sair.

Após essa provocação carinhosa, parecia que Tola estava voltando ao normal.

— Ele me passou o número do celular! — contestou Eric.

E buzinou alto para outro motorista que lhe deu uma cortada.

— É, para *coisa de trabalho*.

— Talvez ele estivesse sendo sutil.

— Na paquera entre gays, rola muito disso, gato? — retrucou Tola. Em seguida, dirigiu-se a mim. — Desculpe, não é que eu duvide de você, mas... Não quero que isso comprometa o que já construímos. Para vocês dois, trabalhar na agência é um sonho, e respeito isso. Mas... acho que meu sonho talvez seja o que estamos fazendo aqui. E não quero que uma herdeira rica e seu namorado ranzinza ferrem com tudo.

— Certo — concordei, ao entrar no modo "resolver problemas". — Do que você precisa para ficar mais confiante?

— De um plano. E da sua promessa de que deseja de verdade que isso dê certo.

Tola tinha um jeito de olhar como se enxergasse até os ossos da pessoa... uma visão de raio X.

— Pode acreditar, preciso muito que isso dê certo, você nem faz ideia — declarei.

Pensei na casa da minha mãe, recordando-me da minha avó sentada na sombra da árvore de magnólia, como um talismã.

— Então não vai ficar nem um pouco incomodada se o garoto que você amava se casar com outra, sendo que você é a pessoa que vai fazer isso acontecer?

Tola cruzou os braços e me encarou com as sobrancelhas arqueadas.

— Amor... — bufei, para ridicularizar. — Eu era adolescente. Amava Kurt Cobain, o delineador brilhante da Barry M e calças com bolsos para tudo quanto era lado. Dylan foi um garoto por quem nutri uma paixão secreta durante um tempo. Por tudo que sei sobre ele, vai querer o que está incluído nesse pacote.

Será que isso é verdade?

— Todo mundo sai ganhando. Esse é o plano — falei para ela, ao segurar sua mão. — Você tem que confiar em mim.

— Beleza, então me diga por onde vamos começar — pediu ela.

Fiquei em silêncio, enquanto rolava o feed de Nicki em uma rede social.

Abri um sorriso quando virei o celular para ela ver.

— Vamos começar com uma prova de que estamos no caminho certo.

Porque lá estava Nicki, no tapete vermelho da premiação de TV e Streaming de Filmes na Leicester Square. Era uma estrela impecável, em todos os detalhes: o cabelo louro com extensões, totalmente liso, caindo-lhe até a cintura; o vestido sereia bem justo, em tom azul-bebê, que cintilava com os flashes dos fotógrafos.

E bem ao lado estava Dylan, de smoking, sorrindo para as câmeras.

Quem é esse gato de terno?
Opa, a PAG pôs as garras em mais um!
Esse cara é ator? Acho que já o vi em algum filme.

As citações e as legendas das fotos dos tabloides tinham sido selecionadas com cuidado: Nicolette Wetherington-Smythe em um vestido Givenchy, acompanhada do namorado, Dylan James, empresário de uma *start-up* de tecnologia.

— É a nossa chance — falei para Tola. — Temos que continuar aproveitando o embalo.

— Sei exatamente como fazer isso. Só precisamos convencer Dylan.

Conforme Tola detalhava seu plano para sugerir uma *live* de perguntas e respostas com o casal, eu já visualizava Dylan de cara fechada. É verdade, ele tinha se arrumado todo para uma noite de gala e sorrira diante das câmeras, mas expor o relacionamento na internet para ser julgado? Seria difícil convencê-lo a fazer isso. Mas pelo menos Ben estava do nosso lado, e ele sabia que, se feitas na hora certa, algumas perguntas sobre o nome da empresa e os projetos em desenvolvimento poderiam facilitar bastante. E talvez, quem sabe, caso fosse o mesmo Dylan de que eu me lembrava, ele iria estampar um sorriso no rosto, dizer "é claro!" e fingir estar de boa com tudo.

E foi assim que, na noite seguinte, acabamos reunidos no apartamento suntuoso de Nicki, em Chelsea, para armar um tripé e uma *ring light*. O imóvel já era caro só por conta do tamanho e da localização, mas também tinha uma decoração deslumbrante, que esbanjava luxo, como é a regra entre os influenciadores. Uma manta de quinhentas libras, arrumada sobre o sofá de um jeito bem engenhoso, como se houvesse alguém permanentemente aconchegado ali. Uma coleção de livros para enfeitar a mesa de centro, os quais jamais tinham sido abertos. Objetos de decoração lindos, mas que diziam muito pouco sobre os donos. Era tudo muito bonito, mas parecia um *showroom*. Dava a sensação de um espaço vazio, apesar da movimentação intensa dos assistentes, maquiadores e cabeleireiros.

— Certo, pode me explicar de novo como isso vai beneficiar o aplicativo?

Dylan me fez a pergunta enquanto a cabeleireira tentava ajeitar seu cabelo, mas estava impossível domar o redemoinho. Ela desistiu e tentou dar um ar de visual bagunçado.

— Estamos pegando carona na fama da Nicki para beneficiar sua empresa. Depois da sua aparição no tapete vermelho, ontem à noite, as pessoas ficaram interessadas em saber mais sobre você. Temos que capitalizar isso antes que o interesse acabe.

Ele fez uma cara de sofrido para mim.

— Fica parecendo que somos aproveitadores.

Dei de ombros.

— Nicki não acha isso. Ela quer ajudar.

Ele afundou a cabeça nas mãos, e a cabeleireira me fitou, sem saber o que fazer. Fiz um sinal para lhe pedir uns minutinhos. Quando ela saiu, sentei-me no lugar dela, em frente a Dylan.

— Por que isto é tão difícil assim? — questionei.

Ele soltou um suspiro, recostou-se na cadeira e abriu os olhos.

— Porque sinto que é falso, Aly. Todos os dias, Nicki tira fotos, grava vídeos, ajeita a sala, aluga um cachorro e cozinha algo que ela não vai comer. Tudo isso para esses palhaços anônimos da internet, que acham que têm direito sobre ela. E agora farei parte disso.

— Você sabe fazer isso, Dylan — sussurrei. — Sabe ser a pessoa mais encantadora e afável do ambiente, dar às pessoas o que elas querem, o que elas esperam. Sabe o que fazer para amarem você.

Ele me olhou de um jeito que não consegui decifrar.

— Bem, aprendi com a especialista.

Senti uma dor aguda no peito e tentei não demonstrar.

— É só uma continuação disso. Não se trata de uma mentira, é só... mostrar os aspectos que elas querem ver em você.

— Fazer uma curadoria — sussurrou ele. — Eu só queria desenvolver um aplicativo que ajudasse as pessoas. E que a dedicação da minha equipe fosse recompensada, para continuarmos fazendo isso. É a primeira coisa de valor que eu faço, Aly. Minha única contribuição para o mundo. A gente trabalhou para cacete nisso, e só vale um vídeo de três minutos, como um detalhezinho da vida da Nicki, por eu ser namorado dela?

Respirei fundo e olhei para ele: nossos joelhos estavam quase se encostando, e ele passou a mão no cabelo outra vez e se encolheu ao sentir a textura do gel. Dei uma risada.

— Sabe, você não é honesto assim comigo desde que nos reencontramos — falei.

Dylan me olhou como se achasse que eu estava tentando dizer mais alguma coisa para ele. Seja lá o que fosse, não havia desvendado, pelo visto.

— Provavelmente, é melhor não entrarmos nisso agora — respondeu ele, baixinho, enquanto olhava fixo para as mãos.

— Tudo bem. Então, para focar no aqui e agora: você sabe que eu quero que esse aplicativo dê certo, né? Que quero que todos os jovens que precisam de apoio psicológico tenham acesso a esses serviços, no formato que preferirem. Que acredito no que você, Ben e Priya desenvolveram.

— Claro... — respondeu ele, com indiferença.

— E você acredita que sou boa no que faço e que sou fodona na minha área?

Ele riu.

— Acredito.

— Certo, então confie em mim quando digo que é assim que as coisas funcionam. Não tem nada a ver com você, com Nicki ou com o relacionamento de vocês. Se você não estivesse com Nicki, estaríamos estudando outras opções para fazer a divulgação, mas você está, e ela quer ajudar. Então aceite. Ela acredita em você.

Por muito pouco, ele não caiu na gargalhada. Como se eu tivesse tocado em uma ferida sem querer.

— Ela acredita no meu potencial. Como todas as outras acreditavam. Como você acreditava. — Seu olhar cruzou com meu, e por um instante esqueci como se respirava. Então, ele olhou para o lado, e tudo se desfez. Dylan arregaçou as mangas da camisa. — Quando começamos a namorar, tentei aceitar essa coisa toda das redes sociais. Mas os seguidores dela acabaram comigo. Também saía em algumas revistas de gente rica. *Com quem Nicki anda se misturando? Ela, que vem de um bairro tão elegante como Chelsea, está se rebaixando a esse nível?*

Fechei os olhos, estremecendo.

— Tiravam umas fotos horríveis e me comparavam com os ex-namorados dela. Sei lá... Foi por isso que acabei indo direto para a academia... Estava apavorado com a possibilidade de continuarem me julgando. Continuarem falando dos ex dela, todos eles ricos, donos de empresas, herdeiros de alguma coisa, com bronzeado do sul da França e abdômen definido. Com medo de continuarem a lembrar Nicki de que não sou o bastante para ela.

Sorri com doçura.

— Mas Nicki não pensa assim. Ela te adora.

E me pagou para dar um jeito nas partes que não adora.

— Ela apoiou minha decisão de dar um tempo nas redes sociais enquanto víamos no que isso iria dar. Para podermos nos conhecer. Mas sei que ela quer que eu seja essa pessoa, para agregar *valor à sua marca.*

— Você agrega valor à vida dela. Com certeza isso é mais importante, não?

Seu olhar encontrou o meu.

— Acho que as duas coisas estão tão interligadas para Nicki que agora ela fica na dúvida. Sei que precisamos fazer isso pela empresa, mas... ela nos arranjou uma reunião no Vale do Silício, vai nos divulgar hoje. Trouxe você para mim. É como se todo meu esforço não valesse de nada sem Nicki.

Eu tinha duas opções nessa situação, e ambas não me agradavam. Poderia lhe oferecer chavões vazios. Ou poderia contar a verdade. Colocar-me em uma posição vulnerável, como ele fizera, e torcer pelo melhor.

Tomei fôlego.

— Você se lembra de quando foi reprovado em história e seu pai falou que não estava decepcionado, porque nem esperava que você passasse?

Dylan me olhou surpreso, e sua expressão se suavizou, de forma sutil.

— Lembro.

— E lembra o que você fez? — questionei.

— Estudei, refiz a prova e mostrei que ele estava errado.

— Você conseguiu tirar 9,8. A nota mais alta do ano.

— Consegui. — Ele abriu um sorriso. — Acho que valeu a pena ser teimoso pra cacete.

— Exato. É desse cara que eu preciso agora. O cara que sabe que pode mostrar a todos que estão errados e que está disposto a fazer o que for preciso para chegar lá. Que usa seu charme como arma. — Olhei para ele. — Consegue ser esse cara?

O sorriso que ele me deu era de ofuscar. Havia algo ali de uma pureza e uma gratidão tão grandes que me davam vontade de chorar.

— Acho que consigo, chefe.

— Oi, pessoal! Estamos aqui nesta *live* para assumir o Insta da *Hello* e sabemos que, após a premiação, todos vocês querem saber duas coisas da nossa convidada especial: como foi o pós-festa e quem era o bonitão de braços dados com ela.

Como Tola adotou com muita facilidade sua persona profissional, quase esqueci que era ela quem estava falando com o celular. Em seguida, passou para Nicki e Dylan, sentados de maneira descontraída no sofá: o braço dele descansava no encosto, e ela estava aninhada ao lado.

Até que ponto tudo aquilo era um jogo, incluindo o jeito com que se admiravam, enroscados um ao outro, com olhares de adoração? Apesar disso, o carinho que Nicki demonstrava ao envolver as bochechas dele com as mãos, a graça que ele fazia ao enroscar os dedos no cabelo dela... isso tinha que ser real. Tinha que valer a pena.

— Então, Dylan, por que esta é a primeira vez que estamos vendo você na internet? É um homem bem misterioso, não? — prosseguiu Tola.

Ela estava seguindo o roteiro que elaboramos.

Dylan fez um gesto com a mão, para indicar que a ideia era absurda.

— Para ser sincero, sou uma pessoa bem sem graça. Vejo que Nicki se dedica muito para estar disponível para os seguidores dela, para responder às perguntas deles. É um trabalhão!

Ele sorriu para a namorada, com afeto, ao apertar os ombros dela.

— E quanto ao seu trabalho?

Certo, vamos lá.

— Bom, sou desenvolvedor de aplicativos. Minha empresa se chama EasterEgg Development e, no momento, temos um projeto grande relacionado a saúde mental. Queremos muito ajudar o maior número de pessoas possível. Caso contrário, qual seria o sentido disso tudo?

Fiz um sinal de positivo para Dylan, e ele assentiu para mim.

— E do que você mais gosta na Nicki?

Dylan congelou ao ouvir a pergunta de Tola. Disfarçou muito bem e se virou para olhar para ela com um sorriso no rosto, mas percebi o pânico.

— Acho que é... quando está tendo um dia ruim, ela faz panquecas e as empilha, com chantilly, e não tira uma foto sequer antes de mandar ver. Simplesmente saboreia de verdade algo feito por ela. Adoro isso. E adoro panqueca!

Ele deu um sorriso simpático, e Tola reagiu devidamente com um "ahh", mas vi que o semblante de Nicki ficou mais tenso.

— E você, Nicki? O que você adora no Dylan?

— Ah, ele é muito *engraçado*. — Nicki sorriu para ele. — E sempre me coloca em primeiro lugar. Planeja viagens de fim de semana e férias, coisas assim, para me ajudar a relaxar. Está sempre cuidando de mim. Ano passado, me levou para Barbados!

— E está pagando pela viagem até agora — sussurrou Ben, no meu ouvido.

Em seguida, Tola passou a discutir quais tendências do momento eram as favoritas de Nicki, enquanto Dylan permanecia sentado e prestava atenção. Percebi que estava aliviado.

Tola encerrou a *live* e marcou o arroba de vários perfis para fazer uma ação de divulgação conjunta. Dylan estava se levantando quando ela o chamou.

— Espere aí, precisamos de uma foto para postar no Instagram. Façam uma pose de casal fofo!

Os braços de Dylan envolveram Nicki, puxando-a para perto, e ela lhe lançou um olhar tão intenso de adoração que me deixou até desconcertada. Uma coisa era inegável: os dois pareciam perfeitos juntos. Um casal lindo. Duas pessoas radiantes, resplandecentes.

Quando ficaram de pé, porém, Nicki se voltou contra ele.

— Não acredito que você falou aquilo sobre as panquecas!

— O quê?

Ele meio que sorriu e, pelo visto, achou que era brincadeira dela.

— Mas é *mesmo* o que eu mais gosto! É a única coisa que você come sem tirar uma foto!

— Porque eu deveria seguir uma dieta sem laticínios e sem glúten! Vão *chover críticas* em cima de mim por causa disso!

Eu sabia que deveria ter passado para você uma lista com respostas pré-aprovadas!

Dylan fechou a cara.

— Achei que a gente estava sendo autêntico...

Nicki fechou os olhos, como quem pede aos céus um pouco de força.

— Eu tenho uma marca multimilionária, Dylan. Sou a responsável por atingir certos públicos. É uma questão de negócios.

— Foi mal, eu deveria ter pensado algo mais alinhado com os negócios para adorar em você — respondeu, com rispidez.

Ele me deu uma olhada rápida e saiu.

Nicki virou-se para mim, como quem pergunta: "Ué, você não deveria dar um jeito nisso?"

Tola me lançou um olhar preocupado e, quando Nicki foi buscar um suco verde na geladeira, me questionei se estávamos cometendo um grande erro.

Capítulo Treze

— Aí eu falei que não merecia isso, que ele precisava pedir desculpa — contou mamãe.

Após um dia exaustivo, a última coisa que eu precisava era de mais um capítulo do drama dos meus pais. Mas, naquele momento, minha mãe estava eufórica só por ter exigido um mínimo de respeito do meu pai.

— Que bom, mãe — comentei. Uma pausa se seguiu. — E você falou com ele sobre a casa?

Silêncio.

— Mãe, não quero pressionar, mas...

— Claro, claro, você tem razão. Precisa saber se ele concorda com a quantia que você ofereceu, eu sei, meu anjo. E agradeço muito por fazer isso por mim. Por nós.

De qual "nós" ela estava falando? Nós duas ou eles dois? Ela não quis me perguntar como eu estava arranjando o dinheiro, não quis saber se eu estava raspando toda as minhas economias. Só queria que o problema fosse resolvido.

— Ah, vi Dylan nas revistas, lá no supermercado — comentou mamãe, ao direcionar a conversa para um assunto menos perigoso. — Isso foi coisa sua, espertinha? Com certeza, agora vão ter que lhe oferecer aquele cargo.

— Quem sabe — respondi, de forma casual. — Parece que estou quase lá.

Minha mãe parou para pensar.

— Se você não for promovida, acha que vale a pena buscar isso em outro lugar, querida? Você passou muitos anos se matando por essa empresa. Sua vida se resume ao trabalho. Como é que você vai conhecer alguém? Como é que vai ter uma chance de se apaixonar?

Meu primeiro pensamento foi: *Se for algo parecido com o que você tem... dispenso, muito obrigada.* Mas eu não podia dizer isso para ela.

Então não falei nada. O que fiz foi ligar para Tola e tomar uma taça de vinho tinto, enquanto ela me deixava a par do impacto que a ação causara nas redes sociais. Milhares de seguidores novos, mais visitas ao site atualizado. Além disso, Tola tinha arranjado um jeito de as pessoas se inscreverem para testar o aplicativo, para obtermos dados reais para apresentar aos investidores. Ela era muito boa nisso. E estava disposta a assumir mais riscos do que eu. Tinha tudo para crescer e ir muito além.

— Você refletiu um pouco mais sobre transformarmos a Match Perfeito em uma empresa de verdade? Sobre a levarmos para *outro* patamar? — perguntou ela.

— Refleti, sim — respondi.

Dei um suspiro.

— Olhe, sei que você quer um cargo, um plano de aposentadoria, a aprovação de um homem no topo do poder, o "tapinha nas costas". — Conseguia visualizá-la revirando os olhos, frustrada com minha falta de visão. Não queria me arriscar, era só isso. Eu tinha um plano e não abriria mão dele. — Mas você poderia *ser* o homem no topo do poder.

— Quero ser gerente de marcas.

Ouvi a voz da minha mãe: *Sua vida se resume ao trabalho*. Mas esse era o único aspecto da minha vida que estava organizado, que me fazia sentir que tinha tudo sob controle. Eu era boa no que fazia. Quando não se tratava do trabalho e da Match Perfeito, as coisas não funcionavam desse jeito. O amor não funcionava desse jeito.

— Você pode ser a grande maga das marcas, pouco me importa — ralhou ela. — Pense *grande*.

Tola desligou antes que eu pudesse argumentar mais alguma coisa, e não a culpei.

Eu tinha uma ideia muito clara de como seria minha vida: conquistaria o cargo de gerente de marcas e mais dinheiro. Ganharia o respeito dos meus colegas, exigiria criatividade e levantaria a bola das demais mulheres da empresa. As inteligentes, menosprezadas em prol de uma incompetência gritante e descarada. Compraria um apartamentinho fofo, no térreo, com um jardim, e esfregaria na cara de todos que diziam que é preciso ter um cônjuge para comprar um imóvel. E depois...

Bem, aí ficava mais difícil de vislumbrar o futuro. Esse era meu objetivo havia tantos anos que eu não tinha muita certeza do que viria depois. Fazer um esforço para encontrar alguém que não precisasse tomar jeito, imagino eu. Alguém que eu pudesse levar para casa, para minha mãe bajular. Alguém em quem pudesse confiar a ponto de mostrar a família ferrada que tenho, sem medo de julgamentos.

Recebi uma mensagem de Eric, com uma foto tremida de umas porções de tapas em cima de uma mesa. *Estou num encontro!*

Dei risada e escrevi para ele: *Você sempre está.*

A resposta foi imediata.

Este é diferente. É de verdade. Bj.

Fiquei contente.

Quando estava me arrastando até a cama para ver TV e pegar no sono com a cara enfiada em uma tigela de sorvete, o telefone tocou. Imaginei que seria minha mãe de novo, mas não era.

Era Dylan.

— Oi — falei, surpresa. — Está tudo bem?

Ele tossiu de um jeito esquisito.

— Oi, hã... Está, sim. Só queria agradecer por hoje. Imagino que tenha visto os resultados, né? Ben pirou. Priya passou a tarde montando ambientes de teste e me mandando mensagens, todas em letras maiúsculas. Fazia um tempão que eles não ficavam felizes assim.

— E você? — questionei.

Eu me aconcheguei debaixo das cobertas. Toda encolhida na cama, Dylan do outro lado da linha: parecia uma volta ao passado.

— Estou satisfeito, lógico. A coisa está... acontecendo.

— Hum.

Quando tínhamos quinze anos, Dylan foi selecionado para a exposição nacional de artes e passou semanas trabalhando no projeto final, dedicando o máximo de tempo possível. Na véspera do prazo de entrega para a mostra, a obra foi encontrada destruída na sala de artes. O diretor ficou horrorizado e pediu mil desculpas a Dylan. Acharam que um bando de garotos de outra turma tinha aprontado, mas eu sabia a verdade. Dylan não lidava bem com a pressão. Preferiu ficar de fora a correr o risco de fracassar. Provavelmente, era por isso que sua *start-up* continuava estagnada depois de todos esses anos.

— *Hum*, o quê? — indagou ele.

Eu ri.

— Você pode ter enganado todo mundo com aquele sorriso, mas não me engana, não — sussurrei.

— Acho que essa fala é minha — respondeu, no mesmo tom.

Eu não gostava de sentir um frio na barriga quando ele sussurrava.

— Como foram as coisas com Nicki?

Mudei o rumo da conversa, antes que aquilo se complicasse, e ouvi um suspiro.

— Ela convenceu um jornalista a colocá-la na capa de uma dessas revistas chiques, para revelar a relação emocional dela com a comida. Arranjaram uma nutricionista para avaliar o que ela come e dizer o que precisa mudar. Vai substituir as panquecas por waffle proteico de banana. Algo do tipo.

— Nossa.

Que gênia, sério.

— Falou que não está brava comigo, que é culpa dela por não ter me explicado como isso tudo funciona. — Ele passou tanto tempo quieto que fiquei na dúvida se ainda estava na linha. — O que isso revela sobre mim? A coisa que mais adoro em uma pessoa é o que ela quer esconder do mundo...

— Ora! Dylan, a questão não eram as panquecas. As panquecas só eram algo que ela fazia sem fingimentos, sem ser para mostrar para os seguidores dela. Algo verdadeiro que compartilhava só com você.

Ele fez um som de "hum", que interpretei como um sinal de que nossa trégua provisória continuava de pé.

— Então imagino que você também tenha pedido desculpas. Pelo tom de voz, presumi que ele estava achando engraçado.

— O que é que você acha, Aresti?

— Que deve ter enviado um buquê gigante das flores preferidas dela, segurado sua mão e olhado em seus olhos, enquanto pedia desculpas do fundo do coração. Em seguida, deve ter preparado aquele waffle de banana grotesco para mostrar que a compreende. — Fiz uma pausa. — Quantas eu acertei?

— Todas, na mosca. — Ele gargalhou. — Só que coloquei chantilly nos waffles.

— Claro, seu violador de regras.

— Bom, levo muito a sério meu papel de galã.

Porém, conforme as risadas foram escoando de suas palavras, continuamos na linha e deixamos o silêncio se prolongar entre nós.

— Dylan? — sussurrei, depois de um tempo. — Você ainda está aí?

Ele respondeu com a voz baixa:

— Só estou tentando entender se caí em uma espécie de túnel do tempo, para voltar ao começo dos anos 2000. Tudo isso aqui me parece tão familiar.

Senti um aperto forte no peito.

Se eu simplesmente ignorasse, não seria necessário termos a conversa. Foi ele quem tinha começado esse jogo de fingimento, mas era o caminho mais fácil. Afinal, se ele me perguntasse por que fui embora, eu teria que perguntar sobre aquela noite e relembrar que tinha me enganado a respeito de quem ele era. Naquele momento, era imprescindível que ele fosse um projeto para mim. Ele não era Dylan James, o garoto que amei um dia. Era uma questão que eu precisava resolver para não perder a casa da minha mãe. Só assim conseguiria justificar aquilo para mim mesma.

Ficamos em silêncio no telefone pelo que pareceu uma eternidade, enquanto eu erguia de volta o muro, ao encaixar cada tijolo em seu devido lugar, a duras penas, e reprimir essas memórias.

— A gente se fala amanhã, sr. James.

— Boa noite, srta. Aresti.

* * *

Acordei com o telefone tocando às cinco da manhã.

— Alô? — resmunguei.

Meu coração disparou, já imaginando o pior.

— Como anda minha guruzinha do amor predileta? — perguntou Nicki, cantarolando. Afastei um pouco o telefone do ouvido. — Não acordei você, né?

— Ah, não, já estava de pé fazendo minha saudação ao sol e tomando suco verde — retruquei, conforme colocava meu robe antiguinho, com estampa de crocodilo, e arrastava os pés até a cozinha, para ligar a chaleira. — O que houve?

— Bom, Dylan... Lógico, é o Dylan.

— Achei que deu tudo certo com a *live* no Insta, não concorda? E parece que as fotos do casal tiveram um ótimo engajamento. Seus fãs o adoram. — Usei um tom de incentivo, porque era evidente que a PAG não era uma princesa fácil de agradar.

— É, quanto a isso, acho que está tudo bem. E ele concordou em sorrir para a câmera quando eu estiver fazendo meu trabalho. Vai acenar que nem um nerd. Hoje de manhã, tirou uma selfie na cama comigo. Foi a primeira vez.

Eu não tinha me dado conta de que, enquanto falávamos ao telefone na noite anterior, ele estava na casa dela. Não sei por quê, mas isso me embrulhou o estômago.

Tentei apagar esta visão da mente: os dois juntos, enroscados um no outro, risonhos, sem nenhum dos inconvenientes da realidade, como bafo pela manhã, pés gelados e peido debaixo do lençol. Apenas o retrato da perfeição.

— Então qual é o problema? Porque me parece que ele está se esforçando bastante.

Coloquei a ligação no viva-voz, para conseguir *stalkear* as postagens dela nas redes sociais.

— É, ainda bem que ele se redimiu por aquele desastre das panquecas! Dá para imaginar? Já conquistei tantas coisas, e ele gostava justo do hábito que eu tinha de me empanturrar de panqueca sem ninguém ver!

Sua gargalhada era aguda que nem esses sininhos na entrada das lojas — *Aviso: precisa-se de atenção.*

— Por sorte, estou trabalhando com a dra. Karen, que é nutricionista, para me ajudar a lidar com a compulsão e com o hábito de descontar na comida. Ela é absolutamente *incrível.*

Não fazia nem vinte e quatro horas e ela já havia se ajustado a essa nova narrativa. A equipe dela era impressionante mesmo.

— Parece que ele está se esforçando de verdade em relação a essa questão das redes sociais. Estamos no caminho certo. E correu tudo bem com os preparativos para a apresentação — comentei.

Usei um tom alegre, com medo de que algum tipo de questão logo fosse levantada.

— Bom, é que... — *Lá vem.* — Ele está tão ocupado trabalhando na apresentação que estou com receio de não existir um clima muito romântico para o pedido de casamento, sabe? Homem não sabe fazer um monte de tarefas ao mesmo tempo, como as mulheres.

— Mas a gente... Ele está fazendo *literalmente tudo* que você pediu. Está mais ativo nas redes sociais, está trabalhando para apresentar a empresa dele para os investidores, está fazendo sucesso. Foi ao seu evento... — Refleti um pouco. — Estamos no caminho certo.

— E quanto ao pedido de casamento?

Eu me encolhi. Ouvi-la falar já me dava uma sensação horrível. Era muito autoritário, como se eu me recusasse a vender um par de sapatos que ela achava que merecia, embora não fossem do seu tamanho.

— Você viu aquela foto? O jeito com que ele olhou para você, como a abraçou? É romântico! A maioria das pessoas daria tudo para ter isso! — continuei.

Meu tom era de animação total.

Moça, me dá um tempo, porra. Sou uma vigarista, não uma santa milagreira.

Nicki suspirou.

— Ele... Tem umas coisas que ele não compartilha. E eu compartilho tudo!

Menos o fato de estar pagando para dar um jeito nele.

— Bom, acho que isso faz parte. É provável que ele goste do que é exclusivo dele, de coisas suas que ele não precisa compartilhar... Nicki, estamos ajeitando tudo, tá bom? Não precisa se preocupar com nada. Estamos cuidando disso.

— Eu sei, tenho confiança total em vocês. Só queria... Queria que houvesse mais tempo para momentos românticos em meio a isso tudo.

Eu ia acabar matando essa mulher. Esse seria o fim da minha carreira, não com um colapso causado por burnout, mas sacudindo Nicolette Wetherington-Smythe e gritando "o que é que você quer de verdade?" até que me levassem presa.

— Ele não mandou flores e cozinhou para você?

Seu tom de voz se endureceu.

— Ele te contou?

— Contou.

Um silêncio estranho pairou no ar, e senti a necessidade de me desculpar, mas não dei o braço a torcer.

— Bom, sei que esse tipo de coisa talvez impressione *mulheres comuns*, só que, para mim, receber flores é só mais do mesmo, sabe? No meu caso, os gestos grandiosos precisam de um *tchã* a mais. Talvez deva ter isso em mente na hora do pedido de casamento.

Naquele instante, eu a odiava com todas as minhas forças.

— Nicki, caso prefira seguir meu primeiro conselho e organizar um pedido de casamento com alguém que tenha uma equipe de assistentes, agentes e um escritório de relações públicas para fazer isso virar manchete em todos os jornais, é só me avisar.

— Não seja boba. — Ela retomou o tom jovial, e comecei a me questionar se a frieza não passara de imaginação minha. — Apenas... o incentive a pensar grande, está bem? Uma grande demonstração pública de amor.

— Com um fundo decente, instagramável?

— Está pegando o jeito da coisa. Entro em contato em breve. — *Por favor, não faça isso.* — Tenho uma reunião sobre o *Guerra dos Casamentos das Celebridades* na semana que vem. Já falaram que adoram a mistura das nossas tonalidades. Conseguem visualizar muito bem um casamento com tema de inverno, com cores frias e bar de gelo. Uma grande escultura de urso-polar, dá para imaginar?

Para Dylan, que se alimentava de sol como se fosse sua bateria? Cuja pele fica bronzeada ao primeiro toque de raio solar? Que organizava, nos fins de semana de verão, viagens de acampamento, idas a festivais e dias inteiros na praia, com o único objetivo de sorrir para o céu e se bronzear, enquanto suplicava em silêncio para a estação nunca ter fim? Um casamento com tema de inverno para *esse* sujeito?

Tomei o restante do café e só pensei no rosto abatido da minha mãe e no sorriso presunçoso do meu pai.

— Vou ver o que posso fazer.

Capítulo Catorze

Eu precisava reconhecer, nem que fosse só para mim mesma: a pressão estava começando a me afetar. Nicki me enviou fotos de casamentos com tema de inverno, Dylan mandou um e-mail para saber se precisávamos incluir mais dois slides na apresentação. Ben perguntou se Eric gostava de filmes antigos. Eric quis saber se Ben tinha comentado alguma coisa sobre ele. Felix questionou por que não enviei os relatórios antes e por que não sugeri novas ideias para levantar o moral da equipe, como eu fazia quase todos os meses, mesmo quando era ignorada. Hunter indagou por que eu parecia tão cansada. Matthew pediu minha opinião em relação a cada mínima decisão que ele tomava, tal qual um cachorro com medo do carteiro.

E também havia Tola, perguntando-se, em silêncio, por que eu estava tão obcecada por um trabalho que claramente não me satisfazia. Ela não falava isso em voz alta, mas as dúvidas eram visíveis em seu rosto.

Para completar, eu precisava lidar com minha mãe. Ela me mandava mensagens, ligava e arranjava qualquer pretexto para conferir como eu estava e me perguntar de tudo, exceto a questão mais importante: *Você tem o dinheiro para salvar minha casa?*

Deixei a ligação da minha mãe cair na caixa postal, pela segunda vez naquela manhã, conforme eu tentava seguir com meu trabalho. Por ora, não tinha condições de ouvir nada a respeito do meu pai. Não suportava ouvir as justificativas dela, sendo que eu estava tomando decisões cada vez mais questionáveis para arranjar esse dinheiro para ele.

— Aly Babá! E aí, como vai?

Fechei os olhos e levei um segundo para me recompor. Girei a cadeira, enquanto agarrava os braços.

O grandiosíssimo imbecil galunfante estava de volta, com seu cabelo arrumado e sua voz suave. Ele queria alguma coisa. Outra vez. Eu havia *acabado* de refazer o último briefing que ele entregara.

Enfiei um sorriso no rosto.

— Hunter, estou bem. *Ocupada*, mas tudo certo. Como você está?

Ele passou a mão no cabelo.

— Olhe, para falar a verdade, meio que entrei numa fria, gata.

Não, você já se livrou. Salvei seu traseiro de traíra. Já fiz muito por você, me deixe em paz.

Vi Tola espiar por cima da tela de seu computador e lançar um olhar mortal para Hunter. Também deu uma olhadinha para mim, de alerta: *Nem ouse ajudá-lo.*

Assenti para ela.

— Bom, sinto muito. Você deveria pegar um cobertor — falei, sem tirar os olhos da tela.

Ele ficou quieto por um instante.

— O quê?

— Você entrou numa fria... Um cobertor resolve.

— Rá-rá-rá!

Incluindo a risada sarcástica de Hunter na lista de coisas que eu detestava.

— A questão, Aly Cadabra, é que...

Ele tentou de novo, debruçando-se na borda da mesa e crescendo para cima de mim, de modo que eu precisasse me levantar para equilibrar o jogo de poder.

— A questão, Hunter-que-já-tem-um-nome-zoado-e-nem-precisa-de-apelido, é que sinto que desta vez, neste exato momento, cheguei ao meu limite. Simplesmente não estou nem aí.

Respirei bem fundo e olhei em seus olhos.

Ele franziu a testa, sem entender nada: as feições foram se amarrotando como seu lenço caríssimo.

Ai, merda, começou. Eu havia aberto a porteira. Uma vez aberta, não ia mais conseguir parar.

— Não estou *nem aí* se você não teve tempo de analisar os dados porque sua irmã comprou um cachorrinho, se você participou de algum programa de namoro na TV ou se acabou ganhando um jogo de pôquer muito disputado e com apostas altas... Não estou nem aí. Só quero que faça seu trabalho.

Ele recuou. Todas as tentativas de cordialidade estavam suspensas.

— Bem, isso não foi muito legal.

— Assim como não foi legal sua atitude de repassar trabalho para os colegas, para ficar livre para sair e tomar cerveja com o pessoal. Ou *eu* ter que pegar um trem até Birmingham para pedir desculpas por *você* ter dado em cima da mulher errada.

Por um segundo, ele ficou envergonhado, mas a expressão se esvaiu num piscar de olhos, como se seu rosto não soubesse sustentar aquele sentimento. *Fale "obrigado". Peça "desculpa". Diga alguma coisa!*

— Então você... não vai me ajudar? — perguntou ele.

Parecia não compreender, de verdade.

— Não, foi mal. Desta vez, não.

Surgiram rugas em sua testa.

— E se Felix quiser que você ajude?

— Se Felix quiser que eu dê prioridade para ajeitar seu trabalho, e não para fazer o meu, ele vai precisar se reunir comigo e reorganizar minha agenda para eu conseguir encaixar isso, além dos meus clientes. *Incluindo* aí a reunião com Teddy Bell, marcada para a semana que vem, porque você estava mais interessado no seu pau do que na sua carreira. Estamos entendidos?

Por uns segundos, parei de digitar e olhei para ele. Vi aquela expressão carrancuda, do momento em que o homem se vira contra nós. Tinha quase me esquecido de que isso iria acontecer.

— Bem, não precisa agir feito uma megera.

Levantei as mãos e fiz uma careta.

— Pelo visto, preciso, sim. Boa sorte com o relatório.

Conforme ele saiu andando, com passos pesados, e resmungando, Tola deu soquinhos no ar, comemorando a vitória em silêncio. Dei uma piscadinha para ela e voltei a me jogar no trabalho. Talvez estivesse entrando em colapso devido à pressão, mas com certeza iria arrastá-lo comigo.

Fiquei observando Hunter caminhar em direção à sala de Felix, e senti um frio na barriga. Uma vitória passageira, e tudo indicava que não faria nenhuma diferença. Caramba, eu precisava sair para correr. Ou saborear sozinha uma comida deliciosa. Ou dançar a noite toda onde ninguém me conhecesse, onde ninguém me pedisse nada, nem esperasse que eu fosse "Aly, a solução para todos os problemas".

Mas eu não tinha tempo para isso.

No intervalo do almoço, respondi Dylan e Ben, ignorei Nicki e fui dar uma caminhada para espairecer. Não retornei a ligação da minha mãe, mas lhe enviei uma mensagem para dizer que todas as providências estavam sendo tomadas e que não precisava se preocupar. Fiquei na dúvida se ela achava que eu estava organizando um assalto a banco ou fazendo bico como garota de programa.

Também estava preocupada por não ter contado para Tola e Eric a verdade sobre o dinheiro. Claro, eles ficariam com uma parte, mas não explicar o que estava em jogo parecia muito injusto, como se os estivesse enganando.

Porém, se eu contasse tudo, será que eles entenderiam? Acho que sim, só que isso incluiria explicar a situação do meu pai e o que ele tinha feito com minha mãe, e o olhar deles para mim teria algo semelhante a pena. Estaria estampado na cara dos dois: *Traumatizada pelo pai, mas é claro!* A única explicação possível para uma mulher adulta com um histórico de relacionamentos ruins. E ninguém jamais culpa os pais, só as meninas que se ferraram por causa deles.

Quando meu dia acabou, estava esgotada, pronta para me jogar na cama com uma porção de pão de alho e uma comédia romântica do início dos anos 2000. Heath Ledger cantando para a escola inteira. Era disso que eu precisava.

— Vamos, está pronta? — perguntou Eric.

Eram cinco da tarde, e ele estava especialmente elegante de terno e um tanto quanto ridículo com um chapéu de feltro para combinar.

— Para onde? Por quê?

— Match Perfeito? O garoto escritor, da Amy? Daqui a meia hora no Hoxton Lounge?

Ahhh... Merda.

— Você esqueceu? — Eric fez cara feia. — Ué, você tem uma memória de elefante.

Bem, tente começar o dia com uma ligação de uma herdeira rica preocupada porque os gestos românticos do cara que já foi seu melhor amigo não foram tão grandiosos e veja como você se sai.

— Até um elefante tem seus dias — respondi, cansada. — Só me dê uns dez minutinhos para retocar a maquiagem. Estarei radiante como nos meus melhores dias.

— Vou pegar um energético e encontro você lá embaixo.

— Você é um anjo.

Dei um sorriso, enquanto pegava a bolsa.

— Pois é. E aí teremos o trajeto todo até lá para falar sobre Ben. Os gostos, os interesses, o tipo de homem que ele gosta. E o que você acha que posso fazer para não estragar tudo.

Suspirei, sentindo a exaustão extrema cair sobre mim como um manto.

— Maravilha. Mal posso esperar.

A cliente daquela noite era Amy Leyton. Ela fazia faculdade e namorava com Adam havia quatro anos; e os dois tinham completado um ano morando juntos. Amy recebeu uma proposta para fazer um estágio de três meses no exterior, e Adam estava um pouco sensível diante da possibilidade de ser deixado para trás. Ele vinha dando indiretas sobre acompanhar a namorada, mas Amy queria fazer isso sozinha. Era seu primeiro grande passo na carreira. Queria continuar com o namorado, afinal, eram apenas três meses fora, mas entendia caso ele não quisesse esperar por ela.

Antes de entrarmos no bar, coloquei Eric a par dos detalhes, e tomei cuidado para ninguém nos escutar.

— Os dois são escritores. Amy conseguiu um estágio de jornalismo. Como ela vai iniciar a carreira, ele decidiu que também vai. Escrevendo um romance.

— Sei lá... Quer dizer, uma chance em um milhão, né? Mas boa sorte para ele. Que foi? — perguntou Eric.

— O enredo do livro é a história de uma garota que deixa o namorado para fazer um estágio de jornalismo no exterior.

Eric ficou impaciente.

— Está bem, muito justo. É assim que ele está digerindo a coisa. Ele pode escrever sobre o que bem entender, está na cabeça dele.

— Não está, não.

— Não está, não, o quê?

— Não está na cabeça dele. — Dei uma estremecida. — Ele datilografa em fichas amarelas e as prende nas paredes para organizar a linha do tempo...

— Datilografa tipo numa...

— Máquina de escrever antiquada? Pois é... E eles moram em um conjugado.

Busquei a foto no celular. Amy me enviara um pouco antes. A cama ficava no meio da sala minúscula, e lá estava: paredes cobertas de folhas de papel amarelo, as letras datilografadas, maiúsculas e hostis, gritando uma história sem sentido.

Por ora, na minha opinião, Adam tinha grandes chances de ser um lixo de ser humano, mas ela o amava.

— Você já pensou que essa merda deveria ser tratada por um especialista? Alguém com um diploma, que tenha experiência com narcisistas?

— Sou uma mulher solteira na casa dos trinta anos e trabalho em um setor dominado por homens. Tenho experiência com narcisistas.

— Você entendeu o que quis dizer.

— Vamos esperar para ver! — Puxei-o pelo braço e entrei. — Lembra como vai ser a encenação?

— Ah, com certeza. Ensaiei uma vibe meio "gênio bonitinho" para hoje.

Ele fez beicinho, em uma mistura estranha de raiva e tédio.

Avistei Adam, debruçado sobre um caderno na ponta do balcão. Segundo Amy, ele passava as noites assim, desde que ela quase arremessara a máquina de escrever na parede.

Nós nos acomodamos atrás de Adam, à esquerda, perto o suficiente para atrair sua atenção, porém não tão longe a ponto de precisar girar o banco. Era para ele nos espionar um pouquinho e se achar o responsável pela caçada.

Pedimos dois drinques, e comecei o discurso.

— Querido, *amei* o último esboço, amei. Vamos terminar o processo de edição, e acho que estará nas prateleiras no começo do ano que vem — falei.

Enquanto isso, conferia rápido as anotações no celular.

Eric assumiu uma expressão de tédio.

— E você tem certeza mesmo de que está melhor do que o último? Não quero passar vergonha nem ser visto como... pouco original.

Praticamente *senti* os ouvidos de Adam se aguçarem.

— Você? Jamais! — Dei uma gargalhada. — Desta vez, acho que teremos grandes chances de vender os direitos para um filme ou uma série de TV. É tão... visceral, sabe? Homem, mulher, deslealdade. O jeito com que ela o abandona no final, ele naquele quartinho, ela solta no mundo... Foi pungente, entende? Muito genuíno. Acho que as pessoas vão entender.

— Bom, apenas escrevo sobre o que vivi... — Eric olhou para o teto. — Sofrer desilusões amorosas, ser subestimado, ser incompreendido.

Nossa, vá com calma, Eric. É para você ser um escritor de sucesso, não um nobre qualquer no palco do Old Vic.

Quando demonstrei impaciência para Eric, ele calou a boca.

— Bem, com certeza, isso fica visível... — comentei. — Você é um grande gênio, meu querido. Quem ler essa obra jamais vai duvidar disso, de jeito nenhum. E acho que a mulher que inspirou isso, seja lá quem for, vai se arrepender de ter ido embora.

— É... — Eric usou a ponta dos dedos para atirar para longe um cigarro imaginário. Também tive a impressão de que ele começou a usar, de repente, uma entonação de sotaque francês. — Ela precisava crescer, a florzinha que ela era. Eu tenho raízes aqui. Árvores permanecem onde estão. Crescem para o alto.

— *Quanta* sabedoria. — Lancei um olhar sério para Eric, que ficou com vontade de rir.

Ao ver de relance a parede espelhada no fundo e notar que Adam nos observava do bar, tamborilei três vezes na mesa. Eric entendeu a deixa.

— Só preciso fazer uma ligação rápida. Você não se importa, né? — perguntou.

— Claro que não. Vou aproveitar para ver meus e-mails.

Esperei Eric chegar até a porta, abri a tela do celular e contei mentalmente. *Quatro, três, dois...*

— Olá.

Eu me virei com uma expressão calculada de agradável surpresa e me deparei com Adam rondando a mesa.

— Olá...

— Desculpe por ter bisbilhotado, mas, se entendi direito, você trabalha no mercado editorial, é isso? — Ele aguardou até eu assentir e se acomodou na cadeira de Eric. — Só perguntei porque estou escrevendo um livro.

Você e o resto do mundo, colega.

— Entendi, e você gostaria do meu... conselho sobre como enviá-lo para uma editora?

Tentei demonstrar interesse. Sabia que precisava ficar impressionada, dizer coisas maravilhosas e encorajadoras, mas era difícil. A sensação era a de estar trabalhando com Hunter.

— Gostaria que você o publicasse. É muito bom.

Adam sorriu para mim, e era evidente que achou que estava agradando.

— Ah, é mesmo? — perguntei, incomodada.

— Sei que sou bom no que faço — afirmou, dando de ombros. — Quem tem talento precisa agarrar as oportunidades que surgem.

— Certo, então me convença. — Conferi o relógio e apoiei a cabeça na mão, enquanto o observava. — Tente me vender essa história.

— Fala de uma garota que tem grandes sonhos e quer sair por aí para conhecer o mundo, mas ela deixa um cara para trás. Uma coisa tipo "a grama do vizinho é sempre mais verde". Aí começam duas jornadas: a dele para amadurecer sozinho e a dela para voltar para ele.

Eu sorri e respirei aliviada. Certo, isso tinha cara de alguém que estava processando o próprio relacionamento de maneira saudável.

— Então é uma história de amor?

Adam me encarou como se eu tivesse cuspido em seu café.

— Não, é uma história sobre justiça e redenção.

— Como assim?

— A garota está trabalhando na Austrália e perde o braço ao ser atacada por um tubarão. Ela volta para casa, pois se dá conta de que nunca deveria ter ido embora. E o cara a rejeita por causa da feiura e do egoísmo dela. Aí, pelo resto da vida, ela tem que lidar sozinha com o peso dos erros que cometeu.

Beleza, retiro o que eu disse. O sujeito é completamente biruta.

— E o que acontece com o cara?

Até parece que eu precisava perguntar.

— Ele vira um roteirista muito famoso e escreve o roteiro de um filme sobre ela.

— Estava inspirado, hein? — comentei. Eu teria que sair do roteiro com esse daí. — Bom, por que você não me passa seu e-mail, e vou colocá-lo em contato com minha assistente? Assim, quando estiver pronto, você pode enviar a primeira versão.

Ele deu um sorriso, como se me fizesse um favor ao anotar o endereço de e-mail. Quando Eric voltou e se deparou com seu lugar ainda ocupado, lançou-me um olhar intrigado. Sorri para Adam com um pesar fingido.

— Foi um prazer falar com você...
— Adam.

Assenti, enquanto ele escapulia de volta para o bar e Eric me analisava.

— Não estou gostando desse olhar — sussurrou ele.
— Não estou gostando desse sujeito — murmurei, de dentes cerrados.

Terminamos nossos drinques e curtimos aquele momento juntos. Quando saímos de lá, sentindo o último resquício do calor das noites de verão na rua, liguei para Amy.

— Alô?
— Amy, aqui é Alyssa. A gente conversou ontem. Quando começa seu estágio?
— Vou para lá daqui a dois meses.

Não medi minhas palavras.

— Você pode ir antes disso?
— Como é que é?
— Vá antes. Vá viver sua vida, ter suas aventuras e não desperdice um segundo sequer pensando nesse cara.

Ela parou para refletir.

— Eu... É... Sério mesmo? Então ele aceitou bem?
— Ah, não, ele é um babaca egoísta que vai passar o resto da vida se ressentindo por você ter colocado seus sonhos acima dos dele. Não perca seu tempo, não olhe para trás. Apenas vá.

Eric abriu um sorrisão para mim.

— É muita gentileza sua, mas... eu o amo.

— É claro que ama. Caso contrário, não teria entrado em contato comigo — falei com delicadeza. — A escolha é sua, é lógico. Mas o amor que Adam nutre por você depende de uma coisa: que você o coloque em primeiro lugar. Se ainda tem dúvidas, leia as fichas amarelas até o fim. Veja como termina a história.

Ela ficou em silêncio por um tempo, e pensei em todos os momentos em que minha mãe considerou ir embora. *Por favor, que seja isso.*

— Obrigada — disse Amy, baixinho.

Então soube, por sua voz, que ela já tinha lido todas as fichas. Só precisava que alguém lhe dissesse que ela podia partir.

— De nada — sussurrei. — Cuidado com os tubarões, tá?

Amy deu uma risada abafada, e desliguei o telefone.

Sorri para Eric enquanto caminhávamos e fiquei aliviada.

— Aly, caramba, o que foi aquilo? Não era esse o objetivo da Match Perfeito!

Ele riu, e fiz um gesto para dispersar sua preocupação.

Parei de andar e tentei encontrar as palavras certas.

— Sabe essa coisa de sermos ensinados a nos virar com o que temos? Tipo como as gerações mais velhas perdem as estribeiras conosco por sempre querermos coisas novas e brilhantes? Pense em uma torradeira velha. — Levantei as mãos quando ele fez uma careta. — Acompanhe meu raciocínio. Você tem uma torradeira velha e não quer jogá-la fora, porque ela dá para o gasto, embora queime as beiradas do pão, sempre precise de uma aparafusada no revestimento e só funcione uma vez ou outra. Só que você se sente culpado por se livrar dessa torradeira, mesmo que suas necessidades não estejam sendo atendidas, sabe? Como se você fosse um fracasso.

— Ok...?

— Adam é essa porcaria de torradeira. E estou cansada de ver mulheres continuarem com homens egocêntricos só porque acham que precisam de uma razão melhor para terminar do que a própria felicidade.

— Mas a gente não deveria tentar criar os matches perfeitos?

— Só dá para fazer isso quando o material bruto é decente. Não vou melhorar tralhas. Precisamos dar a elas permissão para seguir em frente... Dizer que o fato de estar infeliz já é motivo suficiente para ir embora.

Eric me olhou, sorridente.

— Gosto dessa sua versão de menina poderosa e atrevida.

— Obrigada. Eu também. — Sorri e entrelacei meu braço no dele. — Agora, abra seu coração e me conte o que o aflige.

Capítulo Quinze

Finalmente, tive a sensação de fazer algo de *bom*. Algo de útil. Parei de acreditar em nossa missão de mudar o parceiro para melhor. Precisávamos ajudar a mulher a largá-lo se ela não recebesse o que merecia. Precisávamos ensinar esse parceiro a participar mais da rotina dos dois. Poderíamos fazer o bem, sem demonizar o homem. Comecei a compreender o que Tola vinha dizendo.

Contudo, no caso de Nicki, sentia que estávamos sendo pagos por uma mulher mimada para esculpir um Davi de Michelangelo a partir de uma estátua já perfeitamente adorável. A sensação não era de ajudar, mas de destruir.

A cada mensagem que ela enviava, cada vez que eu visualizava Dylan vestido com um smoking de grife, sorrindo em um ensaio de fotos de casamento para a *Hello!* ou a *OK!*, eu me sentia pior. Estava começando a achar que, na verdade, eu era a vilã da história.

A vantagem desse meu dilema moral feroz era que fazia eu me concentrar e me matar de trabalhar. Eu me livrei das distrações e dos pedidos vindos de Hunter, deixei meus clientes satisfeitos e fiz uma proposta específica que, para mim, tinha potencial para ser premiada. Matthew continuava com suas perguntas, mas se mostrava tão agradecido — ao me trazer café e fatias extravagantes de bolo — que não me incomodava muito. Ele me chamava de mentora, e isso fazia com que me sentisse valorizada. Útil.

Só estava esperando pelo "tapinha nas costas", como Tola dizia. A prova de que meu trabalho tinha sido reconhecido.

Assim, quando vi todo mundo reunido em um canto do escritório, imaginei que chegaria uma notícia boa. Não havia nenhum bolo de aniversário à vista, e Felix detestava quando precisava anunciar qualquer coisa. Na maioria das vezes, passava essa tarefa para mim. Com sorte, descobriríamos que Hunter decidira que não dava para continuar sem poder recorrer a mim para fazer grande parte de seu trabalho e arranjara um emprego na empresa do papai. Seria perfeito.

Tola e Eric foram abrindo caminho, e ambos se posicionaram a meu lado.

— Algum palpite sobre o que se trata? — perguntei, intrigada.

— Alguém voltou a roubar cápsulas de café? — sugeriu Eric, indiferente.

— Talvez seja uma grande aquisição por outra empresa! Sei lá... — reagiu Tola. Eu me dei conta de que ela deveria estar muito entediada ali, já que estava torcendo pelo caos. Por uma mudança a qualquer custo. — O que você acha que é?

— Alguém indo embora ou sendo promovido, só pode ser.

Calei a boca quando Felix saiu de sua sala, de lábios cerrados. Se fosse rolar alguma demissão, eu estaria sabendo, certo?

— Talvez o fato de você ter tirado uns dias de folga tenha mostrado ao Felix que ele precisa valorizá-la agora, antes que você arranje coisa melhor. Será? — palpitou Eric. — Ficar indisponível é a melhor forma de ser cobiçado!

Eu me concentrei em Felix, com muita esperança de que isso fosse verdade. *Por favor.*

— Bom dia, pessoal. Detesto interromper, é só uma coisinha rápida, de verdade. — Felix puxou um lado do bigode. — Aqui na Amora, gostamos de recompensar o trabalho árduo e a dedicação, então uma pessoa da equipe vai assumir uma nova função, criada especialmente para o desenvolvimento da marca dos nossos clientes, assim como a melhoria da receita deles. Essa pessoa vai supervisionar a criação de diretrizes e estratégias de marca para proteger nossos clientes contra qualquer tipo de problema.

Puta merda, está acontecendo, finalmente. Tola agarrou minha mão e a apertou.

— É agora! — sussurrou Eric, em meu ouvido.

— A pessoa que vai ocupar o cargo de gerente de marcas está entre os funcionários mais dedicados deste escritório e, sem dúvida, entre os mais simpáticos! — Os lábios de Felix se curvaram em um sorriso. — Então, vamos dar uma salva de palmas para Matthew. Parabéns!

Fiquei paralisada. Tola murmurou um *"quê?"*. Eric se aproximou mais, como se tentasse me proteger. Ou quem sabe me impedir de correr pelo escritório e dar uma voadora na cara de Felix.

Matthew caminhou sorridente até Felix e lhe deu um aperto de mão, depois fez um aceno rápido e bizarro para os colegas. *Matthew.* Matthew, o cara que não conseguia tomar uma única decisão sobre nada? Matthew, a quem eu precisei falar para não usar a fonte Comic Sans em documentos profissionais... um monte de vezes? Até Hunter estava atordoado.

— Eu... Eu só quero agradecer muito pela oportunidade e dizer que não vou decepcionar vocês. E agradeço a Aly, que me ajudou bastante enquanto eu me preparava para esta função. — Ele sorriu para mim, de um jeito cativante. — Ela está aqui há mais tempo, e realmente aprendi muito com ela.

Assenti, perplexa. O cara de vinte e quatro anos que treinei, cuja mão segurei durante cada decisão que tomava, viraria meu *chefe*?

Lancei um olhar contrariado para Felix, que evitou o confronto. Ao olhar ao redor, percebi que todos estavam igualmente confusos. Mas davam sorrisos e parabenizavam Matthew, combinando de ir para um pub depois do trabalho.

Conforme as pessoas começavam a se dispersar, voltei para meu lugar, abatida, e fiquei olhando para a tela do computador, sem enxergá-la de fato. Todos aqueles anos, todo o esforço, todas as horas extras... Tentei ver as coisas por outro ângulo: talvez Matthew fosse merecedor, talvez tivesse feito um trabalho brilhante. Sem dúvida, amava o que fazia e se dedicava muito. Mas... mal fazia um ano que estava na firma, não teve uma função de liderança, não tinha qualificação formal... Comparando nossos currículos, era uma insanidade dar preferência a ele, e não a mim.

E nem fiquei sabendo que as entrevistas já tinham acontecido... Não me deram sequer uma chance.

Era como se Felix estivesse rindo da minha cara.

— Que palhaçada — protestou Eric, ao se virar para mim.

— Tipo, sério mesmo? Sem desmerecer Matthew, ele é legal e tal, mas o cara fica cinco minutos debatendo qual lado do lápis é melhor apontar. Você fez quase todos os trabalhos dele! — grunhiu Tola.

— Não *fiz* o trabalho dele, eu ajudei.

Eric me encarou e se impôs.

— Aly, fala *sério*. Você o transformou num match perfeito! Você o treinou, deu orientações e o incentivou. E apesar de ainda ser um grande inútil, ele ficou com o cargo que deveria ser seu!

Cerrei as pálpebras e pensei no ano anterior. Todas as perguntas, todo o apoio, todos os conselhos. Os artigos que enviei para ele, as apresentações ensaiadas nas quais opinei. Eu revolucionei a vida dele, sem ter essa intenção.

Continuei de olhos fechados.

— Porra.

Senti a cadeira girar e abri os olhos, sobressaltada. Vi que Tola estava quase tremendo de raiva.

— Aly, vá até lá e converse com Felix, porque isso é uma puta de uma palhaçada. Ele praticamente prometeu esse cargo para você.

Dei uma olhada na multidão em volta de Matthew.

— O que é que eu deveria fazer? — sussurrei. — Entrar lá chorando, dizendo que ele me prometeu isso? Seria pouco profissional. Se quiserem contratar Matthew, que contratem. A escolha é deles.

— Aly, você *redigiu as especificidades do cargo* — afirmou Tola, devagar, ao se inclinar para eu não evitar o contato visual. — Se nunca aconteceu de você se emputecer com uma situação, agora é a hora.

— E quanto a dar um jeito naquele papelão lá com Teddy Bell? — questionou Eric. — Fala sério, Aly. Tenha colhões.

— Compartilho do sentimento, mas não aprovo esse linguajar — comentou Tola, irritada.

Tomei fôlego, adotei um tom calmo de voz e sorri.

— Olha, gente, está...

Nessa hora, flagrei o olhar de Felix, do outro lado do escritório. Não consegui distinguir se ele estava com medo ou com vergonha de mim ou, ainda, se dava um sorrisinho cínico em minha direção. Mas, de repente, fiquei furiosa como nunca tinha me sentido na vida.

— Se disser que "está tudo bem"... — começou Tola.

— Não, quer saber? Não está tudo bem. — Fiquei de pé e caminhei em direção à sala de Felix. — Não está nada bem.

— Isso! — Eric deu um soco no ar. — Aly vai lutar por si, e não pelos outros! Que vitória!

— Entre lá e acabe com a raça desse desgraçado, gata — concordou Tola.

Além de me encorajar, pegou meu batom na mesa e o atirou para mim. De laranja-avermelhado, pronta para o que desse e viesse.

Eu o segurei tal qual um talismã e parei para retocar o batom no reflexo do vidro da sala de Felix.

Acabe com ele, falei para o meu reflexo.

Quando abri a porta, sem bater, Felix ergueu os braços, parado em pé, atrás da mesa. Ele já parecia exausto.

— Qual é, Aly. Não me venha com essa agora.

Ao fechar a porta, senti meu corpo tremer de raiva e apenas fiquei ali, de pé, com as mãos na frente do corpo e os dedos entrelaçados de um modo delicado.

— Só achei que seria bom ter uma conversa rápida.

— Não sou obrigado a explicar meus critérios de contratação para você. Sou seu superior.

Franzi a testa, surpresa, e inclinei a cabeça para o lado. Felix sempre se dizia meu mentor. Era a pessoa que mais me apoiava. Não parava de buscar oportunidades para eu demonstrar meu valor, para eu provar que era...

— Cheguei a ser considerada para o cargo mesmo? — perguntei com calma. — Ou foi só uma maneira de me fazer continuar a trabalhar mais, de me manter motivada, de resolver a confusão dos outros?

— Ah, então tá, eu a ludibriei para que fizesse seu trabalho, é isso? Vá com calma, Alyssa — retrucou Felix, irritado. Ele se inclinou na mesa e deu a impressão de que queria me intimidar. — Vai ficar toda emotiva agora, chorar e me dizer que isso não é justo? Porque não quero nem saber.

— Tem apenas um ano que Matthew está aqui — declarei, mantendo a calma. — Só quero saber como foi que ele conseguiu impressioná-lo tanto, sendo que ainda está se familiarizando com o setor. E gostaria de saber quando aconteceram as entrevistas, visto que nem sequer tive a chance de me candidatar.

— Foi uma promoção, não um cargo novo.

— Eu criei o nome do cargo e descrevi suas funções, com base no que precisamos para esta empresa — contestei, de um jeito ríspido.

— Viu? É disso que estou falando. — Felix apontou para mim. — Você já está ficando toda histérica!

Parei por um instante, sem dizer nada.

— Histérica? Estou fazendo uma pergunta.

— Não está raciocinando direito. Se estivesse, não estaria aqui questionando seu chefe.

Respirei fundo e tentei baixar a voz, torná-la mais doce. Eu não estava gritando, nem esbravejando, só estava chateada. Uma vez, quando perdemos um contrato, Felix jogou um peso de papel contra a parede, mas, por alguma razão, isso não foi histeria?

— Felix... — comecei, de maneira razoável, com um sorriso estampado na cara. — Você é meu mentor há anos, disse que eu era uma candidata. Eu gostaria de receber um feedback, é só isso. Para saber no que preciso melhorar daqui para a frente.

Felix esquadrinhou meu rosto, em busca de um indício de raiva ou comoção, conferiu se minhas mãos e minha mandíbula estavam relaxadas. Eu não permitiria que ele usasse a cartada da *mulher louca*. Dessa vez, não.

Ele desabou na cadeira, como se estivesse aliviado, e a voz adquiriu aquele tom suave e encorajador com que tinha me familiarizado nos meses anteriores. Estava tentando me trazer de volta para seu lado.

— Você tem que parar de levar as coisas para o lado pessoal. Senti que estava prestes a explodir, mas assenti e me sentei.

— Então como Matthew conseguiu me superar? Para eu saber no que devo melhorar.

— Bem, é muito fácil *gostar dele*, Aly, sabe como é. Precisamos que a pessoa no comando seja respeitada e admirada pela equipe. E o Chefão conhece Matthew, vê potencial nele. Eles tiveram um bom entrosamento, então o Chefão sugeriu que Matthew seria um bom candidato para o cargo.

— Ah, nossa. Beleza. De onde ele conhece o Matthew?

Tive o cuidado de permanecer com uma expressão neutra, manter um tom de voz leve e amigável, como se fosse só um bate-papo. Em pensamento, porém, estava implorando para que ele dissesse: *Ele o viu no escritório, e os dois bateram um papo que o deixou impressionado*. Eu ficaria incomodada com isso, mas conseguiria tolerar.

— Bem, hã... — Felix deu uma puxadinha no bigode. — Na verdade, Matthew é afilhado dele. O Chefão queria muito ajudá-lo a encontrar uma carreira. E Matthew só tem coisas excelentes para dizer sobre você, Aly, então acho que essa dor de cotovelo não lhe cai bem. Fica parecendo que você é rancorosa, sabe?

Fiquei boquiaberta... pra valer. Será que eu tinha entrado em uma espécie de universo alternativo?

— Além do mais, ele fez um excelente trabalho para a Conferência de Fotografia Digital, aumentou o *recall* da marca em 26% — comentou Felix. — Ora, precisa reconhecer. É impressionante.

Fiquei espantada.

— Claro, concordo que é impressionante. Eu que fiz a campanha.

Felix me olhou quase com pena.

— Não faça isso, garota. É constrangedor.

Eu me inclinei para a frente.

— Está me dizendo que não percebeu que aquele relatório foi escrito por mim? Não percebeu que a ideia era minha? Com a mesma estrutura da campanha que elaborei quatro anos atrás? Você nem sequer está prestando atenção nas coisas por aqui, Felix?

— Se está acusando Matthew de plágio...

— Não estou, eu o ajudei.

— Ótimo... — prosseguiu ele.

— Estou acusando você de não enxergar o que está bem diante do seu nariz.

— Isso não é da sua alçada e, para ser bem sincero, não tenho mais tempo para suas bobagens — reagiu Felix, sem paciência nenhuma. — Escute aqui, se você quer ter mais chances da próxima vez, os relatórios não bastam. Você precisa estar aqui.

— Eu estou aqui, estou sempre aqui! — exclamei com uma voz esganiçada. — Faz anos que não tenho vida, porque minha vida é este lugar. Sou eu que fico trabalhando até tarde na sexta-feira, que perco as idas ao pub, que confiro o trabalho de todo mundo!

— Talvez fosse assim antes, claro — concordou Felix. — Mas nesses últimos meses? Nas últimas semanas, principalmente, você tirou dias de folga, está sempre de papo com seus amigos, sai às cinco em ponto. Não sei se está montando sua própria agência...

— Não!

— ... Ou sei lá o quê, mas você não tem se concentrado aqui, Aly. Simplesmente não tem.

Ele virou a palma das mãos para cima, dando a entender que era a deixa para eu rebatê-lo, mas não havia nada a dizer.

Era verdade. A Match Perfeito tinha desviado minha atenção. Passava tanto tempo me preocupando com a carreira de Dylan que tinha parado de cuidar da minha.

Havia jogado fora todas as coisas pelas quais batalhei.

Não sabia se estava com mais raiva de Dylan, de meus pais, de Tola ou de mim. Sem dúvida, de mim mesma. Bem, era o fim. Uma vozinha falou: *Bom, pelo menos não foi o Hunter.*

Olhei para Felix e senti que estava me fechando emocionalmente, retraindo qualquer coisa à qual ele pudesse se agarrar. Sem emoção, sem cordialidade, sem desculpas.

— Obrigada pelo seu feedback sobre esse assunto.

Sem aguardar por uma resposta, dei as costas e saí andando, enquanto encobria o rosto com um sorriso fraco, como se fosse uma mortalha. Voltei para minha mesa e me concentrei na tela do computador, até notar Tola e Eric me rondando.

— Estou sem tempo para isso agora — avisei, disfarçadamente, sem levantar o olhar. — Felix está de olho e, caso eu demonstre um fiapo de fraqueza, já era para mim.

E tem mais, estou com raiva de vocês. Nada disso teria acontecido se os dois não tivessem me arrastado para essa empreitada.

— Ah, Aly — começou Eric.

Eu o interrompi.

— Por favor, não seja gentil comigo agora. Não vou aguentar.

— Beleza. — Tola cedeu e recuou. — Mas vamos beber depois do trabalho?

Assenti, sem desgrudar os olhos da tela, sem respirar até eles irem embora. Nesse instante, o celular tocou. Mamãe. Não conseguiria lidar com ela naquele momento, então deixei cair direito na caixa postal. Mas ela ligou de novo. Quando o aparelho tocou pela terceira vez, atendi de um jeito rude.

— Escute, sinto muito, mas agora não é um bom momento.

— Então por que é que atendeu? — perguntou uma voz masculina e intrigada.

Assustada, conferi o celular e vi o nome de Dylan.

— Oi, foi mal. Achei que fosse minha mãe.

— Minhas margaritas de melancia não são tão boas quanto as dela, e sou um fiasco no karaokê — comentou Dylan, alegre. Eu me perguntei se ele tinha se dado conta de tudo que acabara de revelar ou se havia parado com aquele joguinho.

— Enfim, só para confirmar se ainda está de pé a análise da apresentação hoje à noite.

Fechei os olhos.

— Ai, merda...

— Tinha esquecido? Você nunca se esquece de nada.

— É que... — Respirei, trêmula. — É que estou tendo um dia ruim.

Não sabia o que esperar do nosso acordo de paz recém-firmado, mas a reação dele me surpreendeu.

— Sinto muito por isso. Por que não remarcamos para amanhã?

Mais tempo longe do trabalho. Mais tempo dividindo minha atenção. Nossa, como eu era idiota.

— Alô, Aly?

— Foi mal. É, acho ótimo amanhã. Obrigada. Desculpe pela confusão.

— Tem... Tem certeza de que está bem?

— Estou ótima, melhor impossível! Muito ocupada, só isso! — A voz saiu esganiçada, e olhei para cima para conter as lágrimas que ameaçavam cair. — Mando uma mensagem mais tarde para combinar o horário!

Desliguei e me senti uma imbecil. Passei a esquecer encontros com clientes? E ele parecia ter ficado preocupado mesmo. Em outras épocas, teria sido a coisa mais natural do mundo deixar que ele me distraísse. *Ei, me conte um fato verdadeiro, Dyl, me conte algo que eu não saiba, me conte algo mágico.*

Mas estava começando a achar que a verdade trazia tantas complicações que nem valia a pena.

Não queria sair para tomar uns drinques de consolação após o expediente. Não queria confessar que estava chateada com o impacto que a Match Perfeito tinha em minha vida. Não queria culpar Eric e Tola por terem causado isso, mas uma pequena parte de mim culpava.

— Você tirou suas folgas! Tem direito de tirar dias de folga! — exclamou Tola, quando ia pedir mais uma rodada. — Isso é loucura, Aly. Você precisa ter uma vida fora do trabalho.

Isso soava quase igual à minha mãe: *Quando você vai se apaixonar? Quando vai ficar completamente vulnerável e deixar que alguém a destrua? Todo esse sofrimento é romântico, eu juro!*

Naquele momento, senti muita saudade dos meus avós. Os dois sabiam viver. Tinham propósito, amor, família. Trabalho nunca foi o foco principal. A meta era a felicidade, a alegria, uma boa comida e os pequenos momentos. Minha avó cantava enquanto enrolava folhas de uva para preparar seu *koubebia*, meu avô colhia laranjas do pomar e as espremia para preparar um suco fresquinho, que proporcionava um "aaaah" bem alto a cada gole. Talvez tenham levado uma vida simples, mas eram bastante conscientes do que tinham, da alegria imensa contida nas pequenas coisas.

Pelo que demonstravam, nunca sentiram medo de serem deixados para trás, como eu. Acredito que algumas pessoas têm uma atitude tranquila em relação à vida, e outras agem igual à minha mãe: baseadas na destruição épica.

Ela tentou ligar de novo quando eu estava no bar, e ficou óbvio que minha falta de disponibilidade a aborrecia. Por fim, atendi na hora em que o pessoal foi buscar mais bebidas e me senti zonza, de pé na área externa para fumantes, sem saber ao certo como eu iria funcionar no dia seguinte. Aliás, nem sabia se ainda me importava com isso.

— MÃE! ESTOU NO HAPPY HOUR COM O PESSOAL DO TRABALHO!

— Quer dizer que estou aqui precisando de você, e você saiu pra gandaia?

O pânico percorreu meu organismo, e achei que talvez fosse vomitar.

— O que foi? O que aconteceu?

— Seu pai não para de me perguntar sobre o dinheiro, e não sei o que falar para ele! Na semana que vem, ele vai levar a família para viajar, então precisa se programar...

Eu quis gritar: *Você não vê o que isso está fazendo comigo? Não se importa? Isso não é amor!*

— Bom, sinto *muito* que a viagem dele esteja sendo prejudicada só porque não sabe quando a primogênita vai abrir mão das economias que passou a vida inteira juntando... Que coisa terrível!

— Alyssa! Era para você estar me ajudando!

— E quem está *me* ajudando, mãe?

Desliguei sem dar uma chance de ela responder, irritada como nunca antes. Desliguei o celular pelo resto da noite, sem disposição para ouvir o que ela tinha a dizer. Sabia que iria pagar por isso no dia seguinte: ela estaria magoada com o tom que usei, eu pediria desculpas e seguiríamos em frente. O ciclo recomeçaria, mais uma vez.

Quando deu umas nove e meia da noite, Eric ficou muito irrequieto e resolveu dar no pé. Tola fez uma cara de "hum, tô sabendo de tudo" e implicamos com ele, que só fechou a cara, conferiu o cabelo no espelho atrás de nós e partiu. *Ah, Ben.* Decidi ir embora também, não muito a fim de prolongar esse dia além do necessário.

— Nãããο, a gente nunca tem tempo para nós duas! — exclamou Tola com a voz aguda, agarrada em meu braço.

— Não, vá sair com suas amigas mais novas. Amanhã precisamos ter uma conversa sobre essa coisa toda do Dylan. Eu... Eu não estou me sentindo bem em relação a isso.

Tola ficou intrigada.

— Sempre dá para desistir, não? Se está deixando você infeliz?

— Você disse que isso acabaria com nossa reputação!

Tola sorriu para mim, como se eu fosse a pessoa mais boba do mundo.

— Que importância tem essa reputação se isso está deixando você triste? Que bizarro, Aly, é sério. Vá dormir uma boa noite de sono. Amanhã a gente muda o mundo para melhor.

Enquanto esperava no ponto de ônibus, me dei conta de que não podíamos desistir... Eu precisava do dinheiro. E ainda não tinha contado essa parte para meus amigos, o que gerou outro problema. Tudo era muito mais fácil na época em que eu vivia solitária, mantinha distância das pessoas e só focava no trabalho. Na época em que namorava caras que sugavam minha energia e depois me abandonavam porque eu não era divertida.

Ninguém quer uma namorada tipo sargento, Aly.
Por que você está sempre me dando bronca?
Para de ser chata.

Sentia falta da época em que minha noção de segredo era frequentar restaurantes sozinha e não avisar a ninguém, e não receber uma quantia fenomenal de dinheiro para transformar um melhor amigo do passado em um boneco Ken todo engomadinho e bem-sucedido.

Liguei o celular e me deparei com quatro recados de minha mãe na caixa postal, que não pretendia ouvir de jeito nenhum, e algumas mensagens de texto de Dylan.

<small>Você não mandou a mensagem para remarcar. Tá tudo bem?</small>

Fechei os olhos por um instante; a culpa coagulava em meu estômago.

Por que está sendo gentil comigo agora? Estou tentando destruir você! Sou uma vaca horrível e manipuladora, que nem sequer está à altura da nossa antiga amizade. Ao menos continue me tratando mal, para me dar um motivo!

Comecei a ligar para ele, em um impulso irrefreável.

— Aly? — A voz estava suave, cansada. — Você está bem?

— Me desculpe! — grunhi, ao estremecer. — Me desculpe, já está tarde!

— Você está... — Senti que ele estava esboçando um sorriso. — Você está ligando *bêbada* para um cliente, Alyssa Aresti? Que vergonha.

— Não, estou ligando bêbada para um... para você. É diferente.

— É mesmo? — perguntou ele, ao passar, de repente, para um tom brincalhão. — Que interessante.

— Eu só queria pedir desculpas por não ter respondido. Antes de tudo, por ter me esquecido da nossa reunião. E por estar bêbada nesta ligação... — Conferi o relógio e dei uma encolhida. — Às dez da noite. Droga.

Ele riu disso.

— Esse comportamento não tem nada de Alynesco. O que aconteceu? É o fim do mundo?

— Meu mentorado conseguiu o cargo que eu queria.

— Não! O cara que transou com a mulher do Bell?

Dei uma gargalhada.

— Que deu em cima. Graças a Deus, não foi ele. Foi outro cara incompetente. Mas é afilhado do Chefão. Quem dera eu soubesse disso antes de ter me dado ao trabalho.

— Devia ter uma espécie de manual para lidar com essas babaquices do ambiente de trabalho. — Dylan ficou em silêncio por uns segundos. — Mas eu sinto muito. Mesmo. Parecia que você se dedicava a isso fazia um bom tempo.

— Horas e horas jogadas fora. Enfim, peço desculpas. Quer remarcar para amanhã? Estou atrapalhando? Nicki não deve ter muito tempo livre com você e as coisas do trabalho...

— Estou em casa.

Como o silêncio que se seguiu foi prolongado, cheguei a me preocupar se havia algo de errado.

— Está tudo bem?

Não tinha certeza se eu estava perguntando por ter um interesse velado ou por se tratar de Dylan.

— Claro... É que... Claro.

Eu praticamente o *enxerguei* dando de ombros.

— Ah, qual é, conta outra. Você consegue inventar uma história melhor — falei com leveza, como se não estivesse nem aí. — Vou ficar um tempão neste ônibus, entediada, até chegar em casa e preciso de alguma coisa que não me faça pensar nas minhas próprias desgraças.

Ninguém disse uma palavra durante um tempo até que...

— O que você acha da Nicki?

Por essa eu não esperava.

— Eu?
— É.
Tentei achar as palavras certas.
— Hã... Bom, ela é determinada e esforçada e sabe exigir o que quer, algo que sempre respeito nas mulheres. Construiu a própria marca do zero, o que é muito impressionante. Admiro o gosto que tem para sapatos, mas o gosto para coquetéis eu detesto.
— Ah, nossa, fico *louco* com essa coisa dos coquetéis. — Dylan riu. — Deixe o especialista preparar o drinque, pelo amor de Deus!
— Por que está perguntando isso, Dylan? Aconteceu alguma coisa?
— Não — respondeu ele, calmamente, leve como uma pluma. — Foi só uma bobagem. Eu nunca tiro minha medalhinha de São Cristóvão, mas ela detesta isso. Diz que não combina com minhas roupas. Fiquei chateado. É besteira.
Ele tinha ganhado esse colar da mãe quando era criança. Até onde eu sabia, ele o tinha usado todos os dias desde a morte dela. Tem gente que parece farejar os pontos de vulnerabilidade do parceiro e, pelo visto, Nicki era assim. Eu me perguntei se ela chegara a se dar conta do que tinha feito, do que isso significava.
Antes de eu ter a chance de dizer qualquer coisa, ele prosseguiu:
— Acho que estou avaliando minha vida com um novo olhar. Não sei se é o que eu imaginava para mim.
— Mas é incrível! — sussurrei, enquanto notava as ruas mais estreitas e decadentes ao me aproximar de casa. — Você está fazendo um trabalho que pode ajudar as pessoas, que é inovador, criativo, arriscado. É amado por uma pessoa que é *muito* exigente consigo mesma, que está à mercê de ataques públicos, mas, mesmo assim, quer você ali, ao lado dela. Você, Dyl.

— Sempre fico achando que outra pessoa se sairia melhor.

— Em quê? Em frequentar eventos, comer comida de graça e vender selfies para revistas glamourosas?

Dei uma boa gargalhada.

— Em amá-la.

Não, não diga isso. Estou fazendo isso para ajudar você, para ajudar vocês dois.

Eu precisava dar um jeito nisso.

Precisava que ele enxergasse isso como uma fase difícil. Como as dores do crescimento, conforme o relacionamento deles passava para a etapa seguinte, e nada mais.

O pior de tudo era que, ainda assim, ter essa conversa devastadora era a melhor coisa que tinha me acontecido nos últimos tempos. Ouvir as risadas dele, ter meu amigo de volta de uma maneira ínfima, insignificante.

— Acho que seria bem fácil estragar algo com uma mulher como Nicki. Se a pessoa não entender por que ela faz o que faz — comentei, hesitante.

— E o que é que ela faz?

Ele estava chateado, dava para perceber. Ele me deu uma abertura, mas a dispensei.

— A coisa de ser influenciadora. Os reality shows na TV. É uma mulher que foi treinada para representar um papel. É provável que tenha dificuldade de ser autêntica longe do público. Ser apenas quem ela é.

Ele suspirou.

— Vejo que ela está se esforçando, mas não sei como ajudar a não ser ficar dizendo para ela largar a porra do celular e ver a droga de um filme ou comer uma fatia de pizza. Parece que só pensa em engajar o público, em descobrir qual é a próxima coisa que eles desejam ver. É como se o Jim Carrey soubesse, desde o começo, que era o centro do *Show de Truman*. Tenho a impressão de que ela vai acabar tendo um colapso. E, lógico, vai vazá-lo para a imprensa e, pouco depois, fechar um contrato para um livro.

Segurei uma risada.

— Faz muito sentido.

— Tenho me esforçado demais para ser a pessoa certa para ela, mas... simplesmente não consigo.

Fechei os olhos e encostei a cabeça no vidro da janela, conforme me deixava levar pelos solavancos. Não havia uma resposta para nenhuma dessas coisas. *É um percalço, é uma fase, vai melhorar. Continue tentando, me deixe ajudar.* Ele estava expondo suas vulnerabilidades, sendo honesto, enquanto eu usava isso para planejar uma jogada de xadrez. Caramba, eu me odiava. E, ainda assim, não conseguia largar o celular. Não conseguia encerrar uma conversa na qual eu voltara a ser sua confidente.

— Não consigo entender o que está aborrecendo você — falei com cuidado. — Tem inveja do sucesso dela?

Ele parou para pensar.

— Não, e também não tem a ver com ter que dividi-la. Às vezes, tenho a sensação... A sensação de que talvez os outros estejam atuando em um filme cujo roteiro só eu não recebi.

— Crescer dá essa sensação, né?

Eu o imaginei relaxado em um sofá surrado, olhando para o teto e sorrindo, confortável e satisfeito.

— É mais do que isso, é como se todo mundo estivesse fingindo. Todo mundo se define como algo que não é. Coloca um filtro na própria vida. E quando saio com essas pessoas, acabo fazendo isso também. Sabe o que eu costumava responder quando me perguntavam o que eu fazia? Falava que estava trabalhando em um aplicativo.

— O que é verdade...

— Eu sei. Mas agora é *dono de* start-up, *empreendedor, grande empresário do ramo de tecnologia...*

— Ninguém chamou você de grande empresário do ramo de tecnologia. — Eu ri, e a seriedade começou a se esvair. — Relaxe.

— Nicki chamou! Em uma entrevista, com a esperança de isso pegar! — exclamou com a voz estridente. — Aí passei a me vestir como esse tipo de cara, aluguei um escritório chique e comecei a falar como se soubesse que porra é essa que estou fazendo. Fui a uma *partida de polo*, Aly. Dá para me imaginar com essa gente?

— Não, mas só porque você tem medo de cavalo.

Ele gargalhou e foi diminuindo até se calar.

— Sinto que ninguém me conhece. Ninguém sabe do meu medo de cavalo, nem da minha alergia a cogumelo, nem que continuo correndo aos domingos porque meu pai me obrigava a fazer exercícios. E, por mais que dê muita raiva, não consigo parar de fingir.

Não sabia muito bem o que dizer, então apenas esperei.

— Nossa, isso soou muito pedante, né? Tadinho de mim, ninguém sabe dos detalhes entediantes da minha vida.

— Ninguém sabe da relação confusa dos meus pais ou do hábito que meus avós tinham de dançar na cozinha. Ninguém sabe que como balas de gelatina sabor morango quando estou triste ou que faço perguntas bobas para as pessoas porque acho que ninguém diz a verdade.

— Seria legal ter isso de novo — murmurou ele.

Achei que fosse passar mal. Porque eu queria isso mais do que qualquer coisa no mundo. Meu amigo, meu querido amigo, de volta? A pessoa que eu costumava ser com ele, a que saía para aventuras, arriscava-se e não estava levando uma vida cinzenta e apática. O que me restava naquele momento, sem o sonho de virar gerente de marcas? Eu tinha trabalho e a Match Perfeito.

Isso jamais daria certo... Perderia Dylan quando tudo acabasse. Eu iria mudá-lo e entregá-lo para Nicki, e depois? Nunca mais tocaríamos no assunto? Eu iria ao casamento no paraíso de inverno, toda sorridente, fingindo que não o enganara?

Aliás, será que minha mãe merecia o dinheiro? Colocar esparadrapo e passar corretivo em Dylan e Nicki, só para pagar para minha mãe e meu pai continuarem a dança épica deles por mais uma década... Qual era o sentido disso? Não estava ajudando ninguém.

— Aly, ainda tá aí?

Coloquei um sorriso no rosto e sequei as lágrimas, ao instilar um tom sarcástico.

— *Receio*, sr. James, que chegou a hora de eu saltar do ônibus e ir correndo para casa e passar a próxima hora vomitando com todas as forças. Prometo que serei o retrato do profissionalismo amanhã.

— Mas qual será a graça disso? — Ele riu baixinho. — Ei, Aly?

Eu estremeci. *Por favor, não dificulte ainda mais esta situação.*

— Hã?

— Você merecia aquele cargo.

— Como você sabe?

— Porque eu te conheço.

Desliguei e comecei a chorar.

Capítulo Dezesseis

Grunhi quando o telefone tocou.

Ninguém nos avisa que as ressacas são muito piores depois dos trinta. É como se atravessássemos a adolescência e a fase dos vinte e poucos anos achando que todos os filmes exageram ao mostrar um personagem de ressaca, para nos afastar da bebida. E, de repente, viramos adultos e estamos vomitando em um vaso de planta no escritório, para depois tentar lavar a boca com isotônico na esperança de se recuperar da bebedeira.

Se é que eu conseguiria chegar até o escritório.

Abri um olho e vi qual era o nome na tela. Dylan. Às sete da manhã.

Ai, meu Deus, o que foi que falei ontem à noite?

— Alô? — murmurei. — Está tudo bem?

— Estou ligando para falar de uma coisa muitíssimo importante — disse ele, tranquilo.

Até parecia que eu não tinha ligado bêbada para ele na noite anterior.

— Que é...?

Ele respirou fundo.

— As cinco coisas, Aly.

No mesmo instante, voltei a ter dezesseis anos. Meu coração disparou com esse pensamento, embora minha a cabeça latejasse. E aí me bateu o choque de realidade.

— Não, Dylan. De jeito nenhum. Tenho que trabalhar. *Você* tem que trabalhar!

— Cinco coisas, ou vamos ter que fazer. Você conhece as regras.

Tateei a mesinha de cabeceira em busca de analgésicos.

— Se eu não aparecer hoje, vão achar que estou dando um chilique porque Matthew foi promovido.

— E daí?

— E daí que não é nada profissional. E você tem a apresentação mais importante da sua vida daqui a duas semanas. Precisa se preparar.

O celular ficou mudo, depois escutei um murmúrio de Dylan.

— Bom argumento. Hoje em dia, sou muito bom em fazer várias coisas ao mesmo tempo. E se eu prometer que nossa aventura vai ser educativa?

— Dylan... — censurei.

— Alyssa... — Ele me imitou. — É uma pergunta simples. Você consegue me dizer cinco coisas maravilhosas pelas quais está ansiosa hoje?

— Não tenho nem umazinha. — Suspirei, derrotada. — Nem *metade* de uma coisa.

— Foi o que imaginei. Invente suas desculpas, encontro você na St Pancras, às onze.

Ele estava prestes a desligar, mas o impedi, ao sentir um desespero.

— Dylan!

— Hã?

Fiquei hesitante, na dúvida do que queria falar.

— Por que está fazendo isso?

— Porque você não está feliz. E é muito importante que você esteja feliz.

Ele desligou, e fechei os olhos, sem saber se deveria ficar empolgada ou apavorada.

A St Pancras era minha estação de trem favorita em Londres. Havia algo de especial quanto ao mar de *possibilidades* que oferecia. A Eurostar, o bar e restaurante de ostras, a entrada escura do Hotel Renaissance, escondida nos fundos, como se uma história secreta se desenrolasse em torno dos passageiros que iam viajar a trabalho ou a lazer.

Eu me sentei para tomar café e fingi que estava lendo um livro, mas só fiquei observando as pessoas, na verdade. Cumprimentavam-se com abraços, desviavam-se das bagagens, andavam depressa. Turistas ficavam perdidos, casais discutiam. Era possível ver de tudo em meio à multidão da St Pancras.

Dylan apareceu com um café em cada mão e os óculos escuros apoiados na cabeça. Viu meu café na mesa e suspirou.

— Droga.

Estendi a mão.

— Passe para cá. Café nunca é demais.

— Tinha *quase certeza* de que você não viria — comentou ele, ao me entregar o copo. — Achei que você ia se importar muito com o que o pessoal do escritório ia achar.

E me importava. Mas não podia desperdiçar essa chance.

Claro, tinha dito para Tola e Eric que era tudo relacionado à Match Perfeito. Essa era minha oportunidade de trazer Dylan para nosso lado, para empurrá-lo para Nicki, resolver todos os problemas deles. Mas, bem lá no fundo, eu sabia que estava mentindo.

Dylan olhou para mim, com um sorriso malandro no rosto, e entrei em pânico.

— Já... falou com Eric agora pela manhã? — indagou ele.

Fiquei sem entender.

— Por que eu teria...? — Ele abriu um sorriso para mim, insinuando algo. — Não creio! Então foi com *Ben* mesmo que ele se encontrou ontem à noite! De novo!

Ele levantou as mãos, como alguém que concordou em não falar nada, e nós dois ficamos ali, sorrindo um para o outro.

— Pelo jeito, talvez nossa vida se cruze um bocado se isso virar um romance épico, como nos filmes antigos de que Ben tanto gosta — comentou Dylan.

Enquanto isso, ele se pôs a conferir o painel de partidas. Fiquei aliviada por ele não ter visto o pânico que deve ter se espalhado em meu semblante. Mentir para pessoas que nunca mais vai ver, para desconhecidos na rua? Tudo bem, mude-os para melhor e toque a vida. Porém... não havia mais como eu voltar atrás. Já estava com a água até o pescoço. E, de repente, Eric também estava correndo riscos. Até quando ele mentiria para Ben a respeito de como eu de fato conheci Dylan?

— Bom, não vamos nos precipitar, talvez não passe de um casinho passageiro, sem grandes expectativas quanto ao futuro — falei, de um jeito descontraído.

Dylan se virou para me encarar e inclinou a cabeça para o lado, como um cãozinho confuso.

— Ben levou *quatro anos* para encontrar o par perfeito de calça jeans. E quando finalmente achou um de que gostava, comprou vinte iguais. Um tamanho maior, outro menor, de todas as cores. Ele espera até encontrar o que quer e aposta em coisas duradouras.

— Um pouquinho exagerado, talvez?

— Na verdade, eu o admiro. Pode parecer que ele se isola, mas apenas toma decisões... bem pensadas, sabe? É analista, pondera os prós e contras, espera até saber no que está se me metendo e, então, mergulha de cabeça. — Dylan sorriu com ternura. — É bom ser assim. Mas se Eric não estiver...

— Não estiver o quê?

Senti que estava entrando na defensiva.

— Procurando algo sério, verdadeiro... — Dylan parou por um instante. — Aí é melhor ele avisar logo.

Pensei naquela noite em que me tornei amiga de Eric, quando ele chorou de soluçar, segurando a caneca de cerveja, com medo de machucar todo mundo. E me lembrei dos primeiros encontros, dos sorrisos marotos e das piadinhas sobre sexo, conforme ele experimentava diferentes personalidades e oportunidades como quem troca de casaco, à espera de um que sirva. E do olhar cansado quando a noite chegava ao fim, e ele agarrava meu braço no pub e dizia que não aguentava mais procurar um par perfeito.

— Ele quer algo sério. Mas... nunca teve isso na vida.

Fiquei na dúvida se havia revelado coisas demais, traído meu amigo.

— Bom, então acho que está tudo bem. Enfim. — Dylan tomou um gole de café. — A não ser que Emma não goste do Eric. Aí ele está frito.

Franzi a testa, ao tentar me recordar de alguma menção a Emma no meu jantar com Ben. Era sua irmã? Sua melhor amiga?

— A cachorrinha beagle dele. Emma Auautson. É ela quem manda na casa.

Dylan sorriu e virou a cabeça para observar os trens.

— E é assim que deve ser mesmo. — Dei uma gargalhada, ao pular da banqueta para segui-lo. — Então, para onde vamos?

Nem adiantava tentar, sabia que ele não me contaria nada.

— Sabe muito bem como funciona, Aresti — gracejou Dylan.
— Mas você promete que vamos trabalhar um pouco?
Escutei minhas próprias palavras e dei um suspiro. *Uma vez nerd, sempre nerd.*
— Tem coisa que não muda.
Sai da minha cabeça, Dylan.
Ao chegarmos à plataforma, ele me entregou uma passagem e falou para eu não olhar. Eu a validei na catraca e a devolvi, tão surpresa quanto ele por ter obedecido.
Nós nos acomodamos em um vagão vazio e nos sentamos à mesa, um de frente para o outro.
— Prometo que vamos trabalhar na apresentação aqui no trem.
— E fora do trem?
— Vamos viver aventuras. São as regras.
— Tudo bem, vamos ao trabalho.
Até que conseguimos: durante duas horas, trabalhamos juntos, ensaiamos a apresentação, fizemos ajustes, pesquisamos sobre a empresa. Não houve brigas, reclamações ou indiretas. Nicki não foi mencionada. Não me lembrei daquela sensação visceral de culpa. Conseguimos avançar.
Quando saltamos do trem, senti o cheiro do mar.
Descemos a encosta, e o oceano surgiu de repente, do nada, repleto de potencial, de esperança e de promessas quanto à chegada do verão. Sorri e tive a impressão de que Dylan olhava para mim.
— O que foi?
— A primeira das cinco coisas, só isso. — Ele sorriu e saiu em disparada. — Quem chegar primeiro ganha!
Enquanto corria atrás dele, desviei das pessoas, dei um pulo do meio-fio, eufórica, e disse a mim mesma que fazer aquilo era muito idiota. Ele ganhou de mim, como esperado.

— Talvez eu também esteja precisando me exercitar aos domingos — falei, ofegante, e ele só balançou a cabeça.

— Bom, e agora?

Dylan olhou para cima e para baixo, como se inspecionasse os arredores, em busca de algo específico. Na verdade, eu tinha certeza de que ele só estava de olho na primeira oportunidade que aparecesse. O que aconteceu quando apontou de repente para o fliperama.

Parecia ridículo viajar três horas só para gastar vinte pratas no fliperama, mas estar fora de Londres era como estar livre de mim. Deixei a versão "*workaholic*, viciada em melhorar pessoas, sempre perfeita, sempre esforçada" de Aly lá na estação de St Pancras.

— E agora? — indaguei, de olhos arregalados, que nem criança.

— Um almoço chique!

Dylan parecia tão contente consigo mesmo que comecei a rir.

— Ah, fala sério, nada de chique. Sua vida já é rodeada de coisas chiques. A gente não pode simplesmente comer batata frita com bastante vinagre?

— Sem tirar absolutamente nenhuma selfie? — respondeu ele, ao dar de ombros. — Por mim, tudo bem.

Ah, não, eu estava fazendo o oposto do que deveria. Era para eu incentivá-lo a desejar esse estilo de vida.

— Não, peraí, podemos ter o almoço chique, sim! — Levantei as mãos. — Este dia também é seu.

— Não é, não, de jeito nenhum. — Ele riu. — Hoje vamos fazer o que você quiser.

— Quando vamos fazer o que você quer?

— Provavelmente quando você estiver bêbada, corajosa e pronta para ser sincera.

Ele inclinou a cabeça e me olhou de um jeito provocador. Como se estivesse me desafiando.

Não respondi nada, sem saber muito bem o que ele estava pedindo, mas coisa boa não era.

— Você nunca foi teimosa desse jeito, sabia?

Dylan fez o comentário como quem não quer nada, enquanto espiava as ruas laterais, com as mãos nos bolsos, como se não tivesse um pingo de preocupação.

A sensação era de voltar no tempo. Esse momento era igual a todos os fins de semana que passávamos juntos na adolescência, perambulando por aí para uma das aventuras de Dylan: ir a um festival de música, conhecer uma cidadezinha litorânea, saltar do ônibus no meio do nada para tentar achar o caminho de volta para casa. E ainda era ele, tranquilo, com as mãos enfiadas nos bolsos, passeando como se nada no mundo fosse tão fácil quanto ser feliz.

— Bom, isso não é verdade.

Meu celular tocou.

— Oi, Nicki. — Vi Dylan balançar a cabeça enquanto eu atendia à chamada. — Como é que estão as coisas?

— Bom, para ser sincera, minha querida, estou vivendo uma espécie de pesadelo hoje. Você sabe onde o Dylan está?

— Dylan? — repeti alto. Ele começou a balançar a cabeça ainda mais e arregalou os olhos. — Não, não estive com ele. Por quê?

Vi que ele coçou a nuca e se pôs a fitar o chão enquanto ela falava. Cheio de culpa.

— Bem, ontem estávamos conversando sobre o futuro, e acho... Acho que o assustei. Insisti muito, e agora ele sumiu e não está atendendo a minhas ligações. E caso ele não se saia bem nessa apresentação... Enfim, é um contato do papai, e não vai causar uma boa impressão...

— Acho que você não precisa se preocupar — sussurrei, ao tentar acalmá-la. — É provável que ele só esteja dando um tempo para botar a cabeça em ordem antes da apresentação.

— Conversamos sobre casamento, e achei que concordávamos a respeito disso. Por que ele não concordaria?

— Eu... Hã...

— Isso tem que acontecer, Aly! — Havia certo grau de desespero em sua voz. — Eu preciso do Dylan. Ele é a única coisa verdadeira na minha vida.

Bem, isso me fez lamentar por nós três.

— Por favor, não se preocupe com nada. Se eu falar com Dylan, vou avisar que você está tentando entrar em contato com ele.

— Tudo bem, você tem razão. Pensamento positivo. Vou meditar um pouco. — Ela inspirou, e pareceu que a inflaram com hélio, bem rápido, para retomar a personalidade esfuziante. — Então, tchau!

Quando tirei os olhos do celular, Dylan estava sorrindo como quem torce para não ser metralhado de perguntas.

— Então, sobre o *fish & chips*, aquele pub na esquina parece uma boa!

— Dylan.

Ele me ignorou, e eu o segui na mesma hora.

— Dylan! Por que está fugindo da sua namorada?

— Por que ela estava te ligando para saber onde estou? — questionou.

Depois, segurou a porta do pub e fez um gesto para eu entrar primeiro. Só teríamos essa conversa se ele estivesse encurralado em uma cadeira, diante de um prato enorme de comida, uma caneca de cerveja, sem escapatória. Tudo bem, que fosse do seu jeito.

— Hã... Ela pagou pelos meus serviços? — retruquei.

Escolhi uma mesa e me joguei na cadeira, enquanto aguardava que ele se juntasse a mim.

— Claro, eu sei. Então agora ela é sua dona.

Fiquei sem paciência.

— Quer dizer que vamos voltar com essa gracinha? Ótimo, estava mesmo sentindo falta do sarcasmo e daqueles olhares tortos.

— Vou buscar umas bebidas e o cardápio.

Ele se afastou e foi conversar com o barman sobre os tipos de cerveja. Sorria para mim e aparentava saber o quanto estava me irritando.

Tinha me metido naquela situação, e era minha responsabilidade achar uma solução. Tentei encarar como apenas mais um caso da Match Perfeito, como qualquer outro, e desconsiderar meu passado com Dylan.

Por mais que lhes faltasse afinidade em aspectos específicos, Dylan e Nicki tinham potencial para ser um casal e tanto. Pareciam perfeitos juntos. Ele conseguia fazer com que ela relaxasse e comesse a droga da pizza, ela... arranjava contatos de negócios para ele através do pai e me pagava para aprimorá-lo. Está bem, não foi um bom exemplo, mas... ambos eram pessoas bonitas e inseguras, que reproduziam seus padrões e só precisavam encontrar uma maneira de comunicar as próprias necessidades. O problema, é lógico, era o prazo apertado.

Dylan precisava se livrar da sensação de estar representando um papel e ser capaz de identificar os momentos off-line de Nicki. Precisava saber quando ela estava sendo autêntica. E Nicki precisava lembrar que o namorado era um ser humano de verdade, e que nem tudo na vida deve ser encarado como uma oportunidade de marketing.

Muito bem, comunicação, empatia, apaziguar ânimos alterados. Eu poderia resolver isso.

Ele enfim retornou e colocou duas canecas de cerveja na mesa.

— Obrigada. E o cardápio?

— Pedi *fish & chips*... Era isso que você queria, não era?

Ele deu de ombros, tomou um gole de cerveja, depois olhou em volta no bar.

— Dylan, o que é que está acontecendo? Nicki falou que começou a falar sobre o futuro e você fugiu.

— Por que você liga para isso? — perguntou ele, irritado. — Está aqui para dar um jeito na minha carreira, que está mal das pernas, não é?

— Estou aqui para ajudá-lo a se preparar para uma grande oportunidade, sendo que nós dois sabemos que você prefere fugir a se arriscar e fracassar.

— Não posso ter mudado nada em mais de uma década? — Ele riu e passou a mão no cabelo. — Ainda sou o cara despreocupado, sempre de boa, que só sai com a galera descolada, é isso? Não posso ter amadurecido em algum momento nesses últimos quinze anos?

— Ué, você administra uma empresa, porra! Não sei por que ficou com raiva, achei que eu estava ajudando!

— E está! Mas você está me ajudando porque é uma ajuda para ela.

Ele soltou um suspiro.

Fiquei apreensiva. Estava chegando muito perto do xis da questão. Respirei, abaixei a voz e me aproximei.

— Dyl, ela te ama. E queria ajudar. É o que um parceiro faz pelo outro.

Em troca, ela só quer uma proposta de casamento... pouca coisa.

Ele assentiu, tomando outro gole.

— Por que é que você fugiu?

Ele me olhou como se eu fosse completamente louca.

— Porque... Porque ela não me conhece. É como se ela enxergasse em mim uma versão do que eu poderia ser daqui a dez anos.

Ele lançou um olhar de súplica e pareceu aguardar uma grande resposta para uma pergunta que não chegou a fazer.

— E daí? Isso é legal, não é? Ela vê todo esse potencial, o Dylan do futuro. Quer estar com ele.

Ele discordou em silêncio, e fiquei com a impressão de que estava decepcionado comigo. O garçom chegou com nossos pratos e os depositou na mesa, além de mostrar os temperos e perguntar se queríamos mais bebidas. Dissemos que não, sorrimos e ficamos esperando o rapaz sair.

Fiz um gesto para que Dylan continuasse a falar.

— Neste exato momento, sou tipo um filhotinho de cachorro que ela comprou na esperança de que cresça e vire um dobermann. Só que, na verdade, sou misturado com poodle e não fui totalmente treinado a fazer minhas necessidades no lugar.

Soltei um risinho abafado, com o rosto quase colado na caneca, e peguei o vinagre para despejar à vontade. Notei a quantidade assustadora de sal que Dylan salpicou em suas batatas.

— Pode rir, beleza, mas ela está mais apaixonada por essa versão de mim do que por quem eu sou de verdade. E sempre que chego mais perto de me tornar essa versão idealizada que ela criou, Nicki me dá uma recompensa. Usei o terno que ela escolheu, fui ao baile de gala, parei de usar camisetas com estampa de videogame dos anos 1980. Ela está esperando que eu abra mão das coisas que amo, e não sei se estou preparado para fazer isso.

Com o olhar que me lançou, parecia que ele estava evitando dizer alguma coisa, e até massageei minhas têmporas.

— Seja o que for, me fale. Minha ressaca está até voltando. Você está me olhando daquele jeito, como se precisasse contar que matou meu peixinho de estimação.

Dylan deu uma risadinha abafada.

— Não, quantas vezes vou ter que explicar? O sr. Borbulhas morreu de velhice! É que... desde que você reapareceu, me lembrei de quem eu era naquela época. Eu gostava daquele cara.

— Hum, eu o achava meio irritante. Sei não, hein... — Torci o nariz. — Dylan, quer saber o que você devia fazer agora?

Ele descansou a faca e o garfo na mesa.

— Quero, de verdade. Ó, sábio oráculo Aly, que resolve tais problemas. O que eu deveria fazer?

— Sinceramente? — Limpei as mãos em um guardanapo e peguei a caneca de cerveja. — Acho que você deveria parar de pensar tanto, caramba.

Ele ficou chocado. As sobrancelhas sumiram, escondidas debaixo da franja.

— O quê?

Abaixei o olhar e vi que tinha quatro ligações perdidas da minha mãe, além de uma mensagem de Tola para saber se estava tudo sob controle e as mensagens de Nicki. Em seguida, olhei para ele, esse homem lindo que tinha sido meu amigo. Ele poderia ser feliz.

E então não haveria mais ligações com minha mãe inconsolável. Eu poderia encerrar o ciclo. Iniciar algo novo... transformar a Match Perfeito no que ela precisava ser. Talvez pudesse ensinar a homens como Dylan, sem fingimentos, sem artimanhas, apenas com um desejo de amadurecer.

Eu precisava ajudá-lo a me deixar no passado.

Dei de ombros, com indiferença, como se cada palavra não estivesse me matando.

— Você está apaixonado, é amado, já tem trinta e poucos anos. Famosa ou não, sua namorada vai acabar pensando em casamento. Essas conversas têm a ver com descobrir se você está contente em avançar devagar, como é o caso da maioria das pessoas quando as coisas vão bem, ou se está disposto a dar um passo adiante, a dizer "sim, é isso que eu quero a longo prazo". E só.

Dylan pareceu tão confuso que quase deixei escapar uma risada.

— Dyl, é bem simples. Você a ama?

— Amo, mas...

— Não, negativo. Sinto muito. O resto são dúvidas, inseguranças e medo de mudar. Peter Pan é uma ficção, todos nós temos que crescer um dia. — Observei-o com atenção e parti para o golpe de misericórdia. — Além do mais, você *quer* ser esse cara, não quer? O homem de negócios bem-sucedido? Não venha me falar que não quer fechar aquele acordo e voltar para casa no dia seguinte para contar ao seu pai que você sempre esteve no caminho certo.

Ele deu aquele sorriso espertinho e assentiu, com os olhos fixos na mesa.

— Acho que você tem razão. A gente combina bastante e se complementa. Ela é bem divertida. E me mostrou um mundo completamente diferente, que eu nem sabia que existia. Não quero viver nesse universo o tempo inteiro, mas... crescer faz parte da vida, né? Relacionamentos amadurecem.

— Exato. Vocês formam um ótimo casal. Estou sendo sincera.

Sincera?

Seus olhos azul-claros se detiveram em mim.

— Então você ficaria feliz se eu me casasse com Nicki?

Por que essa pergunta está parecendo uma cilada?

— Eu ficaria feliz se você estivesse feliz. Não é esse o propósito deste passeio todo de hoje? A felicidade de ambas as partes?

Abri um sorrisão, e ele se entristeceu.

— Não, não faça isso.

— O quê?

— Esse sorriso para camuflar. Para mim, não cola. Já o vi muitas vezes na vida.

— Não é... Estou sofrendo por não ter sido promovida, estou de ressaca e estou dando o mesmo conselho de quando éramos adolescentes. Dá um tempo, tá legal?

Enfiei uma batata frita na boca e mastiguei com fúria.

Ele tomou fôlego.

— Será que *algum dia* a gente vai conversar sobre isso? Sobre nós?

Estremeci, enquanto engolia batata, e pressionei os dedos contra meus lábios. Mal dava para ouvir minha voz.

— Não comece com isso agora, Dyl.

— A gente precisa, senão vou explodir. *Por favor...* — Ele estendeu o braço e segurou meu punho. — Por favor, podemos apenas ser sinceros, apenas *nós*, por cinco minutos? — implorou.

— Foi você que começou com o fingimento!

— Eu entrei em pânico! Ué, não fosse isso, a gente teria que fazer aquela coisa toda de "ah, como você está?", "o que tem feito?", de alardear as conquistas na vida. E sabia que iria decepcioná-la de cara. *E* eu estava com raiva de você.

— Bom, eu também estava com raiva de você.

Ele foi pego de surpresa.

— De mim? Que motivo *você* tinha para ficar com raiva? Eu que fui abandonado, bloqueado... Eu que nunca mais tive notícias suas!

Olhei para os clientes ao redor, todos estranhamente em silêncio, enquanto bisbilhotavam nossa discussão e disfarçavam sem olhar para nós. Ergui as mãos e falei baixinho.

— Acho que a gente precisa parar de falar sobre esse assunto.

— Por favor, Aly. Tenho sido paciente, mas a gente precisa mesmo...

— Eu sei, mas... aqui, não.

Ele assentiu e se levantou.

— Tudo bem, vamos embora.

Apontei para meu prato.

— A gente precisa pagar.

— Já está pago, vamos.

Fui atrás de Dylan como se estivesse a caminho da forca, cabisbaixa, conforme seguia seus passos, sem me atrever a pensar, falar ou brigar. De alguma maneira, a culpa por isso recairia sobre mim. Eu ficaria lá parada, constrangida, enquanto contava a ele que o amava quando éramos adolescentes e descobri que ele nunca tinha dado a mínima para mim. Eu iria me enfraquecer, ficar vulnerável e me envergonhar.

Ele nos levou para a orla, onde o barulho das ondas era alto o bastante para abafar a conversa.

— Isso aqui é para não ouvir minha gritaria? — perguntei, apontando para o mar.

— Talvez eu queira te jogar aí, se você me irritar muito!

Eu o encarei, tentei me acalmar e levantei as mãos.

— Beleza, tudo bem. Então vamos ser sinceros. E vamos ser nós dois. O que você quer de mim?

— Quero que você peça para eu falar um fato verdadeiro! — exclamou, frustrado, com a voz esganiçada.

Quase soltei uma risada.

— Quer que eu peça para você falar de fatos e curiosidades? Claro, pode mandar um aí sobre a migração das aves para a América do Sul. Sou toda ouvidos.

Dylan puxou os cabelos, e achei que ele iria gritar comigo.

— Você sabe que não se trata disso! Você mesma falou que pedia uma verdade para ter certeza de que as pessoas não mentiriam o tempo todo para você. Quero que me peça, porque assim, quando eu disser o que preciso dizer, vai saber que não estou mentindo, tá bom? *Por favor.*

Bem, isso me desarmou.

Olhei seu rosto, tão franco e familiar, tão ansioso para viver esse momento do qual eu vinha fugindo.

Tomei fôlego para me acalmar.

— Está bem. Por favor, me conte um fato verdadeiro, Dylan.

Era evidente que planejara exatamente o que queria dizer, e me perguntei se ele havia ensaiado o discurso, alterado as palavras até ficar perfeito. Passara quantos anos matutando o que iria me dizer caso me reencontrasse?

— Eu te amava, e você foi embora.

Uma ira ardente me percorreu até meu corpo começar a tremer. Tive vontade de atirar alguma coisa nele.

— Você não me amava! — berrei, revoltada. Pelo visto, essas palavras tinham estourado a represa. — Você tinha namorada! Sempre tinha uma namorada! Naquela noite, você me beijou por causa de um desafio, e eu estava bêbada e devo ter falado alguma coisa idiota, porque você reagiu como se eu tivesse dado um soco na sua cara. Aí, de manhã, mandou mensagem para sua namorada para falar que eu era um fardo terrível e que mal podia esperar para se livrar de mim! Não me venha bancar o herói dessa história agora, Dylan.

Ele ficou boquiaberto, de fato.

— Porra, do que é que você está falando?

— Eu me lembro do olhar horrorizado na sua cara! — gritei.

Dylan afundou a cabeça nas mãos, depois se afastou de mim e berrou com o oceano; os punhos cerrados, os braços estendidos. Rugiu para as ondas até esvaziar o peito. Minha vontade era de fazer igual a ele.

Quando voltou a se aproximar, com o rosto pálido, deteve-se perto de mim. Era impossível evitar aqueles olhos.

Ele apontou para mim e para si mesmo.

— Somos dois idiotas.

— Nada disso importa, Dyl. Já faz muito tempo... — comecei.

— Está de brincadeira? — disparou. — Você me contou que me amava, que sempre tinha me amado!

Eu me encolhi.

— Nem começa, Aresti. Aquele papo furado de "eu estava bêbada" não vai livrar sua barra. Você me amava.

— Tá bom! — berrei. — Eu te amava, e daí?

— Eu também te amava, sua idiota! — gritou ele.

Minha vontade de gritar passou no mesmo instante.

— Não... Você mandou mensagem para sua namorada...

A voz dele ficou mais doce; os olhos, pesarosos.

— Eu a abandonei naquela festa para cuidar de você, e não sabia se algo do que você tinha dito era verdade. Achei que você iria acordar e fingir que não passava de um engano. Então, sim, falei o que ela esperava de mim, para agradá-la e deixá-la feliz, até eu entender tudo.

— Você me amava — declarei, ao olhar transtornada para o mar e desabar sentada, enchendo as mãos de areia. — E não era como amigo?

— Não, não era como amigo. — Ele desmoronou a meu lado, e senti seus olhos em mim. — É tão difícil assim de acreditar?

— Hum... É, um pouco.

Ele cerrou as pálpebras e suspirou, depois se virou de novo para mim.

— Não deu para perceber pelo beijo que te dei? Para mim, tinha sido um sinal bem claro.

— Eu estava muito ocupada sendo alvo das risadas debochadas dos seus amiguinhos populares e dos olhares fulminantes da sua namorada.

— Certo... Bom...

— Que situação...

Meu coração batia acelerado, e me pus a cavar a areia com o polegar.

Dylan riu.

— Pois é.

— Então por que tenho essa lembrança de você horrorizado?

Ele comprimiu os lábios e deu uma inclinada na cabeça, pensativo, tentando reacender as memórias.

— Bom, pode ter sido o choque. É lógico que eu não esperava que você dissesse algo daquele tipo. E você sabe como fica quando está bêbada, Aresti. Incrivelmente direta e pragmática... Mas trinta segundos depois dessa declaração romântica, você vomitou na minha calça jeans favorita. E nos All Star que eu estava usando pela primeira vez.

Fiquei pasma.

— Ah, bom, está explicado.

Afundei a cabeça nas mãos e estremeci.

— Não sei se isso é melhor ou pior do que eu imaginava.

— Ah, paixão recíproca e tristeza compartilhada é bem melhor. Eu não conseguia entender se você tinha me cortado da sua vida por ter ficado com vergonha do que disse ou porque, quando a bebedeira passou, você se lembrou do que *eu* disse... Foi uma época complicada. — Dylan deu um tapinha nos joelhos, descobertos nas calças jeans rasgadas. — E aí, está se sentindo melhor?

Olhei para ele, reflexiva, tentando entender.

— Acho que fico triste por nós dois no passado...

Ele assentiu, pegou minha mão e a segurou com força. Senti um aperto no peito, enquanto seu polegar roçava as costas da minha mão.

— Eu também, principalmente por todos os anos em que poderíamos ter participado da vida um do outro se você não fosse tão *dramática*.

Fiz uma careta para ele.

— Se você tivesse sido cavalheiro em relação ao meu vômito azul, a gente poderia estar casado agora — zombei.

Depois, mostrei a língua para ele.

Ele gargalhou, e tive a sensação de poder voltar a respirar. De podermos ser apenas nós. O garoto que um dia amei também me amou, mas fomos afastados por nossas inseguranças. E, daquele momento em diante, poderíamos seguir em frente.

Pensei em todas as mulheres que já haviam me contratado, no amor imenso que existia dentro delas, na vontade que tinham de doar e ajudar, tão grande que estavam dispostas a enfrentar toda a nossa encenação. Pensei no aspirante a astro do rock com medo de cantar, no gênio que não conseguia falar em público, no sujeito que titubeava para exigir uma promoção no emprego. Eu dera um empurrãozinho de leve em tantos deles, incentivara-os com palavras gentis e confiança, para que um dia se olhassem no espelho e vissem o que eu lhes dissera que eram. Esse seria meu presente para Dylan. Eu o ajudaria a se livrar do medo de seu próprio potencial, a ter certeza de que estava se desenvolvendo como deveria. Eu lhe daria uma vida da qual poderia se orgulhar.

Havíamos superado o passado, encerrado essa história. Livres da tensão, livres dos "e se". Ele foi meu melhor amigo, ele me amou. Eu o amei. Então, era hora de ajudar Dylan a amá-la, a amar uma vida ao lado dela.

Era o melhor para todo mundo.

— Que vidinha mais solitária eu tive sem você, Aly. Como se eu tivesse perdido a consciência.

— Acho que você se saiu muito bem sem mim.

Apertei sua mão com força, e ele sorriu.

— Sabe qual é a melhor parte disso tudo? — perguntou Dylan, ao me puxar pela areia, para perto dele; o braço envolveu minha cintura, e ele se aconchegou juntinho a mim. — Acabou o fingimento. Isso foi muito cansativo.

Sentia o perfume de sua loção pós-barba e o toque macio de seu suéter sob a ponta dos dedos. Vislumbrava um leve tom avermelhado na barba por fazer e poderia contar todos aqueles belos cílios, se quisesse. Estava de volta aos meus dezoito anos, exatamente no mesmo lugar, arrebatada por sua beleza.

Acabaram os segredos, acabou o fingimento?

— Foi mesmo — concordei, com pesar, ao me atrever a deitar a cabeça em seu ombro, enquanto me continha para não chorar. — Foi muito, muito, muito cansativo.

Capítulo Dezessete

No trem, voltando para casa, imaginei cem maneiras diferentes de contar a verdade para Dylan e explicar a outra tarefa incluída nesse trabalho. Mas ele estava muito feliz, ávido para me contar cada detalhezinho de sua vida, como se tivesse ligado um botão. Foi irresistível. Queria juntar todos aqueles anos perdidos, organizá-los e memorizá-los até sentir que eu também estava presente neles.

Abri o jogo ao falar para Dylan dos meus antigos namorados, da minha amizade com Tola. Ele tinha razão: existe algo de especial em relação às pessoas que nos conheceram lá atrás, no começo, que enxergam o que superamos, sabem de onde viemos e nos dizem que estão muito orgulhosas por nosso amadurecimento. Era algo libertador.

Mandei mensagem para Tola e Eric a caminho de casa, e os dois comemoraram a conversa sobre casamento e meu bom trabalho até ali, ao que tudo indicava. Não contei para eles que tínhamos colocado todo o passado a limpo, pois não suportava a ideia de acharem que eu estava me aproveitando de um amigo. Uma coisa era resolver uns pepinos da vida amorosa de Dylan quando ele era irritante e praticamente um desconhecido; manipulá-lo após voltarmos a ser amigos parecia impraticável. Eu me imaginei ajudando-o a planejar um pedido de casamento cheio de pompa e circunstância e participando da festa de noivado para tirar as fotos e dar os parabéns ao casal. E me imaginei na cerimônia de casamento, como uma convidada íntima dos noivos. Que horror.

— Então, cinco coisas, Aly. Pode começar — falou Dylan.

Sonolento, na volta para casa, ele traçava círculos na mesa em que estávamos, um de frente para o outro.

— Jogar fliperama, comer *fish & chips*, ver aquela gaivota atacar você. — Contei nos dedos esses itens e gargalhei quando ele atirou uma nota fiscal amassada em mim. — O cheiro do mar e... poder rir de novo com você, acho. Já que é para ficarmos bem piegas em relação a isso.

Torci o nariz para mostrar repulsa. Ainda estava representando um papel. *Você, eu queria dizer, hoje você é todas as cinco coisas, por ter tornado isto possível, por ter sido sincero, por ter me amado. Mas, sem sombra de dúvida, você também está acabando comigo.*

Arremessei de volta a notinha.

— E seu top cinco?

Ele me deu um sorriso tão afetuoso que achei que eu fosse desmaiar.

— Tudo. Caramba, cada partezinha. Um dia perfeito.

Fiz cara de desconfiada.

— Até o ataque da gaivota?

— Você achou graça. Então valeu a pena.

Revirei os olhos.

— Tá bom, seu charmoso. Sabe que esse papo furado não cola comigo.

Ele deu uma gargalhada.

— É o que você diz... sua nerd.

— Um dia, os nerds vão herdar a Terra, Dylan. Somos nós que estamos fazendo toda a pesquisa, sem chamar atenção. Não se esqueça.

Dei a língua, e ele riu de novo, muito tranquilo, relaxado.

Ai, meu Deus, não havia como sair dessa situação sem machucar *alguém*. Enganar Dylan, decepcionar Nicki, correr o risco de estragar o relacionamento de Eric e Ben antes mesmo de começar. E mamãe... Ela ficaria presa no mesmo ciclo tóxico para sempre.

Mas ela era a adulta, certo? Era ela quem já deveria ter a cabeça no lugar. O que começara como truques e uma psicologia de leve tinha ido longe demais. Eu estava me metendo na vida das pessoas.

Nós caímos em um ritmo sossegado, conforme o trem chacoalhava pela paisagem rural, e avistei a escuridão que se aproximava.

Não poderia deixar tudo isso sem solução. Fiz uma bagunça e não tinha como simplesmente dar no pé no meio da arrumação. É o que dizem: se interrompida no meio, uma cirurgia cardíaca parece mais um assassinato.

Eu falaria para minha mãe que não tinha conseguido o dinheiro.

Que tinha escolhido Dylan, em vez dela. Pularia do trem no litoral direto para o que me levaria até a casa da mamãe. Precisava fazer isso naquele instante. Ela não iria querer que eu machucasse Dylan, também o amava.

Enquanto o trem se arrastava pela paisagem, minha mente se enchia de lembranças. Embora essa amizade tivesse ganhado um brilho novo e se renovado a um só tempo, também existia um medo sutil: a ideia de um dia ele ter me amado, ainda que tenha sido por pouco tempo, era inebriante. Não parava de imaginar outra vida e sabia que, se eu me autorizasse a permanecer nesse mundo alternativo, talvez nunca mais retornasse.

Quando o trem parou na estação, tentei me afastar e expliquei que precisava pegar outra linha para ir ver minha mãe.

Não escapei do abraço que eu queria evitar. Ele me envolveu com os braços e me puxou para perto, e assim ficamos na plataforma, enquanto eu me esforçava para não sentir seu cheiro. Enquanto me esforçava para fingir que nada havia mudado.

— Mande um oi para a sua mãe — sussurrou, ao me soltar do abraço. — Diga que sinto falta daquelas margaritas mortíferas.

Assenti, de lábios cerrados, e saí correndo pelo terminal, doida para acabar com essa tortura. Eu iria fazer a coisa certa. Mesmo que isso significasse decepcionar minha mãe.

Sentada no mesmo trem que sempre pegávamos, recordei as palavras ditas por Dylan umas horas antes. Eu estava pensando no motivo de nunca termos nos esbarrado, apesar de minha mãe e o pai dele continuarem morando no lugar de sempre. Ele contou que nunca ia visitá-lo, de fato. Não propriamente.

— Como assim? — perguntei.

Ele suspirou.

— Uma vez por mês, vou dirigindo até lá e estaciono na frente da casa do meu pai. Penso em um monte de coisas que quero contar para ele. Como estou me saindo no trabalho, uma comida incrível de que acho que ele vai gostar, um recorde pessoal no treinamento das manhãs de domingo. E fico lá, do lado de fora, olhando para a porta da frente por uns vinte minutos. Aí dou a partida e volto para casa.

— Por quê?

— Porque, independentemente de como eu imaginar a conversa na minha cabeça, a realidade vai ser diferente. Sei lá. Ele vai dizer alguma coisa que vai me chatear, vamos discutir, e vai ser pior do que se eu nem tivesse dado as caras. Antes eu sonhava em ter o que você e sua mãe têm. Mas nem sempre funciona desse jeito.

O que eu e minha mãe tínhamos? Fui caminhando devagar pela minha antiga rua, reflexiva. Dependência mútua, ressentimento, amor, culpa? O fato de amá-la acima de tudo, mas ter medo de ficar cada vez mais parecida com ela?

Eu me detive em frente à casa e senti uma torrente de dor. Visualizei a imagem da minha avó sentada, debaixo da árvore de magnólia, e nosso antigo gato Banana circulando entre suas pernas. Pensei nas festas de aniversário, com pula-pula em formato de castelo no quintal, e nas centenas de vezes que esperei por Dylan nessa fachada. Nós dois, andando de bicicleta, indo a pé para o cinema ou saindo de fininho para uma festa.

Todas essas lembranças iriam se perder.

Conseguia visualizar o rosto da minha mãe e sua tentativa de esconder a decepção quando eu pedisse desculpas. A aflição quando ela começasse a buscar apartamentos de um quarto para continuar perto das amigas ou se mudasse para um lugar bem longe da cidade e perdesse a rede de apoio. Ela tentaria fingir que estava feliz com tudo, por não querer que eu me sentisse mal. Nossa, eu já estava exaurida só de pensar.

Enfiei a chave na fechadura e senti o cheiro de comida no fogão e o calor atravessando o corredor. Ela botou música para tocar alto, e dava para escutá-la cantando junto, rindo. Quem sabe eu não precisasse lhe contar hoje? Talvez pudesse deixá-la ser feliz por mais um tempinho? Assim, no dia seguinte, poderia ir ao banco arranjar um empréstimo.

Ouvi mais uma risada da minha mãe quando virei no corredor. Ela estava em pé, temperando com sal a comida na panela, enquanto meu pai a abraçava pela cintura e a beijava no pescoço. Eu já tinha visto os dois assim, claro, mas, por incrível que pareça, nunca tinha acontecido enquanto eram casados. Foi só após ter ido embora que ele começou a demonstrar afeto por ela e a agir como se a amasse. Isso aconteceu antes de minha avó ir morar conosco. Antes de prometermos a nós mesmas que merecíamos algo melhor do que um homem que nos usava e nos jogava fora. Apesar disso, lá estava ele de novo.

Surtei e, quando andei até o rádio para desligá-lo, vi o susto que mamãe tomou.

— Alyssa...

Ela ajeitou o robe no corpo e estava prestes a começar com as desculpas. Observei as emoções em conflito no rosto dela. Vergonha, constrangimento, incerteza, negação. Esperança? Ela parecia tão feliz, e eu a odiava por isso.

— Não sei dizer quem é mais burra... eu ou você — disparei.

— Alyssa, não fale assim com sua mãe.

Ele tentou intervir, mas ri na sua cara.

— Você não tem o direito de falar comigo. — Voltei a me dirigir a minha mãe e fitei seus olhos. — Sou eu, com toda a certeza. Com certeza, a idiota sou eu. Porque abro mão de um monte de coisas, faço tudo que posso para arranjar o dinheiro para pagar *este homem* e, assim, você manter sua casa. Para você manter sua independência, seu passado e sua conexão com a família. E, mesmo assim, você o escolhe!

— Alyssa...

Ela estava apavorada, de olhos arregalados, mas notei que também existia uma raiva ali.

— Sabe que ele nunca amou você, né? Que nunca amou a gente. Tudo é uma questão de poder. Do mesmo jeito que era quando ele apareceu na época em que se divorciou de você. Agora ele está tirando a sua casa, e você faz isso?

Eu não tinha condições de olhar para ela. Pelo que eu estava lutando? Durante anos, recolhi os cacos que ele deixou para trás, e ela continuava voltando para ele. E me fazendo dar um jeito em tudo, como se a adulta fosse eu.

— Alyssa, o que eu e sua mãe temos...

Ele tentou argumentar mais uma vez, e me virei para encará-lo.

— Onde é que sua esposa acha que você está? — perguntei, enojada. — Seus filhos estão em casa, esperando por você, implorando por atenção, como eu ficava quando você saía para trepar com alguém?

— Isso não é justo, Alyssa.

— Ora, você é adulto. Suas ações têm consequências e você precisa lidar com elas.

À beira das lágrimas de frustração, furiosa como nunca estivera em toda minha vida, eu me dirigi a minha mãe.

— Sabe o que tive que fazer para tentar arranjar esse dinheiro? Um dinheiro que você iria dar para *ele*? Tem noção das pessoas que eu estava disposta a machucar, só porque queria ver você feliz? Não, não sabe, porque você não me perguntou. Só queria que eu desse um jeito. Como eu sempre fiz.

Vi as lágrimas escorrerem pelo rosto de minha mãe, enquanto ela se afastava dele, chocada com meu olhar.

— Tenho vergonha de você, e *Yiayia* também teria. Pode ficar com a casa, perdê-la, voltar a morar com ele. Faça a merda que você quiser, não me importo mais.

Saí da casa, bati a porta com toda a força e atravessei três ruas antes de cair no choro.

O problema, é claro, era que só havia uma pessoa que poderia entender isso. Dylan.

Não podia ligar para ele. Queria correr até ele e deixá-lo ser essa pessoa para mim outra vez. Queria parar de pensar no fato de que ele me amou um dia, de que, se tivesse tido um pouco mais de coragem, poderia ser eu a pessoa sentada com ele em um apartamento do outro lado da cidade. Poderia ser eu a pessoa que acabou de preparar o jantar, enquanto ele abria o vinho e perguntava minha opinião sobre os negócios. Poderia ter sido uma vida inteira, na qual eu não acabaria de rímel borrado, escorrendo pelo rosto, voltando sozinha de trem para um apartamento lúgubre e apertado.

> Obrigada por hoje. Bem mais do que 5 coisas. Bj, Aly

Fiquei pensando um pouco naquela mensagem ainda não enviada, calculando se haveria problema ou não. Se seria tranquilo. Mas era melhor do que ligar.

Meu Deus, não tinha mais necessidade daquele dinheiro. Não tinha mais necessidade de fazer nada aquilo. Eu poderia parar com tudo.

Logo fui tomada pelo ímpeto e apertei o botão para ligar.

Quando a ligação foi atendida, disparei a falar, sem nem ouvir.

— Dyl, é a...

— Alyssa! — berrou Nicki, do outro lado da linha, toda empolgada. — Que bom que você ligou!

Ué, será que liguei para Nicki sem querer?

Conferi o celular em minha mão, mas mostrava o nome dele.

— Desculpe interromper, Nicki. Só estou ligando para falar de umas alterações no template da apresentação. Dylan está aí?

Às vezes, fico assustada comigo mesma, com minha rapidez e facilidade para mentir. Senti as mãos começarem a tremer.

— Ah... Ele está no banho, flor. Fez uma malhação pesada, se é que me entende? — Nicki riu, e senti meu estômago se revirar. Ela começou a cochichar: — Quero agradecer a você. Seja lá o que tenha falado para ele ou o que esteja acontecendo. Ele está muito mais aberto para a coisa toda do romantismo e do casamento. É como se isso não o assustasse mais!

Voltou a ser como era! E vou arranjar para ele um treinamento para lidar com a imprensa. Será que Tola teria alguém para recomendar?

Entrei no piloto automático.

— Claro, com certeza. Vai ser um prazer ajudar.

— Certo, querida. Bem, não quero que ele trabalhe mais hoje à noite. E vamos jantar daqui a pouquinho. Dylan está tentando implementar uma política de não usar o celular à mesa. Não é fofo?

— Muito fofo mesmo. A gente se fala depois — respondi, de um jeito vago.

Foi então que busquei na bolsa a escova de cabelo e a maquiagem, soltei o rabo de cavalo e passei batom, enquanto antecipava o trepidar do vagão como uma boa londrina, com anos de experiência.

Passei em casa para me trocar, virei uma vodca misturada com as últimas gotas de suco de laranja de caixinha e já saí direto para a rua.

Precisava fazer algo por mim. Algo que me fizesse lembrar de como me sentir bem de novo. Que me fizesse lembrar dos meus objetivos. Assim, passei pela entrada pouco iluminada do Zidario's, em uma travessa da Tottenham Court Road, e me acomodei em uma mesa de canto, no salão escuro do subsolo, enfim relaxando.

Entre meus restaurantes prediletos, esse não era o mais opulento, mas tinha um ambiente confortável. O carpete vermelho macio e as paredes de tijolos davam a sensação de se estar em uma caverna, isolada do mundo. O garçom nem titubeou quando falei que era uma mesa só para um. Pedi uma taça enorme de Malbec, um bife que só faltava mugir de tão malpassado e batata gratinada. Afinal, mais do que nunca, eu merecia batatas cozidas com creme e manteiga.

Peguei meu livro e tentei me acomodar naquele espaço de reflexão. Autocuidado, autoestima, me mimar. Eu sabia fazer isso. Porém, após ler a mesma linha pela quinta vez, e ver que tinha quase zerado o vinho antes de me servirem o prato, eu precisava reconhecer: isso não estava dando certo.

Não estava me sentindo melhor. Fiquei olhando em volta, em busca de algo para me distrair, para me salvar. Estava procurando meus amigos. Queria implicar com Eric e fazer piada quando Tola chamasse alguma coisa de "das antigas". Queria inventar com Dylan o que as pessoas lá do outro lado estavam falando, e queria que Ben tirasse o vinho que eu pedira da minha mão e o substituísse por algo infinitamente melhor, que ele me diria para provar e saborear. Queria me sentar em um canto com Priya e rir das bobeiras que os caras passavam o dia falando, sem saber que ela não estava escutando música.

Meu esquema para me sentir bem estava estragado. Não me sentia anônima, poderosa e inteligente.

Só me sentia sozinha.

Capítulo Dezoito

Adotei uma nova regra no escritório: faça somente a porra do seu trabalho, nem uma vírgula a mais.

Não estava ali para perguntar da família, nem para fazer ninguém se sentir especial. Não estava ali para organizar festinha de aniversário, acalmar ego ferido, lisonjear, nem consolar ninguém. Não estava ali para acobertar os erros dos meus superiores, nem para tentar mudar a velha cultura de clube do Bolinha da empresa. Só estava ali para fazer meu trabalho.

No começo, todos se mostraram surpresos com o fato de eu continuar sendo simpática, sorridente e agradável e, mesmo assim, dizer "não" o tempo inteiro. Nem sequer pedia desculpa. Era somente isto: "Ah, não, não posso."

Ao escutar isso pela primeira vez, Tola se levantou de sua mesa, feito uma gazela que acabou de farejar o predador. Já Felix franziu a testa. Hunter recuou. Matthew ficou magoado.

Debruçar na mesa, de fone nos ouvidos, com um sorriso estampado na cara: eu era capaz de fazer isso. Era o que precisava para tirar da cabeça a imagem de Nicki, Dylan e seus jantares fofos, nos quais era proibido usar o celular. E o fato de ele não ter me mandado mensagem. E a expressão no rosto da minha mãe quando a chamei de patética.

— Aly?

Levantei a cabeça e me surpreendi ao ver Becky diante de mim, brincando com a aliança de noivado no dedo, do jeito que fazia desde que ganhou esse maldito anel.

— Tem um minutinho?

— Na verdade, não... — comecei. Mas seus olhos estavam cheios de lágrimas, então suspirei e indiquei uma cadeira para ela. — O que aconteceu?

Ela passou as mãos no cabelo e respirou, trêmula. Inclinou-se em minha direção e sussurrou:

— Estou na dúvida se existe alguma verdade nisso, sabe? Tipo, eu o enganei para convencê-lo a ficar noivo, então será que é isso mesmo que ele quer?

Fechei os olhos e contraí o rosto, ao sentir uma dor de cabeça se aproximar.

— Mas fiz o que você queria, Becky. Você queria que ele estivesse mais aberto para essa ideia.

— Eu sei, mas... será que ele vai ficar magoado comigo? Daqui a dez anos, vai olhar para trás e dizer que nunca quis isso? Ele tem andado morto de preocupação com o dinheiro que vamos gastar com o casamento e...

Senti que estava cada vez mais tensa e a ponto de explodir. Fiz o que elas queriam. Pediram minha ajuda em termos de comunicação, apoio, conselho e então... já não era bom o suficiente? Além disso, é claro, ela estava ecoando minhas dúvidas em relação a Dylan. De qualquer maneira, já era certo que também havia me equivocado nesse quesito. Porque ele estava bem feliz a ponto de dividir seus segredos comigo e, logo em seguida, pular na cama de Nicki e conseguir tudo de que precisava.

— Becky, sinto muito por você se sentir culpada por conseguir exatamente o que queria, mas acho que estou com problemas mais complicados agora.

— Ah... — Ela pareceu magoada e se levantou. Cerrou os punhos, como se estivesse com medo do que eu poderia fazer em seguida. — Claro, desculpe por ter feito você perder tempo.

Estremeci, mas coloquei o fone de volta e mirei a tela do computador. Quando movi o olhar uns centímetros para o lado, percebi que Tola estava parada em frente à minha mesa, de braços cruzados, batendo com o pé no chão. Não falei nada e mantive meu foco na tela.

Ela arrancou meu fone de ouvido e tentou me puxar pela mão.

— Almoço.

— Estou sem fome.

— Não estou nem aí, você precisa espairecer e precisa dos seus amigos.

Dei risada.

— Você nem seria minha amiga se não fosse a Match Perfeito.

Tola me olhou de baixo para cima e falou pausadamente:

— Estou vendo que está passando por alguma coisa, então não vou culpá-la pelas besteiras que está proferindo. Mas tento ser sua amiga desde meu primeiro dia aqui. É você quem tenta manter as pessoas longe, não eu. Agora pegue sua bolsa e venha logo, cacete.

Ela fez um sinal para Eric, que deu um pulo e se juntou a nós no elevador, sem dar um pio.

— Agora você é mudo? — perguntei para ele.

— Não, só estou tentando não contrariar uma louca dentro de um espaço confinado — respondeu ele, espantado.

Em seguida, sorriu e pareceu tão preocupado comigo que senti uma pontada no estômago.

— Viu, essa é a cara que você faz quando sou gentil, então tento não ser! — exclamou com a voz estridente.

Ele viu meus olhos se encherem de lágrimas.

— Bem lembrado.

Engoli o choro e olhei para cima até ter certeza de que conseguiria me controlar.

Fomos andando para a pracinha que ficava atrás do prédio, lá nas ruas secundárias de Oxford Circus. Eu adorava essas coisas de Londres, os recantos verdes escondidos, esses pequenos redutos de alegria. No verão, ficariam lotados de uma hora para outra, com gente esparramada por todos os cantos, uns pegando sol, outros lendo, até que mal daria para ver a grama por baixo. Por ora, os raios de sol estavam tímidos, então puxei as mangas do suéter para cobrir as mãos por completo. Tola e eu aguardamos enquanto Eric buscava o café e os doces, sentadas no banco, sem dizer nada. Era gostoso ficar em silêncio juntas.

— Desculpe por ter falado aquilo sobre você não ser minha amiga. É que sei que você espera mais de mim em relação à Match Perfeito e acho que não consigo corresponder.

Ela ficou espantada e tamborilou na calça jeans com as unhas pintadas de amarelo-canário.

— E daí? Você acha que só vou ficar do seu lado se eu conseguir o que quero? Só faço as coisas que quero fazer, Aly. Só saio com pessoas divertidas. Só vou para um encontro se a pessoa me der frio na barriga. — Ela estava praticamente ofendida por eu não saber disso. — E se eu começasse a achar que meus amigos só querem estar comigo por conta do que posso fazer por eles, falaria para irem à merda.

Assenti, enquanto olhava para o chão.

— Amamos você por ser quem é, não por ser uma mestra da manipulação que poderia nos render milhões.

O senso de humor abrandou a voz de Tola.

— *Pode* ser — respondi, mal-humorada.

Tentei esboçar um sorriso.

— Meu Deus, esses *millennials* precisam fazer terapia — afirmou sem paciência.

Comecei a rir, mais pela tirada inesperada, e dei um cutucãozinho nela, abrindo um sorriso ao ver Eric chegar.

— Cheguem pra lá, quero participar da farra — pediu, ao se sentar na extremidade do banco e nos entregar o café. — Então... estamos reunidos hoje para descobrir o que diabos está acontecendo com Aly — declarou em tom solene. — Embora já faça *dias* que ninguém me pergunta sobre os problemas da minha vida amorosa, tenho duas coisas para compartilhar. Mas, antes, será que nesta semana Aly finalmente vai se abrir para seus amigos e confiar que terá o apoio deles? Fique ligado para saber o que vai rolar.

Dei uma cutucada nele.

— Seu besta. O que é que está rolando com o Ben?

— Nada disso! — Tola ergueu a mão. — Você sabe que ele é fraco e quer ser o centro das atenções. Agora o foco é *você*. Não tem escapatória. O que está acontecendo?

Não podia contar para eles o que vivi com Dylan. Que fiquei estarrecida ao descobrir a verdade. Que não conseguia parar de pensar nisso.

Portanto, escolhi o assunto mais urgente.

— Minha mãe ia ter que vender a casa dela... — comecei.

Não, teria que voltar mais um pouco. Teria que explicar a relação de merda que ela e meu pai tinham, o que essa casa significava e o que ele tinha feito para manipulá-la.

E foi o que fiz. Contei por que precisava do dinheiro, e que havia ligado para Nicki para fechar um acordo diferente. Falei dos cem mil. Expliquei o que flagrei na casa da minha mãe, na noite anterior, as coisas que disse e a vergonha enorme que senti.

Depois, fiquei sentada ali, completamente vulnerável, à espera do julgamento deles.

— Isso é mesmo uma merda.

— Sinto muito, Aly. Deve ser muito difícil lidar com isso sozinha.

Foi a demonstração de carinho que me pegou, mais uma vez. Fechei os olhos e tentei conter as lágrimas.

— Falei umas coisas bem pesadas.

— Eram mentiras?

Tola fez a pergunta enquanto acariciava minhas costas, como se eu fosse uma criança contando um pesadelo.

— Não, mas falei porque queria machucá-la. Queria que ela acordasse. Faz anos que tento fazê-la acordar.

Os dois se aninharam em volta de mim, compreensivos, para me proteger. Aceitaram tudo sem questionamentos. Bem, houve uma questão.

— Nossa, cem mil. — Tola deu um assobio. — Isso que é uma enrolação de primeira. Adorei.

— Ah... Mas eu, não. Só queria fazer algo de bom e estar com vocês durante esse processo. Eu não queria essa... confusão toda.

— Temos certeza *mesmo* de que não queremos continuar dando um jeito em Dylan e depois fazer uma viagem bem legal? Tipo, a coisa mais chique que a gente conseguir inventar. Só estou brincando... mais ou menos.

Eric abriu um sorriso para mim e apertou meus ombros. Tentei sorrir de volta.

— O que podemos fazer, meu bem?

Ele perguntou de um jeito tão sincero que até me senti um pouco estranha.

Sequei as lágrimas.

— Você pode me perdoar.

— Pelo quê?!

Fitei seus olhos.

— Eu apresentei você a Ben. O que vai acontecer quando tudo isso acabar, Eric? E se você tiver conhecido *a pessoa certa* e, antes mesmo de poder começar alguma coisa, ter virado um mentiroso por minha causa?

Eric me olhou intrigado e sorriu.

— Os melhores romances começam com umas mentirinhas estratégicas. E, de qualquer forma, não me preocuparia muito quanto a minha história com Eric virar o romance do século. Ele está criando uns obstáculos sem precisar da sua ajuda.

Pelo visto, havia muitos solavancos na estrada para o amor verdadeiro e a guarda compartilhada de uma cachorrinha beagle espevitada.

— Como assim?

— Ele não quer namorar comigo porque sou novo no vale — reclamou Eric. — Mas quer que a gente fique amigo. Sou muito sortudo mesmo por isso acontecer justo agora que finalmente encontrei uma pessoa sexy, inteligente, gentil, divertida, que se veste bem e gosta de cachorro...

— Como assim "novo no vale"? — indaguei.

— Ben é assumido desde sempre, né? — perguntou Tola.

Eric apontou para ela.

— Exato.

— Já você...

— Fui noivo de uma mulher durante três anos, todos os meus relacionamentos foram com mulheres, e só meus parentes mais próximos sabem que sou gay. — Ele levantou as mãos, como quem diz "fazer o quê?". — Ou seja, novo no vale.

— Mas a culpa não é sua! — exclamei, e a voz saiu bem aguda. — Ele está sendo injusto!

— Ele acha que preciso de um tempo para me entender e não me precipitar.

— Tem um ano e meio que você faz isso! Fica entendendo você mesmo e os outros! O que mais ele quer? — questionei.

Eu me senti extremamente ofendida.

Eric deu uma olhada para Tola.

— Ah, não, despertamos a fera.

— Não, estou falando sério — respondi, segurando na mão dele. — Você é maravilhoso. É engraçado, inteligente, bonito, leal. E faz um tempo que deseja ter uma conexão real com alguém, aí a encontra, o cara sente a mesma coisa, mas acha que você é muito inexperiente para ele? Ah, faça-me o favor, né? Que droga é essa?!

Ele pareceu apreensivo.

— Aly, respira. Já está com muitos problemas agora, eu só estava dando uma reclamada. A gente vai sair como amigos e, com meu magnetismo sensual, ele vai acabar dando o braço a torcer. Só dá para fingir uma amizade com alguém até certo ponto, se a vontade for, na verdade, de pular na pessoa.

Tola olhou para ele e caiu na gargalhada, depois virou a cabeça em minha direção.

— A não ser que você seja Aly, aí consegue sobreviver desse jeito por pelo menos dez anos.

Até eu, que não estava muito a fim, acabei rindo.

— Vocês dois são péssimos.

Eric me entregou um saco de papel pardo.

— Agora enfie esse donut na boca e vê se dá uma animada, caramba. Hoje à tarde, temos a primeira reunião comandada pelo Matthew e, já que não pode recorrer a você, Hunter está orientando ele. Será um baita de um teatro de marionetes, então precisamos de senso de humor reforçado.

Dei graças a Deus pelos meus amigos. Não tinha a menor ideia do que faria sem eles.

A chave para a felicidade era evitar as coisas e sorrir.

Evitar as ligações da minha mãe. E mensagens de texto e de voz e e-mails. Não atender meu pai e bloquear seu número. Deixar Tola assumir os compromissos pendentes da Match Perfeito e ignorá-la quando perguntava sobre fazer novos agendamentos. Ou quando perguntava o que eu queria fazer em relação a Dylan.

Dylan, que não parava de aparecer em fotos e vídeos postados pela namorada, ora posando atrás dela, ora dando um beijo na bochecha da amada ou lhe arrancando risadinhas. Fazendo exatamente o que desejei que fizesse. Dylan, que me mandava mensagem todas as noites, sem falta, com sua lista diária de cinco coisas, sendo que a quinta sempre era "Sermos amigos de novo". Ele estava acabando comigo. Eu tinha voltado ao passado, ao mesmo lugar de anos antes, quando o via ser o namorado perfeito para outra garota, ajudava-o a fazer isso e fingia que não ligava.

Eu precisava dedicar essa energia a mim mesma.

Não queria ter mais nenhuma relação com a Match Perfeito. Não podia mais usar certas características minhas como armadura.

Tinha que cancelar esse trabalho. Tinha que falar para Nicki que iríamos encerrar tudo. Continuaria ajudando Dylan com a questão da empresa dele, Nicki ficaria com nossos ensinamentos e continuaria a trabalhar com afinco para torná-lo quem ela queria que fosse (talvez tivesse êxito), e eu não perderia meu amigo. Quem sabe, me livraria dessa sensação de embrulho no estômago, pelo peso da traição.

Era hora de encarar a PAG e estar preparada para suas garras.

Estava redigindo um plano de ataque, composto por uma lista de itens selecionados com extremo cuidado (*Como Sair Desta Maldita Confusão*) quando Eric me ligou. Atendi com um pé atrás.

— Você nunca me liga no fim de semana. Está tudo bem?
— Por favor, por favor, diz que sim — implorou ele.
Fiquei tensa na hora. Baixei a caneta.
— O quê?
— Nicki convidou todos nós para um acampamento de luxo.
— Um acampamento de luxo. Sei. — Fiquei confusa. — Por quê?
— Ela acha que seria, exatamente nestas palavras, "uma experiência superdivertida para nos conectarmos".
— E por que você sabe disso e eu, não? — indaguei, irritada.
Enquanto isso, batucava com a caneta no caderno.
— Porque ela queria convidar você, mas perguntei se podia fazer isso. — Ele deu um suspiro. — Porque eu sabia que você não aceitaria.
Semicerrei as pálpebras por um instante, depois olhei ao redor da cafeteria, ao me perguntar se havia ali mais algum cliente lidando com uma influenciadora invasiva que queria levá-lo para uma viagem extravagante. Provavelmente, não.
— E por que eu não aceitaria?
É lógico que não vou aceitar.
— Nossa, sei lá... Escrúpulos e outra baboseira qualquer? Aly, qual é. Eu preciso disso.

— Você precisa disso? — Dei uma risada e tomei um gole de café. — Precisa ir a um acampamento de luxo com um híbrido de celebridade de reality show e herdeira rica? Porque...

— Porque Ben vai. E meu plano atual se baseia na proximidade.

— E esse plano é...

— Sair com ele até ele se render e dormir comigo de novo. Depois, continuar dormindo com ele até que se apaixone por mim.

Não acreditei.

— Ah, ótimo. Doido varrido, excelente. Por que eu preciso ir? Pode ir sem mim. Boa viagem.

— Porque eu preciso de você, tá legal? Preciso do apoio. Estou fazendo o que você me falou, estou lutando pelo meu homem. E se você não for, vou acabar desistindo. Preciso que me ajude a ter coragem, ok?

Fiquei feliz e senti meus olhos ficando marejados.

— Você precisa de mim?

Ele achou graça.

— Tem alguma novidade nisso? Eu me coloco à mercê da sua vontade. Por favor, me ajude a induzir esse homem a me amar.

— Nada de artifícios, nada de querer mudar ninguém... — comecei.

— Eu sei, estou brincando — falou, de um jeito caloroso. — Preciso de apoio moral, só isso. Amo a Tola, mas ela é nova e cercada de gente se jogando aos seus pés, querendo sair com ela. Não entende o que isso significa, que é um troço muito raro de encontrar. Nós, velhinhos, temos que nos unir.

Expirei devagar, enquanto coçava a testa.

— Eric... o lance com Dylan e Nicki...

— Eu sei, é estranho, e você não se sente confortável e quer cancelar a coisa toda. Mas agora eles estão na maior paixão. Tipo, ela tagarelou sobre ele do início ao fim da ligação. Ela está muito feliz. Ele está muito feliz. Os dois têm a grande apresentação deles, está tudo acontecendo do jeitinho que você planejou.

Tenho minhas dúvidas.

Mas era verdade, as redes sociais contavam a história do casal mais bonito e apaixonado do Reino Unido. Lá estava ele na cama dela, sem camisa, com uma bandeja de café da manhã ao lado, e o cabelo bagunçado de um jeito que até parecia proposital. Era nítido que ele havia parado de pensar demais, de se preocupar se tinham sido feitos um para o outro. O namorado perfeito estava de volta, e eu sabia que deveria ficar feliz, mas aquilo me matava aos pouquinhos.

— Precisa mesmo que eu faça isso?

Fiz a pergunta com medo da resposta.

— Por favor, é *ele*. Amor, cercas brancas, casamento, beagles. Tomar café da manhã agarradinhos, usar pijamas combinando, envelhecer, ganhar rugas juntos. Ele é meu par, Aly.

Foi a primeira vez que escutei Eric sendo tão sincero. Que senti tanta vulnerabilidade da parte dele.

— Bom... merda. Até parece que dá para dizer não depois disso, seu filho da mãe.

Escutei seu suspiro de alívio e as risadas em seguida.

— Ótimo, vamos na quinta.

— Se eu tirar mais um dia de folga, Felix vai me matar.

— Sabe por que ele não vai? Porque você tem direito a essa folga, não é membro da diretoria e, pois é, também *tem o direito de ter uma vida*. Se ele quisesse que você ficasse acorrentada à sua mesa, deveria ter dado um incentivo quando teve a oportunidade.

Eu me endireitei na cadeira, com a sensação de ter recebido uma injeção de bom senso.

— Tem razão. Obrigada. É! Tudo bem, até que pode ser divertido. Um acampamento de luxo com uma herdeira rica. Pelo menos, rende uma boa história para contar, né?

E a chance de eu ter uma conversa a sós com Nicki e botar um ponto-final nisso tudo, de uma vez por todas. Operação Match Perfeito.

— Que vamos contar para nossos filhos! — Eric riu e logo ficou cheio de energia. — Certo, preciso fazer umas compras! Preciso de alguma coisa que diga "sou louco por você, sou assumido e me orgulho disso, além de saber curtir a natureza".

Morri de rir.

— Hã, ou seja, nu com a mão no bolso?

— Ora, tenho que conquistar esse gato logo, meu bem. Até amanhã!

Capítulo Dezenove

Dois dias depois, estava sentada no degrau da entrada do prédio, enquanto esperava pela carona e navegava pelas redes sociais. Naquela manhã, já tinha seis chamadas perdidas de minha mãe e um monte de mensagens não lidas. Era tudo intenso demais e, para ser bem sincera, queria continuar com raiva. Queria puni-la um pouco mais.

Sempre abria de novo aquela foto de Nicki e Dylan na cama, os dois com um sorriso lindo no rosto e a bandeja perfeita de café da manhã ao lado. Não compreendia o que me incomodava na imagem. Será que era um filtro bizarro? Será que tinham retocado com Photoshop?

Demorei um minuto até me dar conta: ele estava sem a medalhinha de São Cristóvão no pescoço. Desde a morte da mãe, nunca mais o vi sem esse cordão. E Nicki tinha falado para ele que não gostava daquilo, que não combinava com a marca dela. Então talvez o relacionamento fosse algo verdadeiro para Dylan, ele mergulhara de cabeça, sem se permitir ter dúvidas. Sem arranjar desculpas. Exatamente como eu tinha aconselhado. Deveria considerar uma vitória.

Ele queria que voltássemos a ser como na nossa adolescência, mas eu não tinha condições de fazer isso. Precisava de distância, de espaço. De um tempo para descobrir como ser essa versão de mim em relação a ele. Não revelar tudo e permitir que ele... fosse Dylan. Ele não poderia ser a pessoa mais importante da minha vida dessa vez.

Melhor dar um passo para trás, ser profissional, não deixar que ele se aproxime muito.

O que provavelmente não seria fácil em um acampamento...

Ouvi a buzina barulhenta de um carro e olhei para a frente, em choque. Era uma maldita limusine. Sem dúvida, tinha subestimado seriamente esse estilo de vida. Mas, poxa, eu queria ter uma história boa para contar. Estampei um sorriso no rosto e coloquei a mochila no ombro ao me levantar.

— Oi, gente!

Eles acenaram lá de dentro. Já estavam tomando espumante e ouvindo música no último volume.

O motorista pegou minha mochila e guardou no porta-malas, e, na mesma hora, fiquei arrependida por ter escolhido as roupas pela praticidade, como eu já sabia que ficaria.

Quando entrei no carro, as luzes de discoteca me ofuscaram um pouco a vista, e comecei a rir, atônita.

— Estamos indo para um acampamento de luxo ou para o baile de formatura, que nem os adolescentes americanos? — perguntei.

Ben deu uma piscadinha ao me entregar uma taça de prosecco.

— É só para causar um impacto — explicou Nicki, que sorria para mim de um jeito exagerado, com aquela energia de "sereia se transformando em tubarão". Ela se aninhou no peito de Dylan. — Quero que se sintam especiais. Para saberem o quanto sou grata, de verdade, por vocês e por tudo que fizeram pelo Dylan e pelo Ben.

Olhei em volta.

— Priya não vem?

Nicki fez uma cara contrariada, mas disfarçou com um sorriso.

— Não arranjou ninguém a tempo para ficar de babá.

— E ela prefere comer vidro a ir acampar — observou Ben.

— Já falei, é um acampamento *de luxo* — rebateu Nicki.

Dylan a acolheu com o braço.

— E ela vai morrer de inveja, por perder esta viagem maravilhosa, que todos nós vamos curtir — afirmou ele.

A intenção dele foi acalmar Nicki, que o fitou com tanta gratidão e alívio que me surpreendeu um pouco. Quem estava transformando quem em match perfeito?

— Além do mais, achei que seria agradável nos reunirmos antes da grande apresentação e do fim disto tudo! — explicou Nicki, de um jeito inocente.

Olhei para ela para tentar entender o que estava acontecendo.

— Antes do fim da reunião mais estressante da nossa vida? — Dylan riu e puxou Nicki para um abraço. — Acho que não vamos ficar chateados quando isso acabar, amor. Aliás, não quero nunca mais ter que usar terno e fazer uma apresentação na vida.

Nicki franziu a testa, perplexa.

— Mas você fica lindo de terno.

— Ele também fica lindo de calça jeans, o que é muito injusto — comentou Ben, e todos riram. — Bom, pelo menos assim não tenho a impressão de que estou prestes a levar uma bronca do chefão.

— Mas... ele *é* o chefão — afirmou Nicki.

E franziu a testa outra vez, mas logo voltou ao normal.

— Acho que Ben quis dizer que, assim que conseguirmos o investimento, não vamos mais precisar nos preocupar com as aparências. Com sorte, vamos ter o respaldo necessário para fazer o que queremos, para desenvolver coisas que façam a diferença. E podemos fazer isso muito bem de jeans e camiseta.

— E em um escritório menos caro.

Ben exibiu seu sorriso, e fiquei sem entender por que ele achou que aquele seria um bom momento para levantar essa questão. Nicki ficou horrorizada.

— Bem... — comecei, sorridente. — Com certeza é algo a se conversar quando for a hora, mas nunca sabemos que rumos a vida vai tomar após se fechar um acordo desse tipo! Então, um brinde ao sucesso!

Ergui minha taça, e todos se juntaram a mim.

Dylan me lançou um olhar de gratidão, e Nicki ficou reparando em nós dois, subitamente desconfiada.

— É uma pena que, depois da apresentação, não tenhamos outros momentos iguais a este — reforçou ela.

Nesse instante, compreendi o que ela queria dizer. Ela me queria fora da jogada. Não queria que a prova do seu subterfúgio permanecesse por perto, com uma arma carregada na mão, após ela obter o que desejava. A qualquer momento, eu poderia me virar contra ela, contar a verdade para Dylan, destruir o relacionamento dos dois. Lógico que ela queria me ver bem longe dali.

Sem dúvida, eu não era a única pessoa que estava tramando durante essa viagem.

Nicki olhava para Dylan como se ele fosse tudo que ela sempre quis e, quando desviava o olhar para mim, era como se eu não fizesse mais parte do mesmo time... Como se eu fosse a pessoa que estava atravancando o caminho. Ela *sabia*. Sabia que eu queria cancelar aquele acordo.

A limusine estava abafada, e dava para sentir cada buraco no asfalto conforme seguíamos pela rodovia. Com certeza, pegar a via expressa nessa coisa era puxado, não? Eu precisava de ar fresco e de um lugar para me esconder.

Ao ter a sensação de que Tola estava me olhando, abri um sorriso, para tentar lhe comunicar que estava tudo bem, embora estivesse tão enjoada que chegava a tremer.

— Aqui. — Ao passar para trás uma garrafa de limonada, Dylan tentou chamar minha atenção. — Deve ajudar a passar esse enjoo da viagem.

Assenti e tomei uns goles, sentindo-me grata.

— Você costuma enjoar em carro, Aly? — Eric estranhou e, de repente, senti que todos estavam me encarando. — Nunca ficou enjoada no meu carro.

— Só em via expressa — afirmou Dylan.

O carro mergulhou em silêncio.

Eu me recuperei e lancei um olhar de censura para Eric.

— Aliás, eu vomito no porta-luvas do seu carro quando você não está olhando. Sabe, só para ser educada.

Isso deu uma amenizada no clima, mas, ainda assim, Nicki me observava com cara de quem não estava gostando do que via.

Olhei para Dylan e tive certeza de que ele estava achando a mesma coisa... Ele não tinha contado para Nicki sobre nossa amizade naquele primeiro encontro, então como iria contar para ela depois desse tempo todo? Que confusão. Fiquei de cara emburrada para Eric, pois era óbvio que isso tudo era culpa dele.

— O que foi? — grunhiu ele para mim.

Apontei para meu celular, conforme digitava uma mensagem para ele.

Se eu não for sua madrinha de casamento depois disso, nunca mais falo com você.

Sem dúvida, o acampamento de luxo era diferente de tudo que eu já tinha visto. Era instagramável, o sonho de qualquer influenciador, e obviamente estavam preparados para a chegada de Nicki. Havia muitos guias e cabanas luxuosas, além de bicicletas em tons pastel paradas em diversos pontos. Fomos conduzidos em carrinhos de golfe pela propriedade, para conhecer as atividades disponíveis e o spa no bosque, até enfim sermos deixados em frente a nossas tendas circulares.

Eu já tinha acampado em excursões da escola e em viagens com a família no exterior. Em festivais, ao lado de Dylan. Mas isso era um universo totalmente à parte.

As tendas tinham nossos nomes, e achei interessante quando vi que Ben e Eric iriam dividir o mesmo espaço. Tola e eu cruzamos olhares com Nicki, que sorriu e fez uma cara para mostrar que éramos cúmplices nessa torcida. Por um momento, pareceu que ficaria tudo bem.

Então, Dylan viu o nome deles na placa de madeira da maior das tendas.

— Nossa, a suíte de lua de mel!

— Quem sabe seja uma boa inspiração! — respondeu Nicki, de um jeito meigo e acanhado.

Nem consegui respirar, pois queria saber como ele reagiria. Uma pressão daquela, mencionada de forma tão casual. Ele estava absolutamente distante dessa ideia quando conversamos sobre o assunto. Apesar disso, algo devia ter mudado, porque Dylan riu, jogou-a por cima do ombro, deu um tapinha na bunda dela e os dois desapareceram tenda adentro.

Senti vontade de vomitar e, dessa vez, não era pelo enjoo da estrada.

— Você conseguiu! Deu um jeito! — Tola agarrou minha mão e me puxou para dentro da tenda circular. — O que é que você fez? O que mudou?

— Sei lá. Eles precisavam de um pouco de espaço para se entenderem, acho.

— A Match Perfeito ataca novamente!

Tola tirou um chapéu imaginário.

— Não, não sei se fui eu — discordei, triste.

— Aposto que foi.

Não queria receber os louros. Dylan estava feliz, Nicki estava feliz, daria tudo certo com a apresentação, e eu sumiria aos poucos até sair de cena. Não dava para continuar sendo amiga dele, Nicki não permitiria. Era comprometedor para ela. E Dylan faria a escolha que a deixasse feliz. Tinha sobrevivido sem mim durante todo esse tempo, não precisava mais de mim. Seríamos o tipo de pessoa que, de vez em quando, curte um post na rede social do outro. E ficaria tudo bem.

Tola e eu olhamos ao redor do ambiente por um tempo e reparamos em tudo. Duas camas lindas com dossel dominavam o quarto, cobertas com mantas de tricô. Havia uma cesta com guloseimas em cima de cada uma, com nosso nome e um cartão de boas-vindas. O espaço também contava com redes, cadeiras e uma área pequena para trocar de roupa, separada por uma divisória com uma pintura. Havia um lustre imenso no centro da tenda. Era lindo.

Logo ouvi risadinhas de Nicki.

— Vamos entrar na hidromassagem e pedir uns coquetéis bem chiques para o barman bonitinho? — sugeriu Tola.

Ela acariciou minha mão, em solidariedade.

— Acho que antes vou sair para correr.

Enquanto estava trocando de roupa, meu celular tocou.

— É a sua mãe! — berrou Tola. — Quer que eu atenda?

— Não.

— Qual é, uma hora vai ter que...

— Uma hora, T. Quando eu achar melhor, está bem? Ainda não estou preparada.

Ela levantou as mãos quando surgi toda equipada para a corrida.

— Muito justo. Então vai me deixar aqui tipo uma alface murcha no meio do sanduíche... Um casal transando daqui; outro, de lá.

Caí na risada.

— Você sabe dar um jeito de se divertir. Quando eu voltar, já vai ter conquistado todos os funcionários e feito amizades para a vida toda no bar.

— Verdade. — Ela assentiu, enquanto conferia as unhas.

— Está bem, vá se quiser, mas nada de ligar para o trabalho.

Foi minha vez de levantar as mãos.

— Não sou mais assim. Agora sou uma nova pessoa.

— Que bom saber, gata. Mas, só para registrar, eu também gostava da antiga Aly.

— Só você, mais ninguém.

Saí depressa da tenda.

Nunca gostei muito de correr. Só praticava porque fazia bem para a saúde, porque dava a sensação de ser adulta. Porque era importante fazer coisas de que não gostamos e só terminar logo a tarefa. Mas ficar longe de Nicki e Dylan, afrouxar o nó em meu peito, aquela culpa visceral... Correr era a melhor coisa a fazer. O lugar era bonito e, a cada inspiração, sentia-me mais no controle da situação, voltando a ser eu mesma. Assenti e sorri quando passei por outros grupos de corredores indo na direção contrária.

Quem sabe eu devesse participar de um clube de corrida? Será que foi nisso que errei, em apostar nos jantares sozinha e insistir que poderia fazer tudo por conta própria? Talvez o que eu precisava, na verdade, era dos outros. De acolhimento e conversas despreocupadas com pessoas que seguissem na mesma direção que eu. Independentes, mas unidas. O sentimento de fazer parte de alguma coisa, sem deixar de ser eu mesma.

Após voltar e tomar banho, fiquei mais calma, sem a sensação de estar à beira de um colapso nervoso. Mas Tola não estava na tenda e, quando me aventurei do lado de fora, eu a encontrei ajustando a hidromassagem.

Havia uma garrafa de champanhe em um balde de gelo ali ao lado, petiscos sortidos em uma mesinha de apoio e dois roupões felpudos.

Olhei para ela.

— Marcou um encontro promissor do qual não estou sabendo?

Tola apontou para mim.

— Já falei que ainda iria abrir essa sua cabeça para ver o que se passa aí dentro. — Ela indicou a hidromassagem. — Chegou a hora.

Cogitei resistir, mas, àquela altura do campeonato, já estava exaurida. Fui para a tenda e coloquei o biquíni. Voltei e, ao entrar na água, dei um suspiro. Ela encheu minha taça, juntou-se a mim e fizemos um brinde.

— Até que não é tão ruim... esse estilo de vida de garota rica — comentou. — Acho que eu aguentaria.

— Acho que você se sairia maravilhosamente bem. — Eu sorri para ela, mas flagrei aquele lampejo em seu olhar. — Ih, lá vem...

— Pois é — concordou ela. — Já chega de se esquivar. Mas que raios deu em você?

— Já falei sobre a questão com a minha mãe e...

— É, e fico bastante honrada por você ter confiado na gente. Mas não é disso que estou falando. E não é o trabalho, nem a história do cargo. Também não acho que seja a Match Perfeito.

Quase todas as confusões que estavam no páreo. Afundei até a água cobrir meu queixo.

— Tá legal, sabe-tudo, então é sobre o quê?

— Dylan James.

Olhei em volta, em pânico, como se Tola o tivesse materializado ali, mas ela fez um gesto com a mão para eu relaxar.

— Todo mundo foi tomar uns drinques no bar da floresta. Foi por isso que quis ter uma conversa *a sós* com você. Porque você não é muito boa com... sentimentos.

Amarrei a cara.

— Isso não é verdade.

— Ah, não me leve a mal. Você é excelente quando se trata de entender o que os outros estão sentindo, de saber o que os motiva, de compreender a lógica e as dores de cada um. Mas acho que não está sendo franca consigo mesma e com a gente. O que tem de diferente neste projeto, Aly? Por que *este* é o que está acabando com você?

Pressionei os lábios, soltei todo o ar dos pulmões.

— Porque tem *ele*.

Tola assentiu.

— Ele me amava naquela época. Eu o amava, ele me amava, e ferrei com tudo porque tive medo... — Cocei a testa. — E não consigo parar de pensar nisso. Não consigo parar de pensar no que teria acontecido e se ainda estaríamos juntos até hoje e... se a gente teria sido feliz.

— Mais feliz do que ele está com ela?

Estremeci, agitando água ao meu redor.

— Eu *causei* isso. Falei o que ele precisava escutar, o que precisava fazer, e agora olhe só para os dois, são perfeitos! Segui exatamente o que deveria fazer, e isso está *me matando*.

— Após abrir a porteira, não conseguia mais parar. — Porque não vou poder ficar com ele. Sabe o que esta viagem significa para Nicki? O ato final, para ela poder se livrar das provas. Ninguém mantém por perto o responsável por desovar o cadáver.

Tola abriu um sorriso.

— Que melodramática. Então você vai contar para Nicki que está tudo cancelado?

Assenti ao tomar o resto do champanhe e aguardar que Tola enchesse minha taça.

— Sim, vou cancelar tudo. Vou ajudar Dylan com a apresentação porque ele é meu amigo, depois vou sumir aos poucos, sem chamar atenção. Talvez, com o tempo, consiga provar para ela que não sou uma ameaça. Afinal, não dá para ela me expor sem se expor também.

— E voltamos a conspirar, tramar, controlar! — exclamou Tola, com a voz estridente, com frustração. — Aly, você está me dizendo, com toda a sinceridade, que não vai lutar pelo seu homem?

— Ele não é meu. E ele está feliz!

— Porque você causou isso nele! Ele sabe que você fica enjoada quando pega uma via expressa. Sabe quando você precisa tirar o dia para espairecer, sabe o que perguntar para fazê-la se sentir melhor. Ande, me diga uma *única* vez que você teve isso com aqueles projetos com que namorou! Quando foi que deixou que algum deles a conhecesse a ponto de poder cuidar de você?

Olhei para ela, estática, horrorizada. Como foi que não enxerguei tudo isso antes? Respirei fundo e ri.

— Caramba, Tola. Dois tiros em cheio no peito. Brutal.

Ela soltou um risinho estrangulado ao ouvir isso e ergueu sua taça, em reconhecimento ao próprio triunfo.

— Ser um pouco rude é uma boa forma de demonstrar amor, e acho que as outras pessoas na sua vida não lhe dão isso. Porque têm muito medo de você. — Ela sorriu. — Mas entendo como se sente. Além disso, você é muito bonita e legal, merece coisas boas. Então, pronto. Foi uma crítica construtiva.

— Mas você acha que estou fazendo a coisa certa em relação ao Dylan?

— Ah, definitivamente não. Nunca engoli essa história de se sacrificar pelo bem de todos. Ser infeliz só por ser não faz muito meu estilo, sabe? E é arrogante da sua parte achar que sabe o que ele sente por você.

— Mas sei o que ele sente pela Nicki.

Tola revirou os olhos.

— Bom, de qualquer maneira, não teria minha aprovação. Amar alguém que beijou *uma vez* quando tinha dezoito anos... Você nem sabe se o sexo seria bom. Que desperdício.

Joguei água nela e gargalhei, enquanto fechava os olhos. Ao menos, eu tinha bons amigos. Amigos maravilhosos, bobos e verdadeiros.

— Bom, posso levantar uma questão enquanto você está nesse estado de espírito totalmente relaxado e eu estou no papel de sua guia espiritual?

Tola fez cara de santa.

— Não vou gostar, né?

— Bem, a atitude positiva durou uns trinta segundos! — reagiu ela. — A gente precisa conversar sobre o que vamos fazer com a MP, gata. Acho que não deveríamos melhorar homens para a mulherada.

— Acha que deveríamos ensiná-las a fazer isso diretamente, com eficiência? Tipo uma estratégia baseada em "ensinar a pescar"?

— Não, acho que deveríamos ensinar às mulheres que merecem coisa melhor.

Tipo Amy e o garoto escritor. Claro.

Tola era impressionante na maior parte do tempo, mas eu nunca a tinha visto deste jeito: quase sem maquiagem, radiante com a bebida e o brilho da água, sorridente e determinada. Não havia acessórios estilosos para desviar a atenção do que realmente importava. Talvez tenha sido minha habilidade idiota que gerou a ideia, mas foi Tola, com sua visão e motivação, que nos levou até ali. E talvez fosse ela quem iria nos conduzir por um novo caminho.

— Sabe que tenho quatro irmãs, né?

Fiz que sim.

— Uma delas se casou com um cara legal, só *uma* delas. E inclusive ele é bem imprestável. — Ela deu uma gargalhada, balançando a cabeça. — Nossa... Mas é como se elas aturassem isso, por amor. Para ter alguém que olhe para elas, que as domine e faça exigências pelo resto da vida. Todas as quatro queriam tanto ser escolhidas... e agora é como se isso fosse normal. É normal subestimar a pessoa com quem você se casou e esperar que seja um pai merda e um parceiro preguiçoso, sem desejar mais desse sujeito ou algo a mais para você? Não quero ser assim, gata. E também não quero que nenhuma outra mulher seja assim.

— Pois é. Bom... eu *realmente* gostei de falar para aquela garota que o namorado imbecil queria que ela virasse comida de tubarão... — reconheci. — Mas não quero me tornar uma detetive particular e lidar com traições e coisas do tipo. O que é que você está sugerindo? Que a gente vire terapeuta de casal?

— Estou sugerindo que a gente faça algo para tornar cada mulher a protagonista da sua própria história. — Ela fez uma cara de travessa para mim, como quem quer vender alguma coisa. — Parece legal, não acha?

Parei para refletir por um momento, ponderando sobre todos os projetos com os quais namorei e o que teria feito de diferente. Como seria minha vida se eu não fingisse ser uma protagonista diferente, aquela mulher comendo sozinha em Nova York. Como seria se fosse só eu, se eles fossem só eles?

— Aprender a dizer não — falei, de repente, ao pensar na minha mãe. — Desenvolver a autoestima, recuperá-la após um relacionamento destrutivo. Fornecer um vocabulário para elas pedirem um aumento, um cargo mais alto.

Tola mordeu o lábio e assentiu.

— É *assim* que se fala!

— Mas isso é muita coisa! Tem tantas coisas que poderíamos fazer... Você tem algum plano concreto para sua visão?

Ela sorriu.

— Não sei... ainda! Fique ligada nas próximas notícias. Mas quando eu souber, quero que você esteja comigo.

Quando ficou muito quente, saímos da hidro, sentamo-nos na beirada e ficamos admirando o céu escurecer.

— Posso perguntar uma coisa?

— Não custa tentar — respondeu ela, sorridente.

— Seu jeito de ser... Você lida muito *bem* consigo mesma. A confiança, os drinques oferecidos por desconhecidos, a bajulação das pessoas... Sempre foi tão fácil assim para você?

Ela pensou um pouco.

— Tenho meus momentos, minhas incertezas. Mas me sinto melhor quando sou verdadeira comigo mesma. Isso não quer dizer que não me sinta vulnerável de vez em quando, não quer dizer que não tenha medo de os meus amigos se cansarem de mim. Sei que algumas pessoas não me aguentam. Às vezes, sou sincera até demais, na hora errada, e acabo machucando as pessoas. Nem sempre acerto. Mas, não, não me envergonho nem me arrependo das minhas escolhas.

Ela vacilou, e eu precisava saber qual era a exceção.

— O que foi?

— Quer dizer... Tenho alguns arrependimentos, acho. Tem uma amiga minha, a gente se gosta. Faz tempo que uma gosta da outra e, nesse processo, uma acabou enrolando um pouco a outra. Mas a ideia de ferrar com tudo, de não a ter mais na minha vida... Parece que não vale a pena arriscar. Então a gente vai embromando, aí eu saio e transo com um cara, porque é mais fácil. Ela finge que não fica magoada, eu finjo que não estou chateada, e recomeçamos todo o ciclo.

— Nossa, parece... complicado.

— Pois é, e não sou fã de complicações. Quando é comigo, pelo menos. Para gente descontrolada que pensa demais ou sente demais, como você e Eric, beleza. Mas prefiro que as coisas sejam simples. Tudo preto no branco, sabe?

— E aí, o que você vai fazer?

— Vou me esquivar até onde der. E vou sair para dançar. Quer ir também?

Contemplei as estrelas, enquanto ela tirava as pernas da hidromassagem e calçava os chinelos.

— Vai ter música para dançar, bebida e, provavelmente, umas subcelebridades. Topa?

— Não, vá lá se divertir. Estou curtindo esta tranquilidade.

Eu me segurei para não voltar para a água até Tola ir embora e dei um tchau, enquanto ela se afastava lentamente. Em seguida, afundei até a altura dos ombros e curti a água quente contrastando com o vento fresco da noite em minha pele. Fiquei na dúvida se Tola voltaria para a tenda mais tarde ou se seria arrebatada por uma aventura amorosa. Para ajudá-la a esquecer as complicações emocionais.

Estiquei o braço para pegar minha taça, no outro lado da hidro, e soltei suspiros de satisfação, de olhos fechados. Um silêncio absoluto e o céu escuro, sem preocupações. Sem fingir ser outra pessoa, sem me esconder, sem guardar segredos.

— Ah, achei você! — Escutei uma voz e, quando abri os olhos, Dylan estava tirando a camiseta. — O pessoal está dançando no bar da floresta, mas queria saber onde você estava. Você me serviria uma taça, por gentileza?

Tratei de ficar de costas para apanhar uma taça e enchê-la, para não precisar vê-lo tirando a calça. Esperei até ouvir o barulho na água para me virar, já com um sorriso no rosto.

— Ora, ora, muito obrigado. — Ele fez um brinde e provou a bebida; em seguida, olhou ao redor. — Nossa, isso que é vida.

— Sem dúvida, é muito chique — reconheci, apoiando a cabeça na borda e mirando o céu mais uma vez. — Eu até me sinto pequena e insignificante. A cada minuto, um universo inteiro recomeça. Problemas insignificantes.

— Aly, fala sério. Você jamais poderia ser insignificante.

Dylan fez cara feia para mim, como se eu tivesse dito algo errado.

— Ah, não falei no sentido negativo.

Quando ele alongou os braços, sua silhueta atraiu meu olhar.

Nisso, vi a medalhinha prateada de São Cristóvão em seu pescoço e sorri, aliviada.

— Qual é a razão desse sorriso?

— Nada... O fato de algumas coisas permanecerem iguais. É reconfortante.

Ele me examinou com atenção e focou os olhos azul-claros nos meus.

— Algumas coisas permanecem iguais mesmo, você nem faz ideia.

Senti minha respiração acelerar e me forcei a desviar o olhar.
— Cinco coisas — soltei.
Até parecia que eram palavras de segurança... Bem, qualquer coisa para fazê-lo parar de me olhar daquele jeito.
Dylan ficou pensando e tamborilando na borda da hidromassagem. Pousei a taça, puxei as pernas em direção ao peito e abracei os joelhos.
— A vista do mirante... — começou ele, devagar, dando a impressão de que estava montando a lista com cuidado. — Os biscoitinhos wafer de caramelo na cesta de boas-vindas. Ver Ben finalmente se apaixonar por alguém... — Dylan ergueu a sobrancelha, e uma expressão maliciosa alterou suas feições até ele levar o dedo aos lábios. — *Shhh*, é segredo.
Não consegui conter o sorriso. Assenti.
— Foram três — avisei.
Aguardei que ele mencionasse Nicki: carregá-la no ombro, passar o dia com ela. A pessoa que tornou tudo aquilo possível. Ficar cada dia mais apaixonado por ela.
— O barman que me fez um coquetel fortíssimo, com uma garrafa de rum de vinte anos. — Dylan quis sussurrar, mas falou alto; em seguida, riu de si mesmo. — *Shhh*, outro segredo.
Comecei a rir, enquanto o observava se aproximar, até seu braço resvalar nas minhas costas, até eu estar quase encaixada ao seu lado, e ele estar tão perto que eu sentia seu hálito. Aqueles olhos continuavam acabando comigo.
— E número um, com destaque... — continuou baixinho, ao esticar a mão para tocar uma mecha de cabelo perto da minha têmpora. — É o fato de esta mecha aqui se encaracolar deste jeito, como um saca-rolhas que não dá para controlar, mesmo depois de quinze anos. — Seus lábios se curvaram, enquanto os olhos estavam fixos naqueles fios de cabelo. — É um milagre ínfimo e bonito.

Minha respiração voltou a acelerar, o coração disparou, e fechei os olhos. *Caramba, o que é que você está fazendo?*
— Você está bêbado?
Eu deveria ter afirmado, e não perguntado.
Dylan sorriu para mim.
— Não sei... Não importa, a gente não mente sobre as cinco coisas — respondeu, depois recuou para pegar a taça. — Mentimos sobre todo o resto, mas não sobre isso.
— E a culpa é *minha*? — perguntei, ao cerrar os punhos debaixo da água para não ficar trêmula. — Foi *você* quem fingiu que não me conhecia. *Você* começou com tudo isso.
— Ah, eu sei. — Ele riu e mexeu a cabeça como quem está se censurando. — Eu não queria dar esse gostinho para você, e agora não posso mandar para minha namorada um "ah, aliás, querida, essa pessoa a quem você me apresentou é, na verdade, minha melhor amiga".
— E ela não quer que a gente continue a amizade depois que tudo isso acabar — afirmei, sem pensar.
— Como assim?
Apontei para nós dois.
— Ela não gosta disso aqui. E não a culpo, porque como você explicaria que duas pessoas que se odiavam de repente parecem saber detalhes íntimos da vida uma da outra?
— Ela acha que dormimos juntos?
Dylan ficou confuso, parecia que a ideia jamais lhe ocorrera.
— Ou que a gente quer fazer isso, o que pode ser pior.
Ele precisou me olhar duas vezes para acreditar e franziu o cenho.
— Como isso seria *pior*, Aly? Pensar em fazer é pior do que fazer?
Respirei com calma.

— A possibilidade é sempre pior.

Ele continuou sem entender nada. Pelo visto, aquela era a coisa mais maluca que conseguiria imaginar.

— Isso é loucura. Além disso, é o mesmo que me pedir para não respirar.

Ele deu uma gargalhada e entornou o restinho de champanhe.

— O quê?

— Querer estar com você, isso nunca deixou de existir. Tipo o zumbido no ouvido ou o estalo nos pulsos quando me alongo. Faz parte de mim. Tem dias que está mais intenso, em outros é um sussurro, mas está sempre ali. É isso que acontece quando se passa quinze anos amando uma pessoa... Fica impregnado nos ossos, como um eco.

Fechei os olhos e senti um aperto no peito.

— Eu deveria ter perguntado *quanto* exatamente você bebeu, não deveria?

Fiquei de pé para sair da hidro e peguei o roupão que estava na lateral, enquanto ele me encarava.

— O quê? O que foi que eu fiz?

— Esse comportamento não é nada adequado — murmurei. Não tinha certeza se eu estava fazendo cena.

— Só porque eu gosto de você desse jeito? — Ele riu. — Novidade quentinha para você, Aly... Gostei de você na maior parte do tempo em que éramos amigos. Isso não inviabilizou a nossa amizade. Não nos impediu de namorar outras pessoas.

— Não impediu *você*. *Você* namorou outras pessoas. Agora fica zanzando por aí, flertando comigo e falando essas coisas, sendo que está na cara que está prestes a firmar um compromisso sério com Nicki. Um cara legal não se comporta assim.

Vi que ele tomou fôlego e assentiu, como se estivesse voltando para o personagem.

— Tem razão. Você tem toda a razão. Achei que podíamos ter, logo de cara, aquele tipo de amizade em que rola uma paquera, só de brincadeira. Mas eu estava errado. Pode se sentar. Prometo que vou parar de beber.

Eu me abaixei com cautela, de olho nele.

— Então, tem alguém especial na sua vida? Nem conversamos sobre sua vida amorosa, e você sabe tudo sobre a minha — disse ele, de um modo incisivo.

— Dylan.

— O que foi? Estou tentando ser seu amigo. Estou perguntando sobre seu relacionamento, é o que os amigos fazem. Só isso.

— Não estou saindo com ninguém, não.

Dylan ficou intrigado.

— Por que não?

— Porque, neste momento, me parece um desperdício de tempo. Todos meus ex-namorados se beneficiaram por terem ficado comigo. Cresceram e mudaram. E eu não mudei nem um pouco.

Continuo aqui, quinze anos depois, enxergando você como a solução dos meus problemas, apavorada demais para contar a verdade. Porque sou apaixonada por você até hoje, seu babaca, e isso está me matando, porra.

— Você mudou — declarou ele, escolhendo com cuidado as palavras. — É uma pessoa que nunca encontrou o que estava procurando e que, portanto, está juntando as peças sozinha.

Eu não queria perguntar o que ele quis dizer, se era ou não um elogio; não queria saber por que aquilo estava me dando vontade de chorar. Por isso, simplesmente ficamos sentados em silêncio durante um tempo. Algumas vezes, era mais fácil andar para trás do que para a frente. Para nós, o mais seguro era viver a nostalgia e não pensar no nosso futuro. Nós não tínhamos um futuro.

— Ei, me conte um fato verdadeiro, Dyl.

Ele fez uma careta e apontou para suas roupas amontoadas.

— Droga, eu tinha uma muito boa sobre flamingos, mas está no bolso de trás da minha calça.

Ele tem outra lista da Aly? Senti uma pontada no estômago.

— Tudo bem, então me conte o que está havendo com você.

— Eu...

Ele ia começar a negar, mas levantei o dedo.

— Um fato verdadeiro.

— Menti para Nicki sobre meu pai. Ela queria conhecê-lo e estava muito empolgada com isso. Não consegui contar para ela que a gente parou de se falar.

— Por quê?

— Não quero decepcioná-la. Nessas duas últimas semanas, as coisas têm andado muito bem. Tenho seguido o conselho da minha querida amiga Aly, exatamente como sempre fiz. — Ele sorriu para mim com gratidão. — Vou marcar alguma coisa e depois dizer que ele ligou de última hora para cancelar, sem explicações.

— Sinto muito.

Senti a mão dele pegar na minha e apertar meus dedos bem forte, debaixo da água.

— O erro foi meu. Faz muito tempo que finjo que sou um sujeito despreocupado. Não dá para esperar que as pessoas me levem a sério logo de cara.

Ele sorriu com ternura, e ri e soltei a mão, mas ele a alcançou de novo.

Aceitei, mas fiquei de olho, totalmente alerta.

— Sabe, eu tinha um plano muito claro para a minha vida — comentou Dylan, de forma inesperada. Lancei um olhar de surpresa, e ele riu. — Pois é, eu sei. Nada a ver comigo. Mas, nesses últimos anos, vislumbrei como seria uma vida perfeita para mim. Eu gerenciaria minha equipe e realizaria coisas que fazem a diferença, que melhoram a vida das pessoas. Teria um escritório simples, sem nenhum luxo, mas perto de uma boa cafeteria. Todos os dias, trocaria uma ideia legal com o barista, daria uma boa gorjeta, descobriria o que estava rolando na região, faria parte da comunidade, sabe?

Assenti, de olhos fechados enquanto o escutava, ainda de mãos dadas com ele.

— E eu teria uma casinha perto do parque e sairia para correr nas manhãs de domingo. Talvez meu pai fosse lá me encontrar, e nós correríamos juntos, que nem quando eu era mais novo, mas não brigaríamos depois. Eu faria um assado enorme aos domingos, com os amigos. Arranjaria um cachorro. Tomaria sangria no jardim. Pintaria as paredes da sala de laranja, um tom bem vivo. Todos os dias, faria uma lista com mais de cinco coisas.

Eu estava ficando tonta.

— Parece perfeito — respondi, baixinho, enquanto sentia seu polegar tracejar a palma da minha mão e minha respiração ficar acelerada. Abri os olhos. — Você está no caminho certo.

Ele me fitou.

— Estou?

— O que está fazendo aqui, Dyl?

O polegar dele acariciou os nós dos meus dedos, e lancei um olhar suplicante para ele. Mas não soltei a mão, não me afastei.

— Sinto que todas as decisões que estou tomando agora me distanciam cada vez mais dessa vida. Posts patrocinados, ensaios fotográficos, prédios comerciais chiques. Cartões de crédito para bancar viagens e buquês de flores imensos, pedidos de desculpas a todo momento, *sempre*. Estou esgotado, Aly. Estou muito cansado de fingir.

Os afagos vagarosos em meu pulso estavam me matando. Era afetuoso demais, e eu havia exagerado na bebida.

— Você disse que estava feliz.

Eu suspirei, e ele inclinou a cabeça em minha direção.

— Tinha me esquecido de como era essa sensação, de como isso vicia — disse ele, baixinho.

Evitava olhar para mim.

— Isso o quê?

— Você e eu. Ter um passado. Tudo fazer sentido.

Balancei a cabeça e desvencilhei meus dedos dos dele antes de sair da hidromassagem e me enrolar no roupão.

— Está certo — declarou Dylan, ao erguer as mãos outra vez. — Quebrei as regras.

Cruzei os braços e tornei a balançar a cabeça.

— Sei que você só está agindo como sempre agiu, então nem posso culpá-lo tanto por isso, mas não dá para se enroscar nela, fazê-la se sentir especial e fazer amor com ela, e depois vir atrás dos meus conselhos. Não pode oferecer para ela sua faceta pública de namorado e guardar os caquinhos para mim. Sei que sempre funcionamos dessa maneira, sei mesmo. E lamento. Mas isso acabava comigo naquela época, e não vou permitir que aconteça de novo.

Ele se levantou.

— Aly, eu...

— Nem esquente com isso. Que bom que voltamos a ser amigos. Vamos continuar assim, está bem?

Nesse instante, o pessoal voltou, cambaleando e rindo juntos. Todos pararam quando nos viram.

— Ah, Aly e Dylan discutindo de novo. Ótimo, o mundo voltou a fazer sentido! — Ben deu uma gargalhada. — Vamos entrar na hidro?

Sorri para ele.

— Aproveitem aí. Já fiquei tanto tempo que estou parecendo uma uva-passa.

Dylan sorriu de um jeito parecido com o meu e assentiu quando Nicki lhe perguntou se estava bem.

Saí andando, sem olhar para trás. Como deveria ter feito desde o começo.

Capítulo Vinte

Acordei e vi que Tola estava bem ao lado, agarrada a meu braço como uma coala determinada. Fiquei na dúvida sobre o motivo de ela não ter dormido na própria cama *king size*, mas dei uma olhada e vi que o colchão estava tomado por pilhas e mais pilhas de roupa.

Ela estava muito fofa: a sombra cintilante dourada se espalhara no rosto, e a camiseta do Guns N'Roses era de um número bem maior. Tipo uma criança angelical que surrupiou umas maquiagens do nécessaire da irmã mais velha. Eu me arrastei para fora da cama e me vesti para correr. Após abrir o zíper da tenda com cuidado, encontrei Nicki já de pé, toda maquiada, tirando selfies ali fora.

— Bom dia! — sussurrou ela, alto o suficiente para que todos ouvissem. — Só estou tirando umas fotos.

Respirei fundo. Do nada, ela parecia uma pessoa normal. Como qualquer mulher que me procurou porque o namorado não lhe dava atenção, não se esforçava por ela ou não queria amadurecer. Mas Nicki tinha um parceiro que fazia todas essas coisas, que se empenhava mais do que todos e, mesmo assim, isso não lhe bastava.

— Nicki, na verdade, estava querendo falar com você...

— Claro, minha querida, seria maravilhoso ter um tempinho a sós, mas tenho que terminar isso aqui, ok?

Ela sabia o que eu queria dizer e iria me enrolar o máximo que pudesse.

— Não vai demorar muito, não — argumentei, enquanto forçava meu sorriso de tubarão. — Por que não tomamos café da manhã juntas, só nós duas? Para falarmos do andamento dos nossos projetos.

Isso capturou o interesse dela. Ela sorriu, um pouco confusa, e concordou.

— Muito bem, já que faz tanta questão. Passei para o chef a receita de waffle de trigo-sarraceno da minha nutricionista, então vamos torcer para ele saber o que está fazendo!

Nós nos acomodamos em uma mesa no jardim. Muito sorridente, Nicki acenava para todos, como se fosse a própria rainha.

— Desculpe, é bem constrangedor, mas são os ossos do ofício.

Ela deu um sorriso e voltou a conferir o celular. Tampei a tela com a mão, e ela olhou para mim, chocada.

— Eu queria ter uma conversa rápida com você.

— Sobre Dylan?

Ela colocou o celular na mesa, mas continuava a olhar para o aparelho como se ele pudesse conter todas as respostas do universo.

— É, sobre Dylan.

Enfim, Nicki assentiu e passou a me dar atenção total.

— Você avançou bastante, preciso reconhecer. — Ela tomou um golinho do smoothie verde, com cuidado. — Quando vi que ele a *detestou* no começo, tive lá minhas dúvidas, mas parece que agora vocês dois estão se entendendo melhor, não?

— Eu não...

— Quer dizer, ele tem sido tão amoroso e atencioso ultimamente, então preciso lhe dar o crédito por isso. — Ela sorriu para mim, com ar de superior. — Com todas aquelas reuniões intermináveis para aperfeiçoar a apresentação, achei que estaria exausto, mas ele corria para meu apartamento, de repente muito *entusiasmado*, muito... ardente.

Nicki sabia o que estava fazendo comigo. Devia estar bem óbvio para ela que eu era a mulher que se apaixonou pelo próprio alvo, não?

— Bom, enfim, minha querida, nem sei se precisamos dar continuidade ao nosso acordo. Acho que posso assumir a partir de agora. — Seu rosto era uma máscara. — Pode ficar com o dinheiro, é claro, compreendo que você ajudou, de fato, com a parte dos negócios. Sem dúvida, suas habilidades estão voltadas mesmo para essa área.

— Não entendi. *Você* quer cancelar isso?

Nicki se endireitou e deu uma ajeitada nas longas madeixas. Fiquei me perguntando a que horas ela precisava acordar para alisar o cabelo e se já chegara a se ressentir disso. Ela pegou o celular de novo, rolou a tela distraída e se animou com o número de "curtidas" recebidas. Nunca tinha me dado conta de que ela era bastante viciada, o que a impossibilitava de dar sua atenção total às coisas. Devia ser por isso que, em geral, era muito sedutor quando ela a oferecia, tal qual um presente. Como se a pessoa fosse especial. Eu me questionei se Dylan se sentia assim.

— Pelo jeito, ao trabalhar em equipe, Dylan ficou... apegado a você.

Ela virou as palmas das mãos para cima, como se aquilo fosse ridículo.

— Comentei que iria apresentá-la a um amigo meu, até como uma forma de agradecer por toda sua ajuda, e ele ficou bem aborrecido. "Você não pode sair orquestrando a vida dos outros desse jeito, Nicki." — Ela o imitou e revirou os olhos. — Que irônico, né? Isso sem contar todas as piadas internas.

— Piadas internas?

Quebrei a cabeça para me lembrar de algo. Pelo jeito de olhar, Nicki me achava uma imbecil.

— Lá no carro? Ele sabia que você estava enjoada com a viagem!

— Não foi uma piada — rebati, tentando caçoar da situação. — E eu estava quase verde. Devo ter feito algum comentário sobre isso.

Ela me olhou — na verdade, encarou — e passou a impressão de que queria extrair a verdade de mim através da pura força de vontade. Já tinha visto Nicki fazer isso em um reality show, ao ficar encarando alguém por um período longo e desconfortável. Antes presumia que se tratava de um truque de edição, para tentar prolongar o drama, mas passei a acreditar que algum produtor lhe dissera que era algo poderoso.

— Olhe só, eu concordo. Acho que é melhor ficarmos por aqui mesmo. Pode ficar com o dinheiro, no valor integral, os cem mil. Não vou cobrar pelo meu tempo. Eu não... Não acho que seria certo.

Nicki assentiu e, ao que parecia, já esperava por isto: fraqueza.

— É uma pena. Se tivesse feito o que prometeu, você estaria milionária. Seria um ícone — disse ela, às gargalhadas. Tive vontade de gritar. — Pensei que estivéssemos falando a mesma língua. Homens precisam ser lapidados, incentivados. É preciso reforçar bons comportamentos. Todas nós fazemos isso, tentamos treiná-los. Mas demanda muito tempo, é desgastante.

A garçonete apareceu para tirar nossos pratos e tomou o cuidado de desviar o olhar quando chegou mais perto. Seu corpo estava rígido e, pelo olhar arregalado, parecia que tinha reconhecido Nicki. Acho que vi um leve tremor em suas mãos. Sorri e murmurei um "obrigada" quando ela se retirou.

Eu me virei para retomar a conversa com Nicki.

— Não, não... Eu só... Só não entendo por que não acha que ele é bom o bastante para você, do jeito que é — argumentei. — Ele é atencioso, fofo. E se importa com você, respeita sua carreira, presta atenção nas suas necessidades. Ele se esforçou bastante para ir aos eventos, para ser essa pessoa que você precisa que ele seja. Por que isso não basta?

Nicki tornou a olhar para mim.

— Está perguntando porque acha que para você bastaria?

Tentei não esboçar nenhum movimento.

— Não estamos falando de mim.

— Acho que estamos, sim.

Ela deixou que o silêncio se instalasse de novo, mas me recusei a ser intimidada dessa vez. Tomei meu café bem devagar, sem pressa nenhuma, descansei a xícara no pires e abri um sorriso.

— Estou indo. Não precisamos tocar nesse assunto nunca mais.

O olhar de Nicki me mostrou: ela sabia que lhe restava pouco tempo para agir. Mas só precisava de um tiro certeiro.

— Minha querida, só falei isso porque não quero que você se machuque. Mas sabe que não tem chances com ele, né? Quer dizer, você é uma graça, não me entenda mal. Mas lhe falta um certo... polimento. Talvez ele sinta um instinto de protegê-la, como um irmão. Talvez até goste de você como pessoa, mas Dylan é, dos pés à cabeça, igual a qualquer cara. Ele gosta de mulheres torneadas, bronzeadas, depiladas, que usam lingerie. Até finge que não está nem aí para todo o meu esforço, mas, pode acreditar, quando estamos a sós, Dylan deixa bem claro quais são as preferências dele.

Respirei bem fundo, sorri e me inclinei para sussurrar para ela:

— Estou dizendo isso porque não quero que *você* se machuque, Nicki. Se precisa manipulá-lo para ele fazer o pedido de casamento, vai precisar agir assim em todas as decisões a serem tomadas pelo resto da vida de vocês, e ele vai se encher de rancor.

— Contanto que ele aguente até meu contrato de TV se encerrar, por mim tudo bem — rebateu Nicki. Olhei para ela, em estado de choque. — Quando voltarmos para casa, estará montado no apartamento um cenário todo romântico, com as comidas favoritas dele, um bom champanhe e uma colagem de fotos. Todas as viagens fantásticas, todos os momentos maravilhosos que vivemos juntos. E quando ele se virar, vai me ver segurando uma corrente com uma medalhinha, réplica da que ele ganhou da mãe, mas em ouro de vinte e quatro quilates. Um presente de noivado.

Fechei os olhos, aquilo me doeu muito.

— Nicki, fala sério. Não vá me dizer que também comprou um cachorrinho para ele?

— Eu *o conheço*. Sei do que ele gosta. O que considera importante. Ele quer o apartamento bonito, os ternos finos, o escritório grande, a esposa perfeita.

— Então foi por isso que viemos para cá? Para seus assistentes prepararem tudo?

Eu ri, aquilo nem me surpreendia mais. Arrastei a cadeira para trás para ir embora.

— Alyssa... — Ela lançou um olhar suplicante para mim, com uma expressão angelical. — Se contar alguma coisa para ele, vai pegar mal para nós duas. Siga o roteiro ou caia fora do palco. Não quero vê-la de novo depois disto.

Nicki passou a sorrir com doçura.

— Está bem, minha querida?

Não dê esse gostinho a ela, Aly. Você sabe jogar esse jogo, então manda ver.

Abri um sorriso fingido, como se aquela conversa tivesse sido absolutamente agradável.

— Obrigada por esta experiência tão *memorável*, Nicki. Até agora, foi alucinante. Vejo você no carro, para voltarmos para casa.

— Reservei um carro separado para vocês todos — contou ela, toda melosa, extasiada com sua vitória final. — Afinal, Dylan e eu temos um lugar importante para ir.

Conforme virei as costas e saí, me confortei com o fato de ter cumprido meu objetivo ali. A história chegou ao fim. Basta de mudar pessoas, de mentir, de usar truques. E basta de Dylan. Precisava acreditar que ele ainda mantinha a própria essência a ponto de tomar a decisão certa. Um Dylan que olharia para uma versão mais cara e luxuosa do presente da mãe e ficaria incomodado.

Mas, de um jeito ou de outro, o assunto estava encerrado. Não era mais um problema para eu resolver.

Problema era o que não me faltava.

A volta para casa foi silenciosa: Tola tirando um cochilo, bem tranquila; Ben e Eric grudados; e eu agarrada a uma garrafa de água, tentando não imaginar o que iria acontecer dali a algumas horas. Pouco antes, Dylan acenou para mim ao irmos embora, enquanto o outro braço envolvia Nicki, totalmente despreocupado.

Dei uma conferida no celular e encontrei uma mensagem de Priya:

> Como foi esse pesadelo de excursão? Todos vocês fizeram massagem em grupo e criaram um vínculo? Agora todo mundo é Time Nicki? Bj, P.

Tive vontade de rir dessa sincronia. Queria pensar que a opinião de Priya, os olhares tensos de Ben e aquela duvidazinha incômoda bastariam para Dylan, mas a realidade era outra.

Não havia dúvida sobre o que ele iria fazer. Eu sabia exatamente como a coisa iria se desenrolar.

Eu acompanharia o anúncio do noivado pela internet, esmiuçaria as fotos e as matérias e me permitiria passar uma noite chorando e enchendo a cara. Apenas uma noite para me despedir. E chega.

Depois, iria arranjar outro emprego e largar isso de tentar mudar as coisas e as pessoas.

Eu tinha um plano. Não parava de pensar nesta frase. *Eu tenho um plano, eu tenho um plano.* Vai ficar tudo bem, porque tenho um plano.

Quando chegamos em frente ao prédio, saí correndo e mal olhei para trás ao me despedir do pessoal. Fechei a porta de casa e respirei aliviada. Nada de mentiras, de fingimentos, de sentimentos. Apenas o silêncio. Eu me joguei na cama e dormi pelo resto da tarde.

Umas horas depois, meu celular tocou. Procurei por ele debaixo do edredom e vi que tinha dezoito chamadas perdidas. Tola, Eric e minha mãe. Tola estava ligando.

— O que é que está acontecendo? Está todo mundo bem? — perguntei, em pânico.

Tola suspirou.

— Porra, que bom que você atendeu. Onde é que você estava?

— Estava dormindo! Que emergência é essa?

— Entre no Twitter aí e veja o que está em alta.

— Rede social? Posso concluir então que ninguém morreu, nem perdeu um braço?

Passei a ligação para o viva-voz e abri o aplicativo.

— Ainda não — respondeu Tola, em um tom sombrio. Duas coisas me deixaram preocupada:
#aPAG
#MatchPerfeito
— Que porra é essa, Tola?
Ela suspirou de novo.
— Leia as matérias e me ligue de volta. Precisamos minimizar os danos.

Match Perfeito: milagre ou golpe?

Herdeira da areia para gatos paga cem mil para especialista em "criar matches perfeitos" convencer namorado empreendedor a se casar.

Diz o velho ditado que o dinheiro não compra a felicidade, mas a herdeira da fortuna da Gatinhos Felizes e rainha dos reality shows Nicolette Wetherington-Smythe não se ateve a isso. Nicolette virou figura pública desde a exibição da quinta temporada de *Elite Londrina*, mas faz pouco tempo que seu namorado, Dylan James, dono de uma *start-up* de tecnologia, fez sua primeira aparição pública.

De acordo com uma fonte, tudo isso faz parte de um plano elaborado para tornar o sr. James um parceiro mais digno para a influenciadora e aumentar o número de seguidores dele às vésperas de um grande acordo de negócios e de um pedido de casamento.

Mas, ao contrário da maioria das mulheres, a PAG não é muito fã de ficar esperando. Para acelerar o processo, contratou duas profissionais que se dizem especialistas em melhorar namorados, Alyssa Aresti e Tola Ajayi, que criaram a Match Perfeito. Com o pretexto de fornecer assessoria de negócios, Aresti e Ajayi têm interferido na vida pessoal do sr. James, tentando mudá-lo e adequá-lo às exigências rigorosas de Wetherington-Smythe. Em um momento de destaque da quarta temporada de *Elite Londrina*, a PAG largou o galã Landon Hawthorne, o bilionário dos biscoitos, por ele não ter conseguido compreender a "visão empresarial" dela. Bem, a partir de agora, ninguém mais terá esse problema.

Visitei outros sites, para entender até que ponto as pessoas sabiam:

Aresti e Ajayi administram a Match Perfeito há quase um ano. O site da empresa oferece pacotes diversos, que vão de consultoria profissional e acompanhamento pessoal a compromisso e comunicação quando se trata de relacionamentos amorosos. Escondido em uma página acessível somente por senha, a empresa conta com toda uma atmosfera de sociedade secreta. Além disso, adoramos as bolsas de lona de arrasar e os bótons atrevidos. Moças, vocês têm nossa admiração!
    Então, meninas, o que achamos disso? Pagaríamos alguém para dar um jeito no nosso homem? E valeria a pena pagar cem mil para fazê-lo aprender a usar a máquina de lavar?

Atirei o celular na cama e afundei o rosto nas mãos. *Merda.* Na mesma hora, liguei para Dylan, mas tocou uma vez e caiu na caixa postal. Precisava encontrá-lo, precisava me explicar. Mas o que eu poderia dizer, a não ser "*é verdade, me desculpe?*".

Tola ligou outra vez, mas não atendi. Ela mandou várias mensagens sobre organizar um plano, preparar um comunicado, tentar falar com Nicki. Mas eu não conseguia encarar a situação. Não conseguia encarar nenhum deles.

A garçonete, a que estava de manhã no restaurante do acampamento de luxo. Ela tinha ficado toda tensa e nervosa por conta da fama de Nicki. Foi porque sabia de uma fofoca que poderia valer alguma coisa.

Cobri a cabeça com as cobertas. Ai, meu Deus, o pessoal do escritório veria aquilo. Todas as pessoas que usaram a Match Perfeito veriam. Nicki tinha toda uma equipe de relações públicas para encobrir a história, mas nós estávamos fritas. Já era para nós.

Dylan ficaria muito magoado.

Tentei ligar para ele mais uma vez, ainda sem ter a menor ideia do que dizer, mas dessa vez não caiu na caixa postal. A voz metálica simplesmente disse: "*O número para o qual você ligou não foi reconhecido.*"

Capítulo Vinte e Um

Não conseguia tirar os olhos do drama se desenrolando, embora me recusasse a tomar qualquer atitude. Tola estava dando um show, pronta para pressionar, promover, responder, mas eu não conseguia. Não conseguia fazer mais nada além de ficar sentada, rolando a tela do celular:

Quem essas vadias acham que são, porra? Só de olhar para elas, dá para ver que estão precisando de uma melhorada!

Mais feministas mimizentas querendo acabar com os homens. Alguém precisa dar uma lição nessas vadias.

Que falta de ética! Não gosto dessa maneira de ver os homens, eles não são cachorros para serem treinados! Muitos já tomaram jeito! #NemTodoHomem

Que tal aceitar as pessoas como elas são, com todos os seus defeitos? Amar não é isso, no fim das contas?

Os comentários que tinham certa razão eram os piores. Porém, havia uns mais otimistas, de mulheres que entendiam a nossa proposta, compreendiam qual era o sentido. Só que eram poucos e espaçados, incapazes de neutralizar os raivosos.

Na noite de sábado, aconteceu a entrevista bombástica: com a própria Nicki. Eu estava acompanhando, com olhos de águia, sua maneira de gerenciar a situação toda e, enquanto isso, sobrevivia à base de chocolate e café e não parava de atualizar o navegador. Procurava as hashtags, analisava fotos e me envenenava com as opiniões alheias.

Ela tinha postado uma imagem de um coração partido, ao pedir um tempo para superar a dor do término. Umas horas depois, tinha feito um post sobre como era cansativo ser uma mulher ambiciosa e ter que carregar o parceiro nas costas. Em seguida, publicara uma selfie chorando: os olhos estavam perfeitamente marejados, com rímel escorrendo, mas o rosto não estava nada inchado, e os lábios estavam hidratados e brilhosos do gloss. Fiquei me perguntando quantas fotos ela havia tirado até escolher aquela e qual tinha sido o critério para decidir que era mais autêntica que as demais.

E eis, então, uma entrevista de verdade, gravada em uma rede social, mas cujos trechos provavelmente circulariam pelos telejornais, conforme cada vez mais pessoas comentassem o caso. Ex-clientes tinham vindo a público explicar por que haviam recorrido a nossos serviços e o que tinha acontecido. Algumas foram descobertas quando a história vazou, com nossas fotos, e estavam dando declarações para ter seus quinze minutos de fama.

A agente de Nicki acertou em cheio nas escolhas. Embora tivesse detestado, notei os detalhes: suéter bem largo (apesar de ser quente para a primavera) e calças legging, para mostrar que era uma pessoa comum e vulnerável. A maquiagem leve, as lágrimas prestes a rolar. A câmera a adorava e, sem dúvida, houvera pressão para a entrevistadora mostrá-la como uma pessoa compreensiva. Era para isso que ela estava pagando uma bela grana.

— Então, Nicki, por que você fez isso? Você e Dylan pareciam tão apaixonados... Para que contratar uma profissional?

A entrevistadora se inclinou, com o queixo apoiado na mão, como se estivesse ansiosa pelos detalhes.

— Bom, acho que toda mulher moderna e ambiciosa, em algum momento, se cansa de tentar carregar o parceiro nas costas. De tentar fazê-lo atingir seu potencial máximo. Tenho certeza de que mulheres pelo país afora entendem isso. Nós cuidamos, damos apoio emocional, orientamos na carreira e fazemos todas as outras coisas. Então, quando descobri a Match Perfeito, senti que elas entendiam muito isso. Estavam lá para ajudar.

Certo, talvez ela não ferre com a gente. Embora esteja jogando Dylan aos leões, sem dúvida...

— O que deu errado então?

Nicki adotou uma expressão magoada.

— Acredito que a mulher que contratei para fazer a maior parte do trabalho, Alyssa Aresti, passou a nutrir sentimentos pelo meu namorado.

— Nossa! Isso não foi nada profissional da parte dela! — reagiu a entrevistadora. — Você acha que ela já fez isso com outras clientes?

Ao ver que Nicki agiu como se estivesse refletindo a respeito, cerrei os punhos. Ela pareceu discordar, e respirei aliviada.

— Eu sabia que Alyssa já conhecia Dylan quando a contratei, mas achei que eles eram somente amigos. No fim, ao tentar contribuir para a carreira e o futuro do meu namorado, acabei o reaproximando de alguém por quem ele já tinha sido apaixonado.

Ela sabia? Durante esse tempo todo? Como? Por quê?

— Deve ter sido doloroso...

Então, Nicki começou a sorrir, com bravura, ergueu a cabeça e deixou uma lágrima perfeita rolar pela maçã do rosto.

— É um passo importante na história de amor deles, mas um momento triste para mim. Mas isso só nos mostra que, se sentimos a necessidade de mudar uma pessoa, talvez seja melhor não ficar com ela.

A entrevistadora assentiu, com pesar, e passou a sorrir de um jeito malicioso.

— E quanto aos boatos de que seu ex, Landon Hawthorne, tem dado um apoio imenso desde que você e Dylan terminaram? Na internet já estão pipocando fotos de vocês dois abraçados hoje de manhã.

Pois é, que grande desilusão amorosa. Já de olho em uma nova perspectiva. Boa, Nicki.

Ela deu um sorriso acanhado.

— Landon sempre foi um grande amigo, e somos muito próximos. Ele tem sido meu porto-seguro durante essa situação toda.

— Bem, então é isso, pessoal: um acordo secreto, um romance velado e um possível novo amor desabrochando após um relacionamento fracassado. Só mais um dia na vida da PAG. Não se esqueçam de votar na enquete: você chamaria um profissional para arrumar seu match perfeito?

Tive vontade de atirar o laptop contra a parede, mas me contive. Como ela sabia que nós já nos conhecíamos? Ela me contratou como um experimento? Uma boa fonte de escândalo? Talvez tudo isso tenha sido uma artimanha para fazer Dylan sofrer. Mas não fazia sentido para mim.

A campainha tocou, seguida por batidas impacientes. Fui até a porta com dificuldade para espiar pelo olho mágico, sentindo um temor repentino de que os jornalistas que ligavam para meu celular tivessem descoberto meu endereço. Mas eram somente Tola e Eric, que esperaram eu abrir a porta para fazer força contra ela e me impedir de fechá-la.

— Deixe a gente entrar. Trouxemos pizza, e você está péssima — disse Tola.

Ela fez um gesto para que eu fosse na frente. Eric assentiu, de cara séria, e fiz o que mandaram.

— Nossa, Aly, só faz um dia e meio! — Eric inspecionou o apartamento, cheio de coisas espalhadas por tudo quanto era lado. Ainda havia garrafas de vinho abertas, sobras de comida em um canto e cobertores amontoados na cama. — Ou você já vive assim, tipo, numa crise permanente?

Eu o fitei com cara de poucos amigos, e ele cruzou os braços e me devolveu o olhar.

— Ah, negativo. Precisávamos de você para minimizar os danos, e você nos deixou na mão. Então não tem direito de ficar brava. Agora, vá logo para o chuveiro e, quando sair, vamos jantar e conversar sobre essa confusão.

Revirei os olhos, feito uma adolescente, e fui para o banheiro batendo os pés.

Tola caçoou do tom que Eric tinha usado.

— Hum, até que você fica sexy quando resolve dar uma de mandão.

— O fato de você ter um fetiche com figuras de autoridade não me surpreende nem um pouco — retrucou ele.

Em seguida, começou a arrumar a bancada da cozinha. Parei um pouco para observá-los: meus dois amigos arrumando minha casa, vindo me resgatar. Eles nunca tinham visitado meu apartamento. Viramos amigos de verdade então, e com isso eu poderia contar.

Saí do banho renovada, vesti roupas limpas, fiz uma trança no cabelo molhado e, quando voltei para a sala, encontrei um espaço transformado. Os dois haviam colocado os pratos na mesa, servido vinho, acendido velas, e ficaram sorridentes ao me ver.

— Aí está ela — disse Eric, ao dar uns tapinhas no banco. — Sente-se aqui e coma alguma coisa.

— Não precisa agir como se fosse meu pai.

Fiz o que ele mandou e peguei um pedaço de pizza.

— Não preciso, mas é legal ter alguém para cuidar da gente, para variar, não é?

Quando terminei de mastigar, bem devagar, dei um suspiro.

— Beleza, então me contem. O que aconteceu?

— A história vazou quando a gente ainda estava no carro, depois de trazer você para cá! — Tola estremeceu. — Ben viu no celular dele.

— Como é que isso está afetando você? — perguntei para Eric.

— Sei lá. Ben quer proteger o amigo dele, assim como eu quero proteger minha amiga. Ele não parou de falar comigo completamente, mas combinamos de conversar quando as coisas derem uma acalmada.

Pobre Ben, tão querido, que segurou minha mão e disse: "Não deixe que ele recuse sua ajuda." Mais uma pessoa que eu magoei. Ai, meu Deus, e quanto à reunião deles?

— Eles ainda têm chance de fazer a apresentação ou foi tudo por água abaixo?

Bateu um desespero em mim.

— É com isso que está preocupada? — questionou Tola, em tom de desaprovação.

— Faz anos que eles se dedicam a isso. Se não conseguirem o que precisam agora, vão todos à falência. Priya, Ben e Dylan tiveram um trabalhão para se reerguer. Não quero que eles se ferrem por causa disso.

— Até onde eu sei, continuam tocando o barco — afirmou Eric.

Assenti, aliviada.

— Vocês viram a entrevista da Nicki? — indaguei, e eles concordaram com a cabeça. — O que acham que ela quis dizer quando falou que sabia do meu passado com Dylan? Ela sabia que a gente já se conhecia.

— Pelo jeito, foi só para se sair por cima. Quando ela e Dylan tiveram a briga inevitável, uma gritaria só, ele falou que você não faria uma coisa dessas, porque eram amigos de muitos anos. Ben não quis me falar muito mais do que isso — explicou Eric.

Eu me retraí.

— Mas será que é tudo papo furado? — conjecturou Tola, enquanto bebericava o vinho. — Uma pessoa que trabalha na agência dela me contou que receberam uma proposta para ela escrever um livro sobre a história toda. Com adiantamento de seis dígitos.

— Mas é claro! — Dei uma gargalhada. — Eu me achava a mestra das manipulações, mas Nicki é realmente fora de série.

— Já tentou falar com Dylan? — perguntou Eric.

— Acho que ele bloqueou meu número, e é até pouco para o que eu mereço.

— Então imagino que você tenha falado para ele dos seus sentimentos, certo? E isso foi a retaliação da Nicki? — indagou Tola. — Dei um conselho ruim para você? Achei que não fosse segui-lo!

— Não falei nada para ele. Isso foi só Nicki querendo se proteger.

Eric arregalou os olhos.

— Olá, com licença, acho que fiquei por fora de umas informações importantes.

Tola gesticulou para eu falar logo e revelar a confusão por completo.

— Estou apaixonada por ele. — Fechei os olhos e respirei fundo. — Sempre fui apaixonada por ele.

— Lógico que escolheria a pessoa mais complicada e indisponível possível. — Eric riu. — Falei para você parar de escolher projetos complicados, mas não quis dizer que deveria passar para os desastres completos!

Acabei rindo muito e sequei os olhos com o guardanapo.

— Você não entende que isso está me matando? Eu controlo tudo! E não consegui ter controle sobre isso.

Eric assentiu e continuou calado. Parecia não ter certeza se deveria falar alguma coisa. Ele se curvou em minha direção:

— Então imagino que você deu uma de Aly e reprimiu seus sentimentos, como se eles não importassem...

— Não sou de roubar o namorado de ninguém! — gritei. — Ele estava feliz com Nicki!

— Ele estava tentando agradar *você*, sua besta! Você tenta dar um jeito em tudo, e ele tenta botar um sorriso na cara pelos outros; nenhum dos dois conversa e, *minha nossa*, nunca mais quero sair para conhecer gente nova. — Eric suspirou. — Espero que Ben me perdoe. O mundo lá fora está um horror.

— Era o que ele queria, Eric.

— Uma pessoa que mentiu para ele e pagou cem mil para alguém porque não o achava bom o suficiente?

— E qual é a diferença em relação ao que estávamos fazendo esse tempo todo? — exclamei com a voz estridente. — Não consigo entender isso! Antes estava tudo bem, era algo que ajudava, que fazia sentido! E agora isso... Nesse caso, estava tudo errado, e não entendo por quê!

Eric respondeu com paciência.

— Porque, meu bem, Dylan não é do tipo que precisava ser induzido. Bastava perguntar para ele. Confiar nele. Então, ele te ama?

— Ele a amou, naquela época. — Tola o deixou a par dessa informação, enquanto mordiscava a fatia de pizza. — Antes de esta aqui tirar conclusões péssimas sobre ele e fugir que nem um gatinho medroso.

— Bom, achei meio cringe, hein? — Eric olhou para mim, depois se dirigiu a Tola. — É assim mesmo que vocês falam, né? Achei cringe?

Ela concordou.

— Arrasou, gato.

— Ele estava feliz com Nicki, estava mesmo! Ela planejava um futuro para os dois...

Eu me calei.

Mas isso não era verdade, era? Porque ele me falou o que desejava. Queria as corridas nas manhãs de domingo, uma casinha e um cachorro, um espaço para tomar sangria no jardim... Um estilo de vida que jamais teria o apoio de Nicki. Tranquilo e belo, sem um roteiro a seguir.

— Estou quase torcendo para você ser mesmo essa vagabunda ladra de namorado, como ela está pintando — disse Eric, irritado. — Pelo menos, eu saberia que você priorizou sua felicidade, e não um trabalho bem-feito.

— Você acha... Acha que ele vai me perdoar? Quer dizer, será que eu... Será que isso é para mim? Essa história toda de... amor.

Observei Tola pender a cabeça para o lado, confusa, e Eric também se mostrar perdido. Não entendiam que eu havia testemunhado apenas dois tipos de amor: devoção total e devastação total. Que eu considerava que amar alguém nos enfraquece, nos faz arriscar a própria pele.

— Aly, meu bem, você já tinha se apaixonado antes? — perguntou Eric, de um jeito delicado.

Ele se esforçou para não soar espantado.

— Claro. — Comecei a rir. — Uma vez. Quinze anos atrás.

As gargalhadas viraram um ataque de riso e, de repente, eu estava me debulhando em lágrimas, com dificuldade de respirar.

— Ele nunca vai me perdoar por isso. Peguei as maiores inseguranças dele e as usei. Escolhi o dinheiro em vez dele.

Mas, com certeza, ele acabaria entendendo, não? Se eu contasse sobre a casa da minha mãe, ele saberia o que isso significava. Era a única pessoa que entenderia de verdade o que isso significava.

Só que ele iria me perguntar por que não confiei nele para contar a verdade. E eu não tinha uma resposta para isso.

Tola fechou os olhos por um instante, e a tristeza e a solidariedade expressas em seu rosto me pegaram de novo. Escondi o rosto com as mãos enquanto chorava, e eles me acalmaram e consolaram, me fizeram cafuné e me abraçaram forte.

Um pouco depois, consegui normalizar a respiração e estiquei o braço, ainda de olhos fechados.

— Que que está fazendo? — perguntou Eric.

— Acabei de me desmanchar em lágrimas e ninguém vai nem me passar uma maldita taça de vinho? — reclamei, secando os olhos. — E vocês ainda se dizem meus amigos.

Tola sorriu e foi buscar minha taça para enchê-la. Tentei pegá-la, mas ela a manteve fora de meu alcance.

— Dou quando você bolar um plano. Aly é a moça dos planos.

— Beleza, estou pensando. — Agitei as mãos. — Vinho, por favor.

Tomei até a metade, de uma só vez.

— Certo, eis a pergunta que não quer calar... O que você vai fazer a respeito de Dylan?

Fiz uma careta.

— Esperar essa poeira toda abaixar e seguir com minha vida triste e sem graça?

Eric imitou o som de uma campainha.

— Puxa, resposta errada. Tente outra vez.

— Pedir desculpas?

— Claro...

— Tentar explicar que eu precisava do dinheiro, fazê-lo entender?

— Está esquentando...

— Falar que ele é perfeito do jeito que é, mesmo com as inseguranças, o jeitão de quem está *sempre certo* e o péssimo gosto para música e para namoradas, e que não precisa mudar porque eu o amo?

Eric estalou os dedos.

— Acertou!

— E quando ele disser que foi uma traição que também atingiu nossa amizade e que nunca mais quer me ver...?

— Você saberá que foi sincera e que tem seus amigos para levá-la para ficar bêbada até cair e se esquecer de tudo isso.

— Que sorte a minha — respondi.

Sorri para os dois e, embora tenham achado que era um comentário sarcástico, minha gratidão era maior do que eles poderiam imaginar.

Capítulo Vinte e Dois

Até então, ainda não conseguia encarar uma volta para o escritório. Sabia que precisava ser sincera. Precisava falar com Dylan. Mais do que nunca, precisava abaixar a cabeça.

Passei o dia arrumando minha espelunquinha, voltando a me sentir orgulhosa do meu espaço. Tentando traçar um plano. Fiquei fora das redes sociais e passei direto pelas revistas glamourosas da lojinha na esquina. Não parava de conferir o relógio para fazer uma contagem regressiva até o horário que eu sabia que seria a reunião.

Liguei para Tola durante seu intervalo de almoço, de tão nervosa que eu estava.

— Como está aí no escritório?

— O mesmo buraco estagnado de sempre. — Dava para imaginá-la nem aí. — Hunter pediu que eu arranjasse alguém para ele. Achou que era um site de namoro. O sujeito não consegue nem ler uma matéria direito. Não é à toa que os relatórios dele são um lixo. Por que estou com a impressão de que você tomou oito xícaras de café?

— Porque eu tomei — respondi. — A apresentação é hoje. Queria saber se ele está se preparando, se está se sentindo confiante, se está nervoso.

Eu só... Só queria dizer a ele que a ideia era boa, de verdade. Que eu acreditava no seu trabalho, no seu jeito de proteger os colegas, em seu esforço durante tanto tempo para chegar até ali. Que ele merecia aquela oportunidade. Que sempre acreditei nele, mas por causa dele, não por estar recebendo dinheiro. Só por ser Dylan James. E que ele era capaz de fazer qualquer coisa.

— Mande uma mensagem para ele, ué.

— Ele bloqueou meu número.

— Você não sabe se foi isso mesmo — retrucou Tola, irritada. — Essa é a questão. De qualquer forma, talvez ele desbloqueie e veja a mensagem. Ou quem sabe você só mande todas essas energias boas aí para o universo e supere isso, caramba.

— Não quero superar. Quero ficar com ele.

Nossa, era muito estranho falar isso em voz alta. Como se o universo fosse escutar e me arrancar todas as chances.

— Sabe, a vida era muito mais fácil quando você namorava uns fracassados cuja data de validade era bem evidente.

— Bom, isso se eu soubesse, na época, que eles tinham uma data de validade. Que desperdício. Mas pelo menos era fácil. Nada de sentimentos complicados. Estou sentindo que meu coração vai saltar pela boca e que meti os pés pelas mãos.

— Que poético. Mande uma mensagem para o garoto. Uma coisa simples. Sem ser piegas. Não passe de uma frase. Depois, se concentre de novo no jogo, Aresti.

No fim, acabei escolhendo a simplicidade:

Espero que corra tudo bem com a apresentação. Sei que você será maravilhoso. Bj, A.

É obvio que não obtive resposta, e também é óbvio que contei as horas e depois *stalkeei* todo mundo nas redes sociais, tentando pescar alguma informação. Até liguei para o Eric, na esperança de que Ben lhe contasse alguma coisa. Mas o outro lado da linha ficou mudo. Como eu tinha traído a equipe, não tinha mais o direito de saber o resultado.

Precisava muito da minha mãe. Respirei fundo e liguei para ela. A primeira de muitas desculpas que seriam difíceis de pedir.

— Alô?

Pelo jeito de falar, ela estava ressabiada, como se esperasse meus berros, que conteriam de novo todos os seus erros. Isso me deixou envergonhada.

— Oi, mãe.

Fiquei aguardando uma reprimenda por tê-la ignorado. As tentativas de se defender.

Em vez disso, porém, ouvi sua expiração de alívio e o pranto logo em seguida.

Quando somos a razão do choro de nossa própria mãe, sentimos algo diferente, sobretudo se fomos nós que sempre a confortamos... Nesse caso, é uma experiência específica e brutal. Não bastava estar do outro lado da linha.

— Você ligou, até que enfim você ligou! — exclamou.

A voz saiu esganiçada e, ao mesmo tempo, bem mais jovem. Pouco depois, ela voltou a soluçar.

— Mamãe, está tudo bem.

— Não está, não — rebateu ela, furiosa. — Não está nada bem. Você tinha toda a razão, sobre tudo. Quem ele é, o que ele me fez. Que... — Ela tentou segurar o choro. — Que decepção eu seria para minha mãe.

— Não queria ter razão e não queria ter sido cruel.

— Fico pensando na época em que você voltou para casa depois da faculdade, você não estava nada feliz. Não tinha namorado, não tinha feito amigos. Não falava mais com Dylan... — Fixei o olhar no teto para tentar manter a compostura. — E fui conversar com sua *Yiayia* sobre o que poderíamos fazer, como poderíamos ajudar você. Lembro como se fosse hoje: a gente se sentou à mesa da cozinha, e fazia cinco dias que você não descia. Servimos duas taças de vinho tinto, e falei das minhas angústias. "Por que ela não quer se apaixonar, conhecer alguém? Em todos os momentos, ela está sendo forte, está sozinha! Só quero que ela se apaixone!" E minha mãe olhou para mim, tão triste...

Ela parou de falar.

— O que foi que ela disse?

— Que você enxergava o que isso tinha feito comigo.

A voz dela falhou.

Inspirei, com a sensação de que tinha ficado muito tempo sem fazer isso de verdade.

— Achei que eu conseguiria dar um jeito em tudo. Se pudesse ser uma mãe melhor e uma esposa melhor. Mais divertida, mais amorosa, mais independente. Eu mudaria todos para melhor: ele, você, nós. Mas as coisas não funcionam assim.

— É o que estou aprendendo — comentei, esboçando uma risada.

— Essa luta não era sua, meu anjo, era minha. E vou vencê-la. Se ele quiser esta casa, vai ter que me enfrentar.

Já me decepcionara em outras ocasiões, quando minha mãe passava por um grande momento de confiança, de garantir que *daquela vez* seria melhor. Mas pareceu que ela estava segura de si, forte, e isso já me impressionava o suficiente.

— Tudo bem, mãe.

— Você não acredita em mim — murmurou ela. — Não tem problema. Você vai ver.

— Espero que sim. — Senti um nó na garganta. — Também cometi meus erros.

— Sim — afirmou ela, em tom de reprovação. — Foi muito inconveniente estar de castigo e não poder te dar bronca!

— Mas ela riu, e eu ri com ela. — Ah, minha querida, o que foi que você fez? Enganando Dylan? Trabalhando para uma princesa dos gatinhos?

— Da areia para gatinhos, mamãe. Mas deixa pra lá, não importa. Foi um erro.

— Dylan sempre fez de tudo para ser quem o outro quisesse. Isso ficava visível na relação dele com o pai. Ele ficava forte, ficava invisível, ficava sensível. Ou se fazia de brincalhão, de bobo. Esse menino testou todas as personalidades para achar a que faria as pessoas o amarem.

Estremeci.

— Não faça isso. Já estou mal pra caramba com as coisas do jeito que estão.

— O que era preciso melhorar?

— Nada. Eu só queria estar com ele de novo. Só queria um pretexto.

Imaginei minha mãe assentindo, com ar de sabedoria.

— Sei que houve épocas em que... acabei desmoronando e deixei que você resolvesse tudo. Você preparava o jantar, arrumava a casa, aprontava as roupas para a escola. E me perguntava como eu estava e fazia tudo o que podia para curar meu coração. Não foi justo da minha parte.

Não falei nada.

— Mas Dylan também estava ao seu lado, não estava? — sussurrou ela. — Ele fazia você rir, segurava na sua mão, queimava todas as minhas frigideiras boas. Estava presente, do seu lado, cuidando para que você ficasse bem. Isso é amor, querida. Amor sempre foi isso. O que eu queria para você. O que seus avós tiveram. Cuidar e ser cuidado. Em pé de igualdade.

Comprimi os lábios.

— Ele não vai me perdoar por isso.

— Não deixe o medo e a vergonha levarem a melhor sobre você, Alyssa. O orgulho não pode impedir você de pedir desculpas. De corrigir seus erros.

— De dar um jeito?

Comecei a chorar de forma descontrolada; as palavras foram se acumulando.

— Só falta isso na sua lista de coisas para dar um jeito, meu amor. Mas só porque foi uma confusão que você mesma criou.

Expirei e senti as lágrimas brotarem de novo.

— Sim, mamãe.

— Venha jantar hoje à noite, estou com saudades. E aí podemos bolar um plano juntas. O que fazer em relação à casa, o que fazer em relação ao Dylan, tudo isso. Você e eu, vamos arranjar uma solução.

Foi só quando ela pronunciou essas palavras que me dei conta de que as estivera esperando havia muito tempo. As lágrimas escorreram pelo rosto como se estivessem aguardando uma autorização.

Assim, entrei no trem para voltar para casa, um trajeto permeado de nostalgia, como tudo na minha vida naqueles tempos.

Eu me sentia envergonhada pela forma com que tratei Dylan, envergonhada por ter me permitido me jogar nessa paixão outra vez. Acima de tudo, estava envergonhada por sempre querer que ele me contasse a verdade, ao passo que eu só entregava mentiras. Se tivesse sido a amiga que fui quinze anos antes, eu teria dito tudo assim que o vi: "Esta mulher não entende você, não conhece sua verdade. Você merece alguém que o ame por inteiro."

Minha mãe me cumprimentou com um abraço bem apertado, me envolvendo e me balançando de um lado para o outro.

Depois, respirou aliviada, e fiquei agarrada a ela por um bom tempo.

Ela pediu pizza, e nos sentamos à mesa, com um bom vinho, enquanto eu contava a história inteira. Tudo, sem esconder o sentimento de solidão, a preocupação por ter dado tudo de mim para esses homens que seguiram em frente, conseguiram uma vida melhor e não olharam para trás. Também não escondi a sensação de poder que experimentei, embora muito passageira, quando abri a Match Perfeito.

— Você ajudou as pessoas, Alyssa. Agora precisa encontrar o jeito certo de fazer isso. Sem essa coisa toda de enganar, tramar e controlar os outros. Não dá para ajudar quem não quer ajuda. — Ela apontou para si, com sua taça de vinho. — Olhe só para mim.

Comecei a argumentar, mas ela sorriu, de olhos marejados ao olhar para a foto de seus pais na cornija da lareira.

— Só é para nos assustarmos com o amor bem no começo, assim que nos jogamos em uma paixão — sussurrou ela. — Depois, é para nos sentirmos em casa.

Estiquei o braço e apertei a mão dela com força.

Naquele momento, a campainha tocou, e trocamos um olhar surpreso.

Mamãe riu e secou os olhos enquanto ia atender a porta.

— Será que a pizza já chegou? Que tal vermos uma comédia romântica no sofá? Pensei em *Dirty Dancing*, o que acha?

Porém, quando ela abriu a porta, escutei um tom mais duro em sua voz.

— Yiannis.

Meu pai.

Fiquei de pé, pronta para uma briga, morrendo de medo de que ela retomasse seu velho padrão.

Nesse instante, minha mãe surgiu no batente da porta.

— Seu pai e eu vamos ter uma conversa.

Ela andou até mim e me deu um beijo na testa.

— Saia para dar uma caminhada, pode ser? Meia hora. Pode sair pelos fundos se preferir.

Fiquei perplexa. Era o primeiro sinal dessa nova pessoa que ela jurou que estava se tornando. Peguei um moletom velho com capuz, que estava na cadeira, e parei para segurá-la pelo pulso.

— Amor não é isso, certo?

Mamãe assentiu e repetiu esse nosso ditado.

Eu lhe dei um beijo na bochecha e escapei de lá pelo quintal dos fundos, sem nem me dar ao trabalho de abrir o portãozinho; em vez disso, passei com as pernas pela parte mais baixa do muro e pulei para o beco. Eu tinha fumado meu primeiro cigarro ali, com Dylan, lógico.

Antes mesmo de botar os pés na rua, sabia que minha andança de meia hora iria se tornar um tour pela nossa história. Como poderia ser diferente, já que não passava outra coisa na minha cabeça a não ser ele?

Você não me deu uma chance quando sumiu, Aly. Eu já até imaginava o que ele diria. *Vamos ser justos.*

Passei em frente a nossa antiga escola, e era inacreditável como o lugar parecia bem menor. Ainda conseguia ver o canto onde me escondia das outras crianças no almoço, para ler um livro, com receio de fazer amigos. Fui inundada pelas lembranças. Vi um garoto magricela, de cabelo escuro, rolar diante de mim e levar o dedo aos lábios, para eu não falar nada. Ouvi que outros meninos estavam atrás dele e depois sumiram. Ele tinha conseguido a proeza de irritar um grupo de garotos nos dois primeiros dias de aula.

— Posso ficar aqui? Só até eles irem embora? — pediu, enquanto ajeitava a franja, que ficava caindo nos olhos.

Fechei o livro e, ao ponderar, olhei bem para ele.

— Claro, mas você tem que me contar alguma coisa interessante. E precisa ser um fato verdadeiro!

Ele passou uns bons trinta segundos pensando.

— Morro de medo de melancias.

Foi a primeira vez que ri depois de um bom tempo. Ele passou o resto do horário do almoço me contando sobre a possibilidade de um pé de melancia crescer dentro da barriga, e não voltei a abrir o livro. Tínhamos onze anos.

Senti uma dor no peito só de relembrar isso, então fui andando devagar até a rua seguinte. No caminho, notei que as casas estavam diferentes, passei pela padaria que fazia meus doces de limão preferidos, polvilhados com açúcar de confeiteiro. Passei pela cafeteria na qual todos os adolescentes formavam fila para comprar café gelado no verão, o que acabava atravancando a calçada. A farmácia onde furei as orelhas, a mercearia onde, uma vez, pagamos uns caras de vinte anos para nos comprar cerveja, e eles voltaram com um pacote de balas Haribo, devolveram o troco e disseram que deveríamos aproveitar essa fase da vida.

Deixei meus pés decidirem o caminho, mas sabia para onde iriam: a rua de Dylan. Não consegui resistir. Queria encarar aquela casa, que não via desde a manhã em que saíra de lá às escondidas, com a autoestima em frangalhos, com muita vergonha e um sentimento enorme de perda. Só daria uma olhadinha. Imaginaria o que poderia ter acontecido. Fitaria do outro lado da rua, à procura da silhueta do sr. James na sala, dos movimentos do gato ancião na casa ao lado. Só precisava de um breve momento. Para dizer adeus ao nosso passado.

E lá estava ele.

Encostado em um carro azul caindo aos pedaços, olhando fixamente para a casa. Usava o terno azul, a camisa branca engomada, desabotoada na parte de cima. Cada centímetro seu transmitia a imagem de um empresário. Mas ele não andou até a porta de entrada.

Jamais fazia isso, não é? Ele aparecia, passava meia hora olhando para a casa e ia embora, sem nunca conseguir o que tinha ido buscar. Seja lá o que fosse.

Eu me aproximei, sem fazer barulho, na dúvida se estava pronta ou não para a carnificina, para o que eu merecia. Um fato verdadeiro.

— Dessa vez, você vai entrar? — perguntei.

Mantive uma distância segura, e ele nem olhou em volta, só exalou o ar e agiu como quem diz: "Mas é claro. Tinha que ser você."

— Eu nunca entro — respondeu ele, ainda com o olhar fixo na porta da casa. — Você veio me procurar?

— É o último lugar onde eu procuraria — respondi. — Como foi a reunião?

Perguntas intermináveis, de um lado para o outro. Éramos capazes de fazer isso, desde que ele não olhasse para mim.

— Bem, eles vão incluir a EasterEgg no grupo, investir e respaldar os projetos...

— Isso é incrível! — exclamei com a voz estridente.

Minha exaltação foi um pouco exagerada para a situação.

— E... me ofereceram um trabalho.

— Achei que a reunião já fosse o trabalho. Os caras são investidores.

Dylan engoliu em seco, contraiu a mandíbula.

— Eles vão investir na EasterEgg. Priya e Ben vão continuar e contratar uma equipe. E eu vou trabalhar na parte da divulgação. Acharam... Acharam que isso combina melhor comigo, por conta das minhas "façanhas" recentes. Afinal, agora sou famoso.

Estremeci.

— É isso que você quer?

— Acho que é hora de recomeçar. Sem ser o cara que... Bom, o cara que precisava tomar jeito. O cara cuja namorada fez de tudo e mais um pouco para melhorar.

— Dyl...

— O emprego é na Califórnia. No Vale do Silício. Viajo daqui a duas semanas.

Respirei fundo e tentei disfarçar.

— Já é daqui a pouco.

Dylan deu de ombros e não disse nada.

— Preciso explicar tudo e me desculpar. Foi complicado...

— Cem mil é uma boa grana. Não tenho dúvidas de que você teve seus motivos.

Odiava aquele tom monótono, seco. Seu jeito de fingir que aquilo não fazia diferença.

— Minha mãe ia perder a casa dela, e eu, bom... tentei impedir. No fim, cancelei tudo, devolvi o dinheiro.

Nessa hora, ele me olhou com uma expressão séria.

— Ela ainda pode perder a casa?

Neguei, em silêncio.

— Ótimo. Que bom — falou baixinho.

Tentei descobrir por onde começar, como explicar tudo. Estava sem meus cartões para ajudar a memorizar, sem um manual. Não tinha um plano. Tinha apenas as mesmas palavras se repetindo na cabeça, como um mantra: *Eu te amo, eu te amo, eu te amo*.

— Preciso pedir desculpas, Dylan, mas não sei bem por onde começar.

Ele deu de ombros, enquanto olhava para a porta de sua antiga casa. Voltara a ser o cara que eu havia reencontrado um mês antes. Fechado, indiferente, distante. Que distribuía sorrisos para todo mundo, menos para mim.

— Não posso culpar muito você, Aly... Sempre fui o cara que precisava mudar algumas coisas, não é? A gente já sabia disso desde o começo... — Ele se deteve, parecia decidir se falaria mais alguma coisa. — Só é difícil quando se trata da única pessoa que nos fazia sentir que não precisávamos mudar.

Fiz menção de falar, mas Dylan não me deixou interromper.

— Está tudo certo. O pessoal vai continuar aqui, e cada um vai tocar sua vida. Vou recomeçar a minha nos Estados Unidos. Não vou mais liderar uma equipe, nem me preocupar com a possibilidade de decepcionar as pessoas ou de confiar em quem não deveria. Posso experimentar algo novo. Fazer as coisas de um jeito diferente.

— Você sabe liderar — sussurrei. — Combinava com você.

— Não, combinava com ela.

De repente, fiquei desesperada para que ele olhasse para mim e parasse de fingir que eu não estava ali, de fingir que ele só estava falando sozinho.

— E quanto àquela casinha perto do parque? Seu cachorro, suas paredes laranja, seus assados de domingo? Acho que não fazem um Yorkshire *pudding* decente na Califórnia.

Ele encolheu os ombros.

— Os sonhos mudam.

— Eu... É isso mesmo que você quer?

Ele meio que riu.

—Ah, o que eu quero faz diferença, agora? Eis a verdadeira questão: o que *você* quer?

No segundo em que ele se virou, eu me arrependi de ter desejado isso. Havia muita decepção em seu olhar. Não era aquela mistura de antipatia e deboche de quando nos reencontramos... Dessa vez, talvez ele me odiasse, de fato.

— Isso não tem a ver comigo.

— Bom, mas a verdade não é bem essa, né? Porque *sempre* teve a ver com você. Tem a ver com você dar um jeito nas pessoas e mudá-las para melhor. Dar um jeito nos seus pais, dar um jeito em mim. Tem a ver com se declarar bêbada quinze anos atrás, sair correndo e deixar os cacos para os outros catarem! Qual parte não teve a ver com você, Aly? E você *ainda* não sabe o que quer?

Sua voz soou rude, e seus olhos exigiam uma resposta. Nós nos encaramos, e percebi que estava paralisada.

Queria dizer isto: *Eu quero você, quero nós dois juntos*. Mas eu já havia estragado as oportunidades que ele tinha por aqui. Dylan tinha a chance de recomeçar nos Estados Unidos, de se renovar. De ser livre. Eu já havia roubado muitas coisas dele, não podia roubar também esse novo começo. Amar é abrir mão das pessoas, caso seja o melhor para elas.

Por isso, fiquei em silêncio.

Quando eu disse que não, ao mover a cabeça, Dylan meio que riu de novo.

— Sabe o que é mais engraçado nisso tudo? Se você tivesse me contado, eu teria concordado. Teria obedecido, tentado ser o sr. Perfeitinho, porque imaginava que era o único jeito de alguém dar a mínima para mim. E, *ainda assim*, não foi suficiente.

— Isso não...

Dei um passo para a frente, mas ele me interrompeu.

— Se você tivesse confiado em mim e contado a verdade sobre a casa da sua mãe, eu teria ajudado. Você sabe disso.

Seu olhar cruzou com o meu, e não consegui contestá-lo. Meu amigo lindo.

— Sei que isso não basta, mas eu sinto muito. No começo, você me odiava, e eu odiava você, e depois... era uma chance de voltar a fazer parte da sua vida.

— Não... Você não fez isso por mim! Fez isso por ela!

— Achei que você estivesse feliz!

— E eu achei que aparentar aquilo era o único jeito de não perder você — confessou ele. — Depois desses anos todos, ainda parece que sou um bobo. E agora posso recomeçar a vida, ter novos amigos, um novo emprego. Posso fingir na frente de um monte de pessoas diferentes, fazê-las acharem que estou com o roteiro, que sei o que estou fazendo.

Não consegui me conter.

— Você não precisa ir.

Ele me encarou fixamente, sem titubear, e lutei contra a vontade de desviar os olhos.

— Seja corajosa, Aly. Vai me dar um motivo para ficar? Hum... Quantos meses de treinamento eu precisaria para isso?

— Não, não é...

Tapei a boca com a mão. Era tudo culpa minha. Não tinha como dar um jeito nisso. Não dessa vez. Não merecia seu perdão.

Dylan me lançou um olhar decepcionado. A voz dele saiu rouca.

— Você sabe que é você quem tem uma vidinha triste e está tão desesperada para controlar tudo e evitar riscos que não está vivendo de verdade, né? Fica mais preocupada com as aparências do que com os sentimentos. Continua fingindo.

Cerrei os lábios e assenti. Não tinha argumentos.

Ele deu um passo para o lado e abriu a porta do carro, com uma expressão vazia estampada no rosto.

— Bom, estou dando um presente para você, Aresti. É mais do que você me deu. Vai receber um adeus, de fato. Um final decente.

Ele entrou no carro e, da calçada, eu o observei, em silêncio, até ele partir.

Quando voltei para casa, meu pai já tinha ido embora, e minha mãe estava animada. Não havia nervosismo, nem positividade tóxica. Era animação de verdade. Comemos pizza no sofá, conforme prometido: seu braço envolveu meu ombro, e ficamos as duas aconchegadas debaixo da coberta, vendo um filme. Quando me arrastei, absurdamente esgotada, até a mesma cama da minha infância, ela me cobriu e afastou os fios de cabelo do meu rosto, como se eu fosse criança.

— Vou vender esta casa — murmurou, como se estivesse lendo um conto de fadas. — E vou comprar algo que eu possa deixar bonito, que vá guardar *minhas* lembranças. Um lugar que você possa ir visitar, para tomarmos vinho no terraço. Em algum lugar que não esteja ligado a você, a mim e a seu pai.

— Mesmo que signifique se desapegar da *Yiayia*?
Mamãe sorriu.

— Sim, tenho milhares de recordações dos meus pais espalhadas pelo mundo! É hora de fazer algo para mim. Assim como é hora de você fazer coisas para si mesma. Tem coisas boas vindo. Para nós duas. É hora de ter coragem, né?
Assenti.

— Dá um pouco de medo, mas estou pronta — disse ela, para si mesma.

De súbito, fui tomada por um sentimento de orgulho por minha mãe. Enfim, ali estava ela, pronta para brilhar.

Pensei em Dylan, em seu rosto bonito e cheio de raiva, iluminado pelas luzes da rua, enquanto aguardava que eu lhe desse uma razão para ficar. Eu achava que o desapego era um presente. Mas ainda não tinha sido sincera. Ainda não tinha me jogado.

— É, você está pronta — respondi.
E eu também.

Capítulo Vinte e Três

— Aresti! Venha cá! — gritou Felix.

Era a manhã seguinte, e eu tinha acabado de chegar no trabalho. Os berros só pioraram os olhares que recebia conforme atravessava o escritório. A maioria era de homens, com um sorrisinho no canto da boca e uma expressão presunçosa.

As mulheres sabiam e tinham ficado do meu lado, já que eram mulheres como suas irmãs, suas primas e suas cabeleireiras que eu havia ajudado. Mas após os homens tomarem conhecimento, era como se não quisessem ter nenhuma relação comigo. Não suportaram o fato de seus segredos serem revelados: que elas não estavam felizes com a própria sorte, que estavam cansadas, decepcionadas e insatisfeitas. Eu era a prova de que todas estavam fingindo, e era mais fácil virar as costas para mim. Exibir o anel de noivado, as fotos de viagem, as roupinhas de bebê em tons pastel. Os acessórios para uma vida que não contavam a história completa.

Entrei na sala e me sentei na cadeira em frente a Felix.

— Bom dia. — Estava tensa, mas sorri. — E aí?

— Ontem vi as notícias sobre seu trabalhinho extra. Os caras lá de cima não ficaram muito *satisfeitos* com essa associação.

Pressionei os lábios e assenti.

— Compreendo.

Felix deu um puxãozinho no bigode, e fiquei na dúvida se ele estava autorizado a me demitir por conta disso. Tipo, legalmente, ele podia se livrar de mim por ter atraído um pouco de publicidade negativa?

— Sem dúvida, podemos explorar isso em termos de relações públicas? — sugeri com leveza. — Apresentar como uma campanha para uma das nossas marcas voltadas para o público feminino?

— A mulher louca que acha que os homens são inferiores a ela? — reagiu ele, com desprezo. — Acha que dá para encarar isso de um jeito positivo?

Abri mais um sorriso, apesar da tensão.

— Quem é bom mesmo no que faz sempre encontra uma maneira.

Felix continuava relutante.

— Dei minha palavra por você, disse que era uma funcionária genial. Que era trabalhadora e dedicada à firma, que ficaria aqui para sempre, para manter as coisas nos eixos, fazer tudo o que fosse necessário.

Não falei nada e me questionei se isso era para ter sido um elogio.

— Mas agora...

Felix parou de falar, e eu franzi a testa. Todos os seus gestos eram muito caricatos, não sei direito por quê, como se dar puxõezinhos no bigode, levar as mãos à cabeça e soltar suspiros carregados fossem transmitir um nível profundo de decepção, que estaria associado a mim para sempre.

Mas descobri, do nada, que tinha parado de ligar para o que ele pensava. Que bizarro.

— Então... o que eu preciso fazer?

Pelo visto, foi a pergunta certa a ser feita, pois ele se mostrou contente.

— Boa menina — elogiou, ao apontar o dedo. — É assim que se fala. Preciso da Aly do mês passado. A garota que dava conta do recado, que não reclamava, que se dedicava cem por cento. Quero minha Garota da Sexta-Feira de volta, entendeu? A impressão que se tem é de que você de repente começou a se achar boa demais para esta empresa depois que Matthew foi promovido.

Fiquei pasma.

— Ah, é mesmo?

Felix perdeu a paciência comigo.

— Pelo amor de Deus, Aly. Seja realista só por um segundo, pode ser? Você... Você é burro de carga. Trabalhadora, séria, confiável. Mas nunca será líder. Não tem colhões para isso.

Tive um ataque de riso.

Felix fechou a cara.

— Aja com um pouco de seriedade. Você está na merda aqui, e preciso que...

— Eu volte a ser a pessoa totalmente solícita, dócil e abnegada de antes? A pessoa que não tinha vida fora do trabalho. Que vivia para provar seu valor?

Imaginei que ele fosse captar o sarcasmo.

Mas Felix nem sequer percebeu.

— Isso, exatamente.

Inclinei a cabeça para trás e cerrei os lábios, na tentativa de conter o riso, mas acabou escapando.

— Meu Deus, joguei minha vida fora.

— O quê?

— Eu me demito, Felix.

Eu me senti calma e renovada assim que pronunciei essas palavras, como se um sopro de ar fresco tivesse passado por mim.

— Não seja burra, para onde é que você vai? Acabou de arranjar uma confusão na mídia envolvendo seu nome e sua reputação, meu anjo. Não seja idiota.

— Já falei. Para quem é bom no que faz, toda polêmica é uma oportunidade.

— Então está falando sério?

— Mais sério, impossível — respondi, e me pus de pé. — Vou entregar meu pedido de demissão daqui a uns minutos.

— E quanto ao aviso prévio? Aly, você não está raciocinando direito!

Felix riu.

Seu rosto estava radiante. Pelo jeito, estava se achando bastante acolhedor ao falar comigo como se eu fosse criança.

— Tenho férias para dar e vender. Isso cobre o tempo de aviso prévio, Felix, obrigada. — Sorri de orelha a orelha. — Esta experiência foi um grande aprendizado para mim. Até agora, não tinha me dado conta do número de imbecis no alto escalão. Como você mesmo disse, eu jamais conseguiria crescer nesta empresa.

Abri a porta e fui embora, no mesmo instante em que ele começou a gritar.

— Volte aqui, mocinha! Ainda não terminei! Não vou indicar você para ninguém!

Andei até o meio do escritório e, quando dei meia-volta, vi que olhava de cara feia para mim, todo vermelho. Fiz uma cara de arrependida.

— Felix, não fique tão histérico, está fazendo papel de bobo. — Mudei a expressão para afrontá-lo. — Até logo!

Atravessei a sala para buscar minha bolsa, deixei todo o resto na mesa e, ao caminhar em direção ao elevador, vi que Eric estava me olhando e dei uma piscadinha. Ele assentiu.

Quando cheguei ao corredor, fiquei surpresa por me deparar com Tola, que segurava uma caixa.

— Essas são as minhas coisas?

— Não, são as minhas. Pedi demissão há duas semanas. Estava meio que esperando que você tivesse a coragem para seguir meus passos. Acabou que você seguiu os seus.

O elevador chegou, nós entramos, e dei uma cutucada nela com o cotovelo.

— Você foi corajosa — declarou Tola, de repente. — Estou muito orgulhosa de você.

— Não... Ficar brava com meu chefe, largar a empresa após uma crise de relações públicas, sem outro emprego engatilhado, sem indicação de ninguém, sem a menor ideia do que vou fazer a partir de agora? Não sou corajosa, sou idiota.

— *Psiu*, não é, não. Além do mais, nós duas vamos abrir uma empresa.

— Ah, tá bom, e já sabemos que tipo de empresa vai ser? — perguntei, achando graça.

— Não temos a menor ideia.

— Ah, ótimo. Maravilha.

Não conseguia deixar de sorrir. Estava com a sensação de que conseguiria correr uma maratona ou escalar um prédio.

— Somos doidas, sabia? — comentei, em êxtase. — Duas completas desvairadas.

Tola sorriu para mim.

— Não. Não somos doidas. Somos *geniais*.

Passei o resto do dia com Tola, em uma cafeteria na esquina, munida de dois cadernos novinhos, fazendo planos. Conversamos sobre o tipo de empresa que gostaríamos de administrar, o que havíamos aprendido com a Match Perfeito e levantamos possibilidades para o futuro.

Estava bem claro que queríamos abrir nossa própria agência. Sabíamos da nossa vontade de criar uma empresa que apoiasse empreendimentos administrados por mulheres. Não era mais uma questão de dar um jeito ou de mudar algo, apenas de construir em etapas. De crescer. De resplandecer.

Uma hora, ficamos lá sentadas, sem falar nada, escutando as conversas das mulheres ao nosso redor. Foi como a fase em que começamos a Match Perfeito. Naquela época, porém, só tínhamos ouvido falar de precisar ceder para o namorado e de lidar com o marido que "ajuda com as crianças". Depois, nós nos demos conta de que o buraco era mais embaixo. Era não ser levada a sério no trabalho, era não ter direito a uma licença-maternidade decente, e o silêncio sobre a perda gestacional, a impossibilidade de uma mulher superar totalmente o que sentia ao ver uma revista e comparar as próprias coxas com as da modelo na capa. Eram todas as coisas absurdas nas quais já acreditamos sobre nós mesmas e o fato de estarmos cansadas demais para dar um jeito nisso.

— Em qual problema precisamos dar um jeito? — perguntou Tola.

— Não sei... Por enquanto, só precisamos escutá-las.

— *Tem certeza* de que está tranquila quanto a não ter o controle de tudo o tempo inteiro?

— É para sentirmos certo medo quando nos jogamos em uma paixão — repeti o que minha mãe havia falado. — Depois disso, nos sentimos em casa. Vamos chegar lá. Antes, só temos que passar por essa fase rápida do frio na barriga.

Tola se mostrou bastante surpresa.

— Te amo. Neste exato momento, te amo muito.

Foram horas e horas de muito latte duplo, slogans ridículos, palavras escritas em letras maiúsculas, a voz cada vez mais alta de Tola, conforme ela dizia: "Isso, isso, é isto, é este aqui!"

Fazia muito tempo que eu não ficava empolgada desse jeito, como se, de repente, um mar de possibilidades desconhecido despontasse no horizonte.

E não tinha a menor ideia de como dar um jeito nisso. Mas sabia por onde começar, baseada em dois princípios norteadores de que havia me esquecido, até uma pessoa me trazê-los de volta: conte a verdade e descubra coisas maravilhosas.

Capítulo Vinte e Quatro

— Obrigada por ter aceitado esta reunião — falei, ao me sentar na cadeira do escritório da EasterEgg, no dia seguinte. Ben estava sentado bem em frente, sisudo e inabalável. — Tenho muitas explicações a dar e preciso me desculpar por algumas coisas.

— Pois é, tem mesmo. Estou chateado com você.

— E você tem todo o direito de estar. Mas, por favor, não desconte no Eric. Ele é louco por você, e essa confusão toda não foi culpa dele.

A fachada de Ben sofreu uma pequena rachadura.

— Ah, eu sei... O cara nem sabe mentir. O que é estranho, já que ele é um ótimo ator.

Olhei para ele, com uma súbita esperança.

— Certo, então... posso deduzir que está tudo bem entre vocês dois?

Ben me fitou de cenho franzido.

— Não sei se já chegamos nessa fase, Aly.

Meu coração ficou apertado.

— Certo, é claro. É claro.

Fiquei olhando para a mesa, enquanto calculava o passo seguinte.

— Mas vamos chegar lá — afirmou Ben, de um jeito carinhoso. Quando levantei a cabeça, ele esboçou um sorriso.

— Eric me contou o que você disse, a respeito das minhas regras. E sobre eu estar sendo muito injusto com ele. Você tinha razão. Eu estava com medo de dar uma chance para alguém que poderia me machucar. Que talvez não estivesse pronto para ficar comigo. Estava com medo de abrir mão do que já era bom por algo melhor.

Só assenti, sem querer estragar o momento.

— É, na verdade, você é bastante perspicaz quando não está tramando e manipulando — reconheceu ele. Sorri e senti um alívio no peito. — Quando é sincera com as pessoas, até que fala umas coisas sensatas.

— Bom, foi por isso que vim até aqui, e também para pedir desculpas. Sinto muito mesmo — falei.

Ao mesmo tempo, percebi que metade das coisas do escritório já estavam empacotadas.

— Eu sei.

Respirei fundo.

— Bom, quando é que vocês se mudam?

— Amanhã, para um espaço um pouco mais discreto. Agora que não precisamos impressionar mais ninguém, podemos ser nós mesmos.

Contemplei aquela vista perfeita.

— Mas sem o Dylan.

Ben ficou me estudando e, bem devagarinho, abriu um sorriso.

— Alyssa, está tramando alguma coisa?

— Se ele realmente quiser ir para lá, se estiver empolgado para recomeçar a vida em outro lugar, vou embora agora mesmo, e esta conversa nunca existiu...

Eu o observei com atenção, conforme tirava os óculos e os limpava com a barra da camisa.

— E se ele estiver infeliz, com o coração partido, e for fugir para manter as aparências?

— Nesse caso, tramei uma última *coisinha*... — Aproximei o indicador do polegar, para mostrar que era algo bem pequeno mesmo. — Nem chega a ser uma armação, é um... *petit subterfuge*, seguido, *imediatamente*, de honestidade e um vexame total da minha parte.

Ben ficou um tempo matutando a ideia.

— Você o ama, do jeito que ele é?

— Eu o amo, do jeito que ele é.

Ele soltou o ar, aliviado.

— Porra, ainda bem que essa foi a única coisa óbvia desde o começo dessa farsa toda. Fico feliz por você enfim ter tido a coragem de admitir isso para si mesma.

— Para você, para ele, para qualquer pessoa que quiser ouvir. Ele me pediu que lhe desse um motivo para ficar aqui. — Juntei as palmas das mãos e dei um sorriso angelical. — Queria muito que você me ajudasse com isso.

— Planejar um grande gesto romântico e uma potencial humilhação pública? É meu programa predileto para uma sexta-feira — respondeu Ben.

A questão não era somente mostrar para Dylan que ele era perfeito do jeitinho que era. Era mostrar que eu lutaria por ele. Que confiava nele. Que não fugiria correndo outra vez. Então, era um tanto poético o fato de estarmos de tocaia na trilha onde ele praticava corrida.

Estávamos no parque onde Dylan corria nas manhãs de domingo, perto de casa. Após concordar em ser uma distração, Ben combinou de correr com ele, pois conhecia o caminho. Ao longo do trajeto, haveria cinco placas, com minhas palavras pintadas. Minhas cinco coisas para Dylan. Cinco chances de fazê-lo ficar. Só precisava torcer para as cinco serem suficientes.

Avistei Eric, que estava em frente ao parque, com a beagle Emma. Ben estava a meu lado, sorrindo para os dois.

— Está pronta? — perguntou ele.

Senti um frio na barriga, de ansiedade. Estava prestes a fazer papel de boba por esse homem. E talvez ele me rejeitasse, dissesse que era tarde demais. Mas eu precisava tentar. Só dá medo na hora em que nos jogamos.

Tola veio em nossa direção em uma corrida ritmada e nos cumprimentou.

— Beleza, todas as placas estão no lugar. Podemos começar.

Achei até que ia desmaiar.

— Certo, melhor eu ir encontrá-lo na outra entrada — avisou Ben.

Ele viu que eu estava ficando cada vez mais nervosa. Contorcia os dedos. E se ele passasse reto por mim? E se me visse, de coração totalmente aberto, e me ignorasse por completo? E se eu nunca mais me recuperasse disso?

— Essa carinha... Ai, querida! — Ben me deu um abraço e um beijo na bochecha. — Quero que pare de se fiar tanto nas suas armações, mas está se permitindo ser vulnerável, e estou muito orgulhoso de você.

— Obrigada. — Minha voz quase falhou, eu estava entrando em pânico. — Fale bem de mim, por favor?

— Pode deixar.

Ele foi correndo até Eric, para pegar Emma Auautson, e acompanhei de longe quando se dirigiu para a entrada.

— Ei, ele está aqui! — berrou Tola.

Depois, apontou.

— *Shhh!*

Dei um empurrãozinho nela, na tentativa de impedir que chamasse a atenção dele. Algo bastante complicado, levando em consideração o brilho de sua camiseta dourada e da pantacourt verde-clara. Tola apertou minha mão, e senti Eric se aproximar e segurar a outra.

Observei Ben e Dylan começarem a correr, e vi quando ele se aproximou da primeira placa de madeira, com as palavras pintadas em laranja:

1. Você sempre foi meu melhor amigo.

Como ele estava muito distante, não consegui distinguir sua expressão, mas o vi olhar em volta, confuso.

Ele diminuiu o ritmo, e todos os seus músculos ficaram tensos quando avistou a segunda placa:

2. Você ainda escuta as mesmas músicas horrorosas que a gente adorava na adolescência.

Percebi que ele apressou o passo, ansioso para encontrar a terceira mensagem. Acompanhei a cara que fez, as gargalhadas que soltou quando a leu. Vi que seu rosto se iluminou.

3. Você me faz ter vontade de correr em direção às coisas, e não delas.

Na quarta placa, já dava para vê-lo com nitidez, correndo em minha direção, procurando por essas palavras, minhas verdades, minhas cinco coisas.

4. Você continua dando as melhores gargalhadas que já ouvi.

E ali estava ele, parado diante de mim, com o rosto corado e aqueles olhos azuis inacreditáveis, desafiando-me a ser corajosa, como sempre tinham feito.

Soltei as mãos de Tola e Eric, andei até a última placa e parei perto da lata de tinta e do pincel.

5. Eu quero pintar aquelas paredes de laranja com você.

Ele se aproximou, e minha respiração ficou suspensa, enquanto eu aguardava que dissesse alguma coisa.

Parou em frente à placa, com as mãos nos bolsos, a cabeça inclinada para o lado, como quem avalia um projeto de arte.

— Concluiu com uma um tanto enigmática, hein, Aresti?

— Cinco coisas era pouco — declarei, enquanto tomava fôlego e me segurava para não chorar. — Posso falar dez coisas. Cem coisas. Mas quero ter aquela vida com você. Quero sua casa perto do parque, suas corridas de domingo. Quero um cachorro com um nome legal, para competir com o da Emma, e quero fazer a maior bagunça na hora de pintar nossas paredes de laranja. Quero convidar seu pai para o assado de domingo, mesmo se ficar um silêncio esquisito e você não souber o que dizer. E quero preparar a margarita de melancia da minha mãe, sentar no jardim com você, relembrar todas as coisas idiotas que fizemos na adolescência.

— Aly...

— E quero que você gerencie a empresa à qual se dedicou tanto. Quero ser a pessoa com quem você vai conversar sobre esse assunto, não para dar um jeito em nada, e sim para lembrar que você já é bom o bastante.

Inspirei, trêmula, e fitei seus olhos, no desespero total para ele entender que eu estava sendo sincera.

— Só preciso de você. Não importa o que aconteça, não importa as besteiras que eu fizer e tentar dar um jeito. Independentemente de você tentar ser perfeito. Enxergo e amo você por inteiro. Essa é a minha verdade, meu fato verdadeiro. Sempre foi.

Ele não disse nada e ficou ali parado, encarando-me, com um esboço de sorriso no rosto, que dava a entender que não tinha certeza do que estava acontecendo.

— Diga alguma coisa, Dylan — pedi, implorando. — Qualquer coisa, por favor.

— Acho que ninguém nunca fez um grande gesto romântico por mim.

Ele me deu um sorriso e esfregou os olhos. Porém, quando parou, seu olhar brilhava.

— Até que dá para se acostumar com esse tipo de tratamento.

Dei um passo para a frente, esperançosa.

— É mesmo?

Ele olhou para cima e contemplou o céu. Parecia que, às vezes, ainda não conseguia acreditar em mim. Passou o braço em volta da minha cintura e me puxou para perto.

— Pode me pedir — falou Dylan.

O olhar iluminado, nosso nariz quase se encostando.

Sorri e inspirei para sussurrar as palavras.

— Por favor, me conte um fato verdadeiro, Dylan.

Ele fechou os olhos por um instante.

— Queria muito ter algo mais inteligente para falar. Mas só tenho isto: eu te amo. Te amo desde sempre.

Dei risada.

— Para mim, é o suficiente. Agora será que você pode me beijar logo, por favor?

Na primeira vez em que Dylan me beijou, eu tinha dezoito anos. Havia sido um beijo puro, doce e gentil. Ele acariciara minha bochecha com o polegar, e todos os seus amigos ao nosso redor tinham zombado e cochichado.

Na segunda vez em que beijei Dylan, eu tinha trinta e três anos. Nossos amigos deram gritinhos de alegria, transeuntes bateram palmas, e não teve nada de gentil. Passei os dedos pelo cabelo dele, provei do seu sorriso e suspirei colada a seus lábios. Ele me deu um abraço apertado e me beijou como se fizesse uma promessa.

Haveria problemas, claro. Brigas sobre de quem era a vez de limpar o vômito do cachorrinho ou quem se esqueceu de agendar a ida mensal ao restaurante chique; talvez, um dia, inclusive sobre quem teria que acordar às seis da manhã no sábado para levar as crianças para praticar o esporte chato de que gostavam. Haveria voos perdidos para destinos certamente econômicos, dificuldades de uma *start-up* e estupidez da parte de ambos enquanto aprendíamos a viver. Mas não seria necessário dar um jeito nisso, nem mudar nada. Porque teríamos um ao outro. E teríamos nossos amigos por perto, com os quais nos solidarizar, comemorar e rir em todos os momentos. Vendo a realidade, sem filtro. Tudo bem se fosse difícil de vez em quando. Há beleza nisso também.

Porque só dá medo quando estamos nos jogando.

Depois, a sensação é de estar em casa.

Agradecimentos

Este livro foi algo novo para mim, então agradeço imensamente à minha agente magnífica, Hayley Steed, que respondeu de imediato a meu e-mail com a proposta, tudo em letras maiúsculas, com muitas exclamações: sua habilidade como editora e negociadora e sua capacidade de segurar a nossa mão sempre me impressionam. Sou extremamente grata por fazer parte do Time Hayley.

Para a equipe maravilhosa da Piatkus e para minha editora, Sarah Murphy: fiquei muito comovida com o entusiasmo e o amor que vocês têm por este livro. É maravilhoso sentir que alguém "entende" nossos personagens e os ama tanto quanto nós.

Para meus amigos escritores do grupo Savvy Authors e o pessoal da TSAG, que sempre estavam disponíveis para dar conselhos e apoio: eu não teria conseguido completar esta missão sem a nossa comunidade maravilhosa. Como sempre, um agradecimento especial para Lynsey James, a outra metade da Equipe de Líderes de Torcida, que faz jus a esse nome e sempre nos anima com seus pompons, seja durante o árduo processo de edição ou a semana de publicação.

Às amigas que inspiraram este livro, que compartilharam de bom grado suas histórias sobre dar apoio emocional e tomar conta de namorados, além de suarem a camisa ao longo dos anos para superar as próprias dificuldades e se tornar pessoas ainda mais incríveis: obrigada por compartilharem, obrigada pelas conversas, amo vocês demais.

Para minha família, que nem sempre entende o mundo literário e editorial, mas sempre está a postos, para se orgulhar de mim tanto quanto possível. Este livro existe graças ao apoio da minha família, em particular, da minha mãe (que, graças a Deus, não é nada parecida com a mãe de Aly!) e do meu marido, que admitirá de bom grado que precisava mudar algumas coisas quando o conheci, mas que amadureceu sozinho e me levou junto nessa.

E, por fim, agradeço a você, que está lendo este livro! Espero que tenha se identificado com o que viu e encontrado nestas páginas motivo para rir, refletir e começar a conversar sobre alguns assuntos. Se tiver curtido este estilo específico de comédia romântica atrevida e feminista, espero que mantenha contato!

1ª edição	MAIO DE 2023
impressão	CROMOSETE
papel de miolo	PÓLEN NATURAL 70 G/M²
papel de capa	CARTÃO SUPREMO ALTA ALVURA 250 G/M²
tipografia	SABON LT STD